歐幾里得空間的殺人魔

黑貓C——著

關於【金車・島田莊司推理小說獎】

華文世界近年來掀起了一股推理小說的閱讀風潮，大量日本、歐美的推理作品被譯介出版，也深受讀者喜愛。金車教育基金會為了鼓勵華文推理創作、發掘年輕一代深具潛力的推理作家，加深一般大眾對推理文學的討論與重視，獲得日本本格派推理大師島田莊司首肯，舉辦兩年一屆【金車・島田莊司推理小說獎】。

誠如島田老師的期待：「向來以日本人才為中心推理小說文學領域，勢必交棒給華文的才能之士，我可以感覺到這個時代已經來臨！」期盼透過這個獎項讓更多人投入推理文學之創作，帶給讀者嶄新的閱讀時代。

這項跨國合作的小說獎已邁入第五屆，在島田先生和皇冠文化集團支持下，將致力華文推理創作推廣到世界各個角落，讓此一獎項不僅是華文推理界的重要指標，更是亞洲推理文壇的空前盛事，期盼未來華文推理作家能躍上世界推理文壇。

［推薦序］

《歐幾里得空間的殺人魔》作品解說

推理評論家／玉田誠

可能是上一次選出《黃》和《H. A.》這類新銳作品所產生的反作用力吧，第五屆金車．島田莊司推理小說獎中通過初選的作品，大多都是走正統風格。當中入選的三部作品都極具特色，分別是以書名標題來產生誤導，在案件構思的精妙上投注不少心力的弋蘭《誰是兇手》、刻意挑戰舊式懷舊型本格推理、探究詭計膨脹的青稞《巴別塔之夢》，以及這部黑貓C《歐幾里得空間的殺人魔》，筆者都很喜歡。

《歐幾里得空間的殺人魔》這部作品，描寫一位身為數學天才少女的偵探以異國為舞臺，挑戰連續殺人案件，乍看之下，像是採取保守的本格推理格式。

本書由擔任偵探角色的少女，和一路支持她，扮演華生角色的搭檔所構成的人物描寫，以及充當故事背景的北歐旖旎風光，除此之外，再加上娛樂小說的巧妙故事編排，使得這部作品就算當作一般小說來看，也肯定會是風格一流的出色作品。然而，作者還更進一步將過去島田莊司在〈本格推理論〉中闡明的本格推理小說之「格式」完全推翻，擁有自己一套特別的結構，不，「正因如此」，才造就出這部與眾不同的本格推理，其特殊的結構深深吸引了我。

在〈本格推理論〉中說明的本格推理形式，我在此稍作簡單的歸納介紹，那是將故事開頭處所提出的「帶有幻想風格和強烈魅力的謎團」，在故事後段藉由「邏輯」使其瓦解的一種構造。

而以這種形式呈現的長篇傑作有《奇想，天慟》，短篇則以收錄在《御手洗潔的舞蹈》中的〈戴禮帽的伊卡洛斯〉堪為代表。每一部作品都是透過邏輯來瓦解充滿詩意的謎團，真相會化為與我們緊密相連的現實世界中的現象，就此呈現。而被幻想引誘而進入這個故事中的讀者，將會藉由推理所揭開的真相，而再次被拉回現實世界中——本格推理的讀書體驗，應該大致都能以這種方式呈現。

這部作品開頭呈現在讀者面前的，是「沒有頭的自殺屍體」這樣的怪異謎團。的確，在北歐的小說背景中出現的這具屍體，在「沒有頭」這件事情上，就算當作一部本格推理小說來看，一樣營造出充滿魅力的謎團。然而，這部作品真正厲害之處並不在此。天才少女偵探以及宛如華生般的角色登場、連續殺人案、過去與現在的案件關聯，作為這樣的一部本格推理小說，故事承接了正統的展開模式，一路往下發展。透過偵探的推理，最後謎團並未被「瓦解」，而是作為一種充滿幻想和詩意的情景，「完全呈現」。這起案件真相的情景，讓人聯想到古今中外的各種幻想圖畫，或是以七〇年代為主軸，投入音樂人士唱片封面設計的普洛希斯（Hipgnosis，英國著名的設計團體）他們所描繪出的超現實世界。

讓幻想小說所具有的詩意和幻想性，與邏輯和科學展開異種結合，藉此誕生出的本格推理，讓成為後天要素的邏輯和科學的另一面進一步擴充，藉此達成驚人的進化和發展。本格推理既然擁有透過邏輯和科學來讓詩意和幻想性「瓦解」的構造，會有這樣的進化和發展歷史也可說是必然的結果。不過，這部作品卻輕鬆地從這種堪稱是本格推理宿命的形式中跳脫，是一種藉由邏輯和科學力量來「成就」詩意與幻想性的變形本格推理。透過這樣的特殊構造，或許可藉由邏輯和科學這樣的交通工具，而將這部作品當作是回歸愛倫坡時代幻想小說的稀有本格推理。

回顧過往，在發行〈本格推理宣言〉的十一年後，島田莊司在〈本格推理擁有怎樣的思想〉（收錄於《創元推理21》二〇〇一年夏季號）中如此陳述道。在〈莫格街殺人事件〉中所看到的「科學」和「幽靈」這兩項要素，「在二十一世紀的今日，已不像十九世紀那樣，是相互對立的要素，它們已開始共存」。這裡所提到的「幽靈」，應該能替換成〈本格推理論〉所指出的充滿詩意和幻想性的謎團。在二十一世紀的本格推理中，像詩意和幻想性這樣的要素，並非是光靠邏輯和科學就能「瓦解」之物。如果能讓兩者共存，並進一步加以推動，就能誕出生以邏輯和科學建構出詩意和幻想性的全新本格推理。而這部作品正是明確指引出此一方向性的傑作。本書作者會以這部作品為起點，讓新的本格推理產生何種進化呢？對幻想小說和本格推理同樣熱愛的筆者，不禁對這樣的結果充滿期待。

目錄

原諒我，這是我唯一能夠離開絕望的方法。既然大家都把我當成白痴，我也不再留戀他們。原諒我用這種方式離開。

朱斯非娜

序章——不可能的屍體

一九九五年二月十三日，這是少女人生的最後一天。

少女平靜地擱下鋼筆，把遺書對摺放在書桌上，然後把木椅推到書房的正中央。她拿起一根麻繩踏到椅上，細心地將麻繩的一端綁緊天花板木梁，另一端則圍成一圈打結。

「真是殘酷的完美。」

少女抬頭盯著親手打的繩結，心情複雜。她曾經花過不少心血研究繩結，但到頭來這種專業卻只能用作了結自己的性命。

「這就是最後的景色嗎？」少女把頭伸到繩套裡，望著窗外，一片雪白。她喃喃道：「對不起……再見。」

少女閉起雙眼，雙腳踢開木椅，繩套「嗞」一聲勒緊少女的頸；接著少女的身軀猶如鐘擺運動般在梁下搖晃，到最後停止。

兩日後，一位友人來到少女家中時發現了少女的屍體，於是報警求助。起初往赴現場的只有數名警員，但他們很快就察覺到案件極不尋常，更不斷要求其他警局的增援。不過米基內斯是一個位處偏遠的小島，交通不便，結果等了近半天才陸續有其他警員趕來。

其中一位被召喚的警員叫西格德，三十出頭，個子高大，眼神充滿自信。當他從沃格機場前來增援時，米基內斯已經飄下片片雪花，這是法羅群島常見的冬天。

西格德心想：「看報告說是一宗自殺案，何需如此勞師動眾？」

他環看現場，在死者屋外聚集了二十多名警員；雖然聽起來沒有很多，但實際上已是整個法羅群島接近兩成的警力。除了數年前丹麥王室來訪，西格德也沒有見過這麼多的同袍齊集現場。

「因為死者的屍體太過離奇了。」一位老警官走近西格德說：「這宗自殺案算是我幾十年來見過最匪夷所思的，你就趁這機會好好學習吧。畢竟你是警隊內備受注目的精英嘛，『疤痕君』。」

「前輩你別開玩笑了。」西格德下意識地輕摸額上疤痕，疤痕是去年他跟賊人搏鬥所留下的戰績。接著西格德又問：「可是剛才說屍體很奇怪……那是什麼意思？是罕見的自殺手法嗎？」

「手法一點都不罕見呢，初步檢驗是死於自縊，大概已經死了兩日左右。」老警官指向二樓的窗戶說：「就在樓上的書房掛著用來上吊的破爛繩套，書桌上還親切地留下一封死者的親筆遺書。」

西格德感到奇怪，「那豈不是普通的自殺案？」

「嘛，當你看過死者遺體時就會明白。」

二人一邊說著，一邊走近死者的家。這時候老警官叮囑說：「我們從側門入屋，別踏到正門前的足印，那可是重要的證物呢。」

「雪地上的足印……難道是？」

老警官點頭道：「米基內斯這一個星期以來都沒有降雪，但屋外雪原唯一的足跡卻是今晨死者友人留下的。死者在兩日前死亡，換言之案發時死者的家是一個『雪地密室』，沒有任何人出入，如同經典偵探小說的橋段一般。」

「但報告寫是自殺案嘛，既然是自殺又管它是不是密室呢？」

老警官沒有理會，只是帶西格德從側門入屋，拿下兔毛手套，並換上醫用手套。他又把另一對醫用手套遞給西格德，並笑說：

「其實現場不但是『雪地密室』，還是『雙重密室』呢。根據第一發現者，亦即是死者友人的證供，當時死者伏屍的書房門窗都從裡面反鎖，要強行破門才發現到死者的屍體。」

此時西格德經過大廳，看見有幾個警員正在替人錄口供，便問：「那個人就是第一發現者？」

「嗯。受驚過度，無法問到什麼有用的證供。不過嘛，親眼看到那畫面的話亦不難理解。」老警官拍一拍西格德的肩，像是催促他上二樓的意思。

西格德緊隨其後踏上樓梯。走了幾步，還沒有見到現場的書房，他已經嗅到一陣濃烈的噁心氣味；像是血的腥味，也像是嘔吐物的酸味。

「準備好了嗎？」在書房門前，老警官自問自答：「就算沒有準備好也要上囉，我們工作就是這樣。」

西格德心裡浮現不好的預感，但走進書房之後，他眼前的畫面比起想像中惡劣得多——

「又說是吊死的屍體……」西格德聲音顫抖，「這種屍體怎能夠上吊自殺？不是沒有頭嗎？」

眼前倒臥在地板上的屍體，其頸部只剩下一根雪白光滑的骨頭，頸骨之上沒有頭顱，只有血肉纖維和一絲絲半凝固的血漿。西格德頓感胃酸倒灌到喉嚨，雙手掩口，卻被老警官喝住。

「吞回去吧，別污染現場。」

「可、可是啊，頭都沒有了，前輩你肯定死者這是上吊自殺？」

「不是我肯定，而是初步的驗屍報告如此說。根據屍體狀況來看，頭顱肯定是死後才被割下來的。加上屍斑、尿斑等等的環境證供都指出死者是自縊而死，準不會錯。」

西格德慌張地問：「那屍體的頭顱去哪裡了？」

「天知道？翻遍整個現場都找不到死者的頭。」老警官反問：「你剛才不是說過自殺案跟密室沒有關係嗎？可是死者的頭卻被人割下帶走，而屍體則留在密室裡面。」

西格德馬上翻閱資料，唸出關於死者的情報：「死者朱斯菲娜，二十六歲，獨身……人際關係平凡，至少沒有仇人恨得要把她的頭斬下來才對。」

老警官點頭說：「意義不明、兇手不明、動機不明、手法不明。」

——究竟消失的頭顱代表什麼意思？

——究竟是誰把死者的頭割下來？

——究竟又是什麼原因非要這樣做不可？

——究竟兇手如何穿越雪原和反鎖的密室帶走頭顱，而且不留痕跡？

如果只是普通的自殺案，為什麼會有別的兇手把死者頭顱帶走？雖然西格德一度懷疑驗屍結果，但數日後詳細的解剖報告又再次證實死者是死於自縊，在密室內自縊就只有自殺這個可

案發現場平面圖

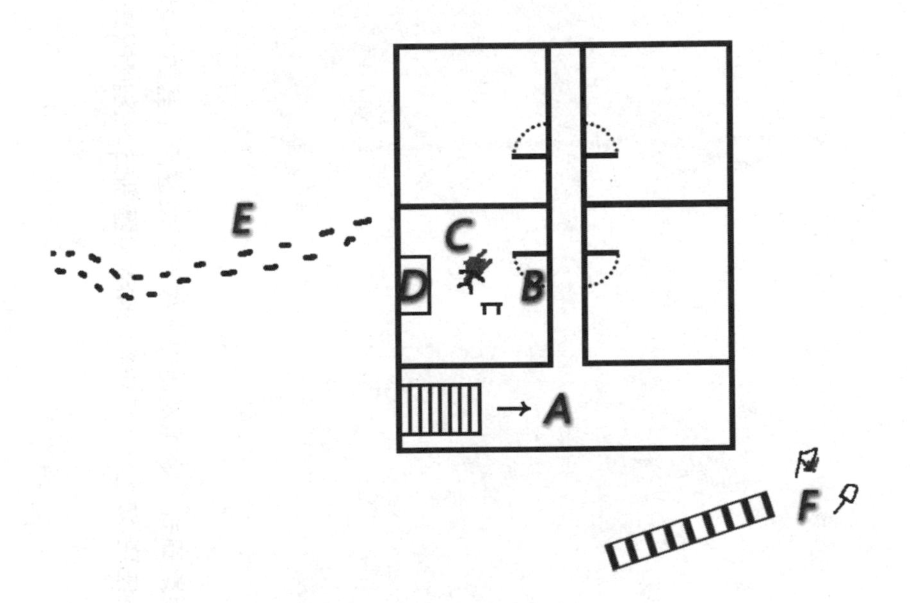

（Ａ）二樓樓梯　（Ｂ）反鎖的門　（Ｃ）被砍頭的屍體

（Ｄ）桌上遺書　（Ｅ）雪地上唯一足跡

（Ｆ）沾血的斧頭、鐵鏟和長梯

能性。

遺體被鎖在雙重密室內，但頭顱卻從密室裡消失。關於頭顱消失的意義、兇手、動機、手法，西格德一概不知；他唯一能夠肯定的是，自殺案背後一定隱藏著別的真相。

第一章——沒有頭顱的怨靈能否用方程式表達？

1

時間：二〇一五年三月十六日
主旨：關於米基內斯的交通狀況
寄件：sarah@puffinHotel.fo
收件：yauszechai@gmail.com

游思齊先生：

感謝您日前預約海鸚酒店，我相信米基內斯島上的北極海鸚必定會讓閣下留低美好回憶。可惜有一件不幸的事情要先知會游先生，就是唯一連接米基內斯島的渡輪服務剛剛出現了問題，暫時只能以直升機代替。可是無需擔心，我可以替您預約直升機服務，起飛地點同樣在沃格機場，十分方便。

根據我們酒店的資料，閣下明天的航班是RC455，從丹麥哥本哈根機場起飛，並將於早上九點抵達法羅群島的沃格機場。如果不介意的話，我會替您預約早上十一點的直升機服務，屆時我們一同乘坐直升機到米基內斯吧。

海鸚酒店負責人　莎拉

當我拖著行李來到丹麥哥本哈根機場時，第一時間當然是連上機場的免費Wi-Fi，卻發現原來酒店的人昨晚寄過電郵給我。

不過電郵提及的內容也沒有選擇餘地，我只好馬上回覆她沒有問題。雖然晚了一天，幸好不消幾分鐘就收到酒店負責人的回信。

哦，原來有人跟我一樣，有相同的處境呢。莎拉的意思是叫我先跟另一位酒店住客在哥本哈根機場會合，方便到時一同前往直升機場……但她只是把住客的名稱和電郵地址給我，究竟要怎樣聯絡那個人？

——游先生。

人在異鄉，居然有人用廣東話在背後叫我。我回頭一看，便看見一位像是高中生的少女；她在烏黑長髮的左側編了一條細長的辮子，更顯稚氣。

「妳就是……司馬伶小姐？」我不好意思地問。

「對喔。」叫做司馬伶的少女伸著懶腰說：「我自己也很久沒有講廣東話了，差點忘記怎麼說。」

她大概看過我的電郵地址，所以猜到我是香港人吧。

我問她：「妳是從香港到外國的留學生？」

司馬伶搖搖頭，並解釋介紹自己是土生土長的丹麥人，只不過有一半華人血統而已。於是我再看一遍司馬伶的臉蛋，確實有混血少女的影子。

不過我有一點非常在意。

「話說回來，司馬小姐妳是怎樣找到我的？」

哥本哈根的機場這麼大，剛才我還在想單靠名字要如何跟她會合。

「數學。」司馬伶笑著說的時候，不知怎的我有一種不好的預感。

「人群的流動能夠用歐拉方程式來預測喔。」突然司馬伶把一堆魔法咒語像繞口令般說著：「混沌理論證明了個體行為難以計算，群體行為卻是能夠估量。用歐拉方程式模擬流體運動的結果，機場大廳每平方米大約三人，再計算這個橢圓形大廳面積……對了，你在中學時有學過橢圓形面積的計算嗎？」

我有點愕然，敷衍道：「可能有吧，忘記了。」

「其實橢圓形跟圓形差不多，只不過橢圓形有兩個圓心；所以圓面積是『圓周率×半徑×半徑』，而橢圓面積則是『圓周率×半徑A×半徑B』。如是者按比例計算，十分鐘內機場大廳的人流約一〇四一人；配合亞洲人在機場出現的比率，大概有百分之九十八會遇上十一個左右的亞洲人。」

流體力學、幾何學、混沌理論、統計學。司馬伶一堆奇怪的術語琅琅上口，作為文科生的我不知如何反應。

然後司馬伶胸有成竹地說：「——所以在此時此地遇上單獨站在機場大廳的你，我就幾乎肯定你就是莎拉小姐在電郵提及的香港人。」

「即是用數學的方法計算出我的身分嗎，好像很厲害。」

簡單是數學界的女巫，有一瞬間我是真心佩服眼前這位少女；明明年紀應該比我小，卻有一種遙不可及的感覺——

「騙你的，只不過用你的電郵在網上找到你的照片而已。個人資料就小心保管吧。」司馬伶一副勝利者的笑容，然後轉身拖著行李箱走向登機櫃檯排隊。

真是一個怪人，說是女巫也不為過。

但說到底她亦算是我這趟旅行的同伴，我只好拉著行李箱追上去問：「司馬小姐，妳平常也是這樣愛說笑——」

「慢著，游先生。」司馬伶突然回頭認真地說：「兩件事情。第一，你可以直接稱呼我的名字，反正你『外表』的確比我年長；第二，我不是說笑，剛才的計算都是貨真價實的，我才不會亂編一堆數字出來。」

司馬伶對於自己專業的範疇半點都不退讓。

「妳很喜歡數學嗎？」我嘗試問她應該感興趣的話題，希望可以稍微安撫她的心情。

「嗯，非常喜歡。」她笑著回答。

「那妳大學選科的時候應該會選修數學吧？」

「你在說什麼？我都已經畢業了，現在在巴黎的龐加萊研究院當研究生。」

我非常訝異，因為我才大學第三年，還要特意請假前來北歐旅行。可是眼前這小妮子卻已經是研究生。

「妳多少歲啦？不是說過比我年輕的嗎？」

司馬伶馬上變得不悅，又舉起兩隻手指說：「兩件事情。第一，問女生年齡是十分無禮的行為；第二，小孩子有什麼問題？如果你看不起小孩子就只會顯得你的無知。你知道嗎？帕斯卡在十六歲時已經發現『帕斯卡定理』；高斯十九歲時對質數的猜想同樣影響後世；還有伽羅瓦在二十歲時整合的『伽羅瓦理論』更協助後人解決困擾數學家超過兩千年的古希臘三大難題！我是小孩又得罪了你什麼？」

「不……我沒有說妳是小孩啊……」

「總之你對年齡的偏見要修正一下。」司馬伶從包包取出手機看一下時間，「快要七點了，距離登機還有不足一個小時，我們還是快點辦好手續吧。」

「喔……」

我無奈地回應。仔細看一下，無論她拿著的黑色皮革包包、身上的米色羊毛長大衣，抑或是白色高跟長靴，看起來全部都是名牌時裝。再加上她那種我行我素的「氣派」，大概能夠想像她是什麼富豪人家的千金吧。

而且最大問題還是她明顯比我聰明，看來這一趟法羅群島的旅遊一定十分疲累。

2

早上七點四十分，我跟隨那位自我中心的大小姐一同穿過登機通道走進機艙。機艙門口的空中小姐很友善地替我們指示座位，於是那位自我中心的大小姐就走到12B座位旁邊停下來，

「12是我最喜歡的數字，12能夠被1、2、3、4、6、12整除，是一個高合成數，閃閃發光的。」她問：「你知道嗎？人類有過一段時期是採用十二進制而不是十進制的。」

又是一些莫名其妙的話。那位大小姐說，一年有十二個月、中國有十二生肖、英制一尺等於十二寸、音樂一個循環分作十二個半音。對於原始文明來說，十二進制比起十進制更為有效。

她繼續解釋，在十八世紀法國大革命期間，法國曾經把所有度量衡全部改用十進制，包括時間。於是一天只有十小時，每小時有一百分鐘；但望見只有十的時鐘讓法國人覺得自找煩惱，根本難以適應，於是不到二十年就廢除十進時了。

「其實現時也有數學家主張應該重用十二進制，取代現有的十進制，就像當年廢除十進時一樣。他們認為這樣的數學會更貼近生活，小孩子會更容易掌握計算的方法。」那位大小姐一邊說，一邊嘗試把她的名牌包包放到頭頂的置物櫃內，卻好像不夠高，場面有點尷尬。

「讓我幫妳放上去吧。」畢竟數學如何厲害也不會令人長高。

「不，我又不是小孩子，這些事情我自己會做。」

於是她踮起腳尖，向上一推，剛好把包包拋到置物櫃裡。

她得意地說：「看吧？我一個人也能夠做到。」接著輕快地彈到窗邊的位子坐下。

這時候看她雖然是一個自我中心的大小姐，但她發的不是小姐脾氣而是孩子氣，所以我也不跟她計較了。

待我也把行李放妥，並坐了下來後，旁邊的她卻突然吭聲：

「啊，我忘了把機上的讀物拿出來。」她望著頭頂的置物櫃說。

「是放在剛才的手袋裡面嗎？我拿下來給妳看看吧。」

「嗯，請這樣做。」

半分鐘前才說過一個人也能做，這次司馬伶答得非常爽快，絲毫沒有要自己拿的意思。

我苦笑著，並替她取回置物櫃內的手袋。最初我以為她要拿什麼書出來看，不過接過手袋後她居然在裡面拿出了一疊近百頁厚的論文。

「那是數學的論文？」

「謝謝。」司馬伶把手袋遞到我的面前，示意叫我把它放回原位。這一刻，我覺得自己變成了她的保母。

接著司馬伶戴上粉紅框的眼鏡，一邊盯著論文，一邊反問道：「你有聽過克卜勒這個人嗎？」

「欸？如果我沒有記錯的話，他應該是以前很出名的天文學家？好像NASA現在尋找外太空星球的計畫也是以克卜勒來命名。」

因為我其中一個興趣是天文攝影，所以對於克卜勒還是略有所聞。

「沒錯，克卜勒是很偉大的天文學家，同時也是很出色的數學家。其中他就在數學史上留下一個問題，足足困擾了數學家接近四百年之久……」

看樣子她的數學病又要發作了，當我想換話題阻止她已經為時已晚。

「假設有一個正方體的密室。」司馬伶對我說：「而且密室裡面有血淋淋的人頭——」

「喂？」難道妳是心理變態嗎？縱然我想這麼說，最後還是勉強沒有說出口。

「你在意外什麼？密室當然會聯想到殺人嘛，殺人有血淋淋的人頭也很正常。」司馬伶心情愉快，也許她真的是心理變態。

「妳的所謂『正常』我完全不能理解。」

「就是偵探小說常有的橋段啊。除了數學我最喜歡的就是偵探小說了。」司馬伶繼續說：「一個密室，但血淋淋的人頭不只一個，而是埋滿無數人頭……」

這一刻我看見走廊另一邊坐了幾個小朋友，他們的平板電腦正在玩迪士尼Tsum Tsum，就是把可愛的公仔頭連在一起就有高分的遊戲；相反坐在我旁邊的少女卻興高采烈地說著一堆血淋淋的人頭。

司馬伶看見我抗拒的表情，立即鼓起腮、翹起嘴抱怨：「我只想把問題說得生動一點而已。」

「嘛，請妳繼續，我也想知道妳說的東西跟克卜勒有什麼關係。」

「那我回到正題呢。」司馬伶說：「試想像有一個立方體的密室，還有無限個形狀大小相同的人頭；究竟要如何排列，才能夠在有限的空間內擠放到最多的人頭？這就是克卜勒在數學界留下的難題。」

「突然我對克卜勒這個人的印象分扣了很多呢……」

「那是比喻啦。當然準確來說，克卜勒的問題就是在三維歐幾里得空間內，用什麼方式裝球才能夠達到最大的密度。但說得太學術你也聽不懂嘛？」

「明白啦、明白。」我心想，其實她正常地說出來應該會更容易明白。

然後我重新思考所謂克卜勒的問題，很快就得到靈感。

「就像蜂巢一樣，六角形般的首先把最底層填滿，然後一層一層疊上去……說起來也像水果攤堆疊橘子的方法。」因為很難用說話解釋，所以我也比劃雙手希望她明白我在說什麼。

「嗯，克卜勒也認為這是最有效的裝球方法，最高可以填滿74％的空間。可是他卻無法證明如此，因為問題比想像中複雜得多。」

根據司馬伶的解釋，我說的做法在數學上叫做「六方最密堆積」。若要依照規則排列的話，六方最密堆積確實是最有效的裝球方法。可是世上還有數之不盡的「不規則的方法」把空間填滿，要證明六方最密堆積比「任何方法」都要有效就非常困難。

司馬伶說：「在一百立方公尺內，六方最密堆積大約能裝入74個體積一立方公尺的圓球。

不過數學家無法否定或者有一種奇怪的排列方法，能夠在意想不到的地方製造出擠入第75個球的空間。因為我們沒有能力把所有奇怪的排列都一一驗證。」

「惡魔的證明，」我附和道：「就像我們不能證明所有烏鴉都是黑色，因為我們不可能把世上所有烏鴉都找出來。」

司馬伶好像對我邏輯的回答感到很滿意。她微笑道：「總而言之，克卜勒猜想是一個困擾了數學家接近四百年的難題，直到最近才被解明呢。我手上這一疊就是當時證明克卜勒猜想的論文，現在讀起來依然非常感動。」

之後她又很熱心地跟我分享她認為有趣的數學知識，同時我亦很努力地迴避和轉換話題。最後在不知不覺間，甚至乎我連飛機何時起飛也沒有留意，卻已經傳來快要降落沃格機場的廣播。

對上一次有這種經驗，就是失眠的時候讀著《紅樓夢》來催眠自己。想不到今天在地球的另一角落會遇上一個如此本領高強的催眠大師。

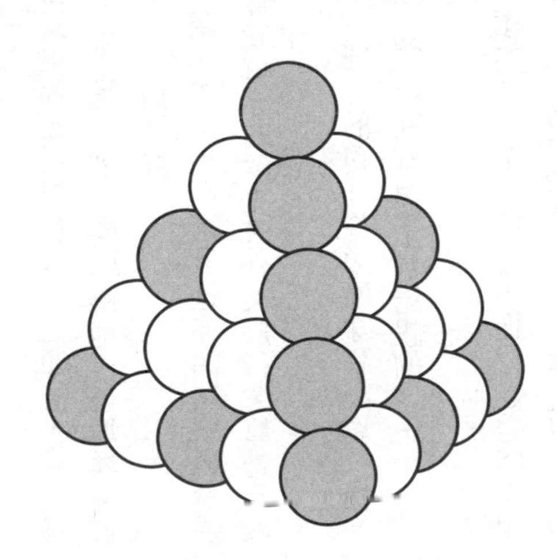

3

沃格機場是法羅群島唯一的機場，不過我相信很多人本來就不太認識法羅群島這個地方吧。要不是為了三天後的日全食，我自己也不會千里迢迢地過來。

以前唯一聽過法羅群島這名字是在體育新聞上面，就是世界盃足球會外賽之類的，直到最近我才知道法羅群島原來是北歐國家丹麥的海外自治領地。雖說是丹麥王國的屬地，但地理位置其實比較接近英國，位於蘇格蘭與冰島中間，是北大西洋上的一個島群。

根據網上資料，法羅群島的經濟主要依賴捕魚以及魚產品加工，不過最近亦開始積極發展旅遊業。尤其碰上日全食的天文奇觀，這幾天一定會吸引像我這樣的觀光客到來旅行，算是千載難逢的機會。

「千載難逢這個說法不正確喔。」才剛下機取回行李，同行的司馬伶像看穿我心思一樣，很快就反駁我的話。她說：「千載難逢的意思是千年難得一遇，這在數學上是錯誤的。」

我無奈道：「又是數學的話嗎？」

「日食只是一種天文現象，而且所有天體都是依照牛頓的運動定律運行，換言之是能夠用數學準確計算出來的。」她又像表演繞口令般說：「實際上，法羅群島在一六一二年五月三十日的上午十一點二十五分亦曾經歷過日全食，即是『千載難逢』這個說法跟事實不符。」

「妳在外國讀書讀太多，不明白中文的『千載難逢』只是一個比喻嗎？受『萬人愛戴』也不代表只有一萬個人喜歡啊？」

「但這種模稜兩可的說法很容易產生歧義，惹人誤會，在溝通層面上是非常沒有效率的行為……嘛，看來你是文科的腦袋呢，我最不擅長就是跟文科的人溝通。」

但我看司馬伶的樣子，大概她平日只能對著計算機說話吧。因此我只是默默地跟隨她步出離境大廳，然後在沃格機場的接機大廳看到有位女士拿著寫有我們名字的紙牌。

我對司馬伶說：「酒店的人員，我想那位女士就是莎拉嘛。」

「嗯，這個我不懂數學也知道。」

司馬伶拖著行李箱走過去，並很有禮貌地跟那位女士打招呼，只是我聽不懂她們在說什麼就是了。也許是丹麥語，又或者是法羅語，總之不是我聽得懂的話。

但無論怎樣，只要她沒有在談論數學，司馬伶還算是一位討人喜歡的女生。

「游先生，」莎拉走近我，換回英語微笑說：「歡迎來到法羅群島。」

雖然只是幾句簡單的寒暄，可是在我心中有一種莫名的感動。也許是今天終於給我遇到一個正常人。眼前的這位女士大約三十多歲，由於喜歡攝影的關係我個人對目測對方年齡很有自信。當然我的意思並不是說莎拉年紀大，只是我受不了再多一位像司馬伶那樣孩子氣的人罷了。

「謝謝妳。」我點頭回應：「我記得直升機是十一點出發吧？」

「是的。還有一個多小時，我們可以先到附近歇腳，到十一點左右再回來機場便可以。」

「我們都不熟悉法羅群島，要麻煩妳帶路呢。」

「不客氣。」

十分鐘的路程，莎拉帶我們來到機場旁邊的咖啡館。咖啡館是一間小木屋，但外圍都是大型玻璃櫥窗，即使在街上也可以清晰看見室內的人。

我說：「裡面的氣氛好像不錯。」

咖啡館只有十多人，剩下不少空桌。大部分人都是悠閒地享用著咖啡或餅乾，又或者靜靜地看書；這才是我嚮往的北歐生活，跟繁忙的香港相差太遠了。

「環境很好，咖啡館的老闆亦相當友善。」莎拉一邊說，一邊推門走進咖啡館。綁在門後的鈴鐺響起，然後咖啡館的服務生便為我們準備一張靠窗的圓桌。

莎拉說：「你們想喝什麼，我幫你們點餐。」

司馬伶說：「我要冰的摩卡咖啡。」

果然是小孩子的口味嘛，喝咖啡還是要喝甜的。

「我要一杯拿鐵就可以，謝謝。」

如是者莎拉離開了座位替我們點單，這時候忽然從店內傳來嘈吵的爭執聲。聲音的來源是店中央的一張二人桌，坐了一男一女；二人的衣著都十分光鮮，一看就知道是衣食無憂的有錢人，只是男的行為卻十分粗魯。

那個男人對旁邊的女服務生不斷呼喝，一副目中無人的嘴臉。至於同桌的女士體型略胖，跟男人一樣衣服明顯不合身。而且她的性格也不友善，對於同行友人吵嚷漠不關心。

「究竟他們在吵什麼呢？」我隨意問道，不過莎拉不在位子，能夠回答我的人就只有司馬伶罷了。

「那個男人想點餐，但咖啡館沒有人聽得懂他的話，於是就惱羞成怒吧。」司馬伶回答。

「為什麼妳會知道？」

「西班牙語。這間咖啡館好像沒有人聽得懂西班牙語。」

「所以妳還會說西班牙語呢。」

我又望向那粗魯男人的桌，不期然跟他對上了視線。於是那男人隔著幾張桌子對我破口大罵，雖然我還是聽不懂他在罵什麼。

「那男人很不喜歡中國人，說的話都很難聽。」司馬伶好像對這些缺乏知性的行為不感興趣，很快就把視線移到窗外。

「話說回來，妳懂得英語和丹麥語很理所當然，因為父母的關係又會說廣東話，而且妳曾經在巴黎留學也一定懂得法語吧。這次是西班牙語呢，妳還真的有語言天分。」

「因為我是天才嘛。」司馬伶托著下巴，漫不經心地回答。就像已經對別人的稱讚感到厭倦一般。

「我不是隨便說說的，我是真的覺得妳很聰明。」

「是嗎？」司馬伶的臉頰染了一點紅，然後回頭繼續凝望著窗外景色。

4

過了幾分鐘，咖啡館內的爭吵總算告一段落，而且打圓場的竟然是跟那男人同桌的胖女士。她根本就懂得英語和西班牙語，只不過懶得充當翻譯而已。

「客人不好意思，讓你們久等了。」剛才被罵的女服務生替我們遞上了三杯咖啡。

莎拉同情地回答：「不要緊，剛才真是災難呢。」

「嘛，沒有辦法。」女服務生只是苦笑一下，並繼續服務其他的客人。

正當我以為終於恢復寧靜的時候，豈料剛才鬧事的男女很快又成為咖啡館的焦點。雖然這一次他們沒有開口罵人，但二人的對話非常響亮，就像在圖書館內唱卡拉OK似的。

就算之後鄰桌有一位老伯上前投訴，二人依然故我，毫不在乎其他人的目光。

根據司馬伶的翻譯，其實那對男女的談話內容非常俗氣；女的在炫耀自己腕上的鑽石手鏈，男的則在一旁阿諛奉承。

「真吵。」司馬伶不耐煩地拿出手機，戴上耳筒的同時又看著論文，將自己與世隔絕。

至於我就只好跟莎拉閒聊，問一下法羅群島附近的旅遊景點。

如是者我跟莎拉由法羅群島的天氣聊到捕鯨活動，說了差不多半個小時肚子也感到有點餓，於是我站起來想去櫃檯點餐——

「哎呀！」一把低沉的女聲從背後傳來，原來是我不小心撞向剛才那個炫富的胖女人。

我馬上道歉，卻無法平息那胖女人的脾氣，對我怒氣沖沖的。這時候與她同行的男伴居然把她拉住。雖然我聽不懂男人說什麼，但看表情和語氣像是勸她無謂跟我這個賤民計較。

司馬伶在讀論文的同時又跟我搭訕：「那男人在勸她別理會你這個賤民呢。」

「多謝妳親切的翻譯。」我沒趣地坐回椅上，希望那麻煩二人組盡快離開咖啡館。

「什麼！」可是那胖女人忽然大叫：「不見了！我的鑽石手鏈不見了！」

「欸？」我自然地浮起了不好的預感。果然，那胖女人馬上懷疑是我偷的。她說我故意撞她並偷走手鏈，並要求要對我全身搜查，包括行李和隨身物品。

人在異鄉，還要遇上這種潑婦，我一時之間不懂得如何應對。但偏偏司馬伶一邊吸著吸管，一邊淡然道：「那手鏈好像要幾萬歐元喔。」

幾萬歐元，即是幾十萬港幣。要賠的話我真的賠不起啊！

「慢著。」善良的莎拉嘗試替我解圍說：「你們也沒有證據證明是我的朋友偷走手鏈，不能隨便搜身啊。不如先找一下看看是否不小心掉到地上嘛？」

「不。」豈料司馬伶背叛了我，在旁搧風點火。她站起來說：「這麼昂貴的東西，那位女士肯定不會這麼大意弄丟，一定是有人偷走的吧。如果有人偷走的話，我們更不能隨便動身仕店內搜索，這樣只會給小偷機會藏起贓物。」

司馬伶的話不無道理，而那胖女人亦非常同意：「對啊！一定是有人偷了我的手鏈！我要立即報警，這裡所有人都不能離開咖啡館半步！」

胖女人一宣布，在場客人由原本幸災樂禍的心統統變得無辜和無奈；明明跟自己沒有關係，卻要一同被懷疑。

結果鄰桌的老伯激動地說：「我還要趕著辦理登機手續啊！哪有空閒陪這兩個暴發戶浪費時間！」

司馬伶卻冷冷道：「反正機場附近有警察局，事情很快就會解決的吧。」

說畢，司馬伶戴上與今早不一樣的眼鏡，右手插進大衣口袋，左手拿著冰摩卡喝。她原地轉了一個圈，在細心觀察了店內環境之後便低聲說：「Eureka。」

「妳有什麼頭緒嗎？有的話就趕快告訴我吧！」我緊張地說。

只是司馬伶悠然自得地坐下來繼續看論文，一副在說「沒什麼」的表情。只是她嘴角明顯掛著奸笑，我就知道她在享受偵探遊戲了。

畢竟她說過除了數學之外，最喜歡就是偵探小說。我甚至有一刻懷疑過其實她才是事情的始作俑者。唉，為什麼偵探小說的主角總愛賣關子，都不理會其他人的感受？

「你好像心情很低落？」不知道司馬伶是出於好奇抑或是關心，但我被人懷疑也不是她的錯。因此我只好坦白跟她說：

「其實我是天生的『嫌疑犯體質』，從幼稚園開始已經是這樣。小時候我見到同學打碎了花瓶，其他人都走得快，偏偏老師出來的時候就只看見我一個人，結果就罰留校和教訓了一個小時。」

「幼稚園的事還記得這麼清楚嘛。」司馬伶回應：「但不只是你比較遲鈍罷了？」

「唉，不是這樣。長大之後我曾經晚上碰見喝醉的女生而被當作色狼，又曾經路經後巷遇到受傷的小狗而被當成虐打狗隻的變態罪犯。總之就是倒楣。」

「往好的方向想，至少這次只是被懷疑盜竊，罪名輕了一點嘛。」

「但那是幾萬歐元的鑽石首飾啊。」我嘆道：「這樣下去，我下次應該會碰巧經過殺人現場而被當成殺人犯吧。」

殊不知司馬伶不只沒有同情，甚至雙眼閃閃發光地望著我，就好像女生看見鑽石一般。她說：「那時候請務必帶上我一起！」

「對妳來說可能很有趣，但作為當事人的我卻是一點都不好受。而且要有受害人才會有案件啊，妳不擔心自己會變成受害者嗎？」

「與其說受害者我覺得自己更像是加害者呢。」

「妳會是兇手的意思？」

「不，我一定是兇手的天敵。反正偵探小說的偵探是不死之身。」司馬伶心情愉快地說。

5

五分鐘後門鈴噹噹響起，兩個身穿制服的警察推門進來，其中一位二十出頭，另一位看起來則五十多歲，並且額上有疤痕。

較年輕的警察跟身邊的前輩說：「西格德先生，這種小案就由我們這些小警員處理就好嘛，不用勞駕分局長先生。」

西格德卻答道：「不，反正順路經過而且有空，了解前線工作也是我的職責所在。」

「原來如此，分局長說得很有道理。」年輕警員恭敬地回應。

我看他們的肩章，兩位警察的職級差異很大，這是一對奇怪的組合，難怪那年輕警員表現得戰戰兢兢。尤其那位叫西格德的分局長，從他額上的傷痕看得出他飽歷風霜，甚具威嚴。

「請問這裡誰報了警？」年輕警員問。

「我啊！」胖女人舉手說：「我的鑽石手鏈不見了，就是撞到那小子之後不見的！」

胖女人用手指著我，於是那警員便走過來問：

「遊客嗎？可以給我看你們的護照？」

「嗯。」我把護照交給警員看，同時間那位叫西格德的分局長也走過來要求司馬伶交出護照檢查。

司馬伶一臉無奈，但最後仍是遵從指示從手袋拿出護照。可是當西格德接過護照一看，立即臉色一沉——

「司馬伶喔，我的姓名。」為免對方不懂得唸自己的華語名字，司馬伶便主動說出。

西格德說：「司馬小姐嗎……」

「對，就是那個超天才的司馬伶。」司馬伶得意洋洋地說：「巴黎第六大學畢業，二十歲未滿就在龐加萊研究院做研究的超天才。」

居然可以一口氣說完而且不臉紅。更奇怪的是，坐對面的莎拉還附和讚道：「巴黎第六大學的確很厲害呢。特別是數學系在歐洲可是首屈一指，龐加萊研究院聽名字也應該是數學的研究院吧？」

「沒錯，龐加萊也是數學史上的超天才，拓樸學與混沌理論的創始者之一。」司馬伶高興地回答。

可是我沒聽錯吧？這小妮子真的有名到如此地步，就連這裡的警察都認識？還有莎拉那奇怪的大學知識也令我覺得莫名其妙。

「原來是一位聰明漂亮的小姐呢，」年輕警員笑道：「那司馬小姐應該與案件無關吧。」

「我當然跟案件無關，」司馬伶取回護照，又坐下繼續翻看論文，「不用理會我，我只是來湊熱鬧。」

我嘆道：「喂，妳怎可以這樣無情啊？至少作個證說我沒有偷那手鏈嘛？」

但司馬伶冷笑一聲，說：「假如你是清白的話給警察搜身不就好？」

「麥克斯，」西格德命令那位年輕警員，「你去搜一下那少年的隨身物品吧。」

「好的！」麥克斯敬禮後開始對我搜身，並翻開我的行季箱，卻沒有任何發現。

於是受害者的女人拿著夾有機票的護照拍打桌面，大吵大嚷：「那我的手鏈在哪裡？一定有人偷了啊！這裡全部人都有嫌疑！」

在場的其他客人齊聲抱怨，卻又無法違抗警察的指示。而我看一下手錶，時針已經快要指向十一點。

我焦急地告訴司馬伶：「要是妳知道誰偷走手鏈的話就坦白說出來吧？別像那些三流小說的偵探一樣賣關子。」

「為什麼呢？偵探遊戲才剛剛開始嘛。」司馬伶噘嘴道。

「快十一點啦，妳忘了直升機的出發時間嗎？」

「啊……對呢。」

「所以妳真的知道誰偷走手鏈？」我馬上抓著她的肩膀問：「剛才妳戴上眼鏡環看四周，果然發現了兇手對吧？」

「你在說什麼？誰偷走手鏈不是一開始就知道嗎？那時候我在思考的是小偷的作案手法。」司馬伶對於我一無所知感到訝異，但我對她一早已經知道更感錯愕。

「司馬小姐，」西格德吩咐麥克斯拿出筆記簿，自己則繼續問：「那麼妳認為是誰偷走手鏈？」

「當然就是跟那女事主同行的男伴。」司馬伶指著那男人。

「為什麼這樣說？」西格德續問。

這時候司馬伶又舉起兩隻手指，回頭望著我，「首先那男人有兩個矛盾的地方，你們都沒有留意到嗎？」

「別演戲快點解釋吧。」我催促道。

司馬伶感到非常沒趣，吐舌說：「那男人一開始在咖啡館內吵吵鬧鬧，但後來卻主動出面勸架，這就是第一個矛盾之處。」

「是奇怪沒錯，但跟這件偷竊案有什麼關係？」

司馬伶呆愣道：「當然有關啊。一個人的性格不可能無緣無故一百八十度轉變，換言之，中間一定有事情發生。找出任何疑點是所有推理的第一步！」

「即是妳懷疑他因為偷了手鏈，所以由一開始目中無人的態度突然變得謙卑？」

「為什麼一開始那男人要無理取鬧，說話又大聲？他就是要店內所有客人都知道手鏈的存在，萬一要調查的話，有嫌疑的人也會增多。」司馬伶續道：「後來他變得謙卑則為了要息事寧人，想低調。因為計畫出了意外，讓女事主比預期更早發現自己手鏈不見。」

「什麼意外？」我歪著頭聆聽司馬伶的演說。

「你忘記了女事主如何發現不見手鏈？就是因為撞到你嘛。如果這不是意外，你就是共犯了。」司馬伶補充說：「不過多虧你這個嫌疑犯體質，才能碰巧撞到女事主，順便撞破小偷的計畫。如果沒有你這一撞，我想抓到小偷的機會就非常小。」

「我還是不太明白……」我問：「而且那男伴全身名牌，手錶也很值錢，應該本來就是有錢人吧，用不著做這些偷偷摸摸的事情？」

「你看不出他的衣著出現了矛盾嗎？」司馬伶開始加快了她說話的速度：「尤其是上衣跟褲子。」

「此話何解？」這時候連身為警察的西格德都開始感興趣。

「仔細看的話，他上衣胸口位置太過窄，但褲頭處卻太過鬆。一套衣服可能因為長胖而變得不合身，就像他同行的女士一樣；只是上身長胖下身變瘦這個就不合理，是第二個矛盾的地方。」司馬伶用數學邏輯的口吻解釋：「矛盾出現是因為前提的假設錯誤，換言之那套衣服不是他自己的，而是租或者買二手舊衣。」

「嗯，他還要買刮花的腕錶來充當有錢人？」

我嘗試跟隨司馬伶的思想說：「所以他要買舊的名牌來假裝自己是有錢人？」

「接近真正的有錢人，然後偷走名貴的東西。」西格德打岔問：「但這個只是司馬小姐的推測，警察不能單靠邏輯推理而有所行動。」

說著的時候，司馬伶已經走到收銀櫃檯後面，並說：「證據的話隨著推理就會出現。假如同行的男伴真的是小偷，那他是一個人犯案還是有同黨呢？」

「一個人……吧？」我回答。

「為什麼？」司馬伶問。

「因為咖啡館內沒有其他人懂得西班牙語。」

「終於追上了我的推理呢，但只答對一半。」司馬伶又問：「先假設是一個人犯案吧，你有想到什麼方法藏起贓物而且不被懷疑？」

「吞下去之類的？」

「吞下去也是一個方法。但你沒有留意到女事主用來拍桌子的護照和飛機票嗎？他們應該正準備離境吧。畢竟他們鄰桌的老人也說過自己要趕著登機。」司馬伶說：「所以要是那賊人不太笨的話，就不會把金屬手鏈吞下。不然過不了保安檢查又或者被X光檢出肚內手鏈，到時候就百口莫辯了。」

司馬伶打開了廚房門，戴上一雙白手套道：「除了吞下肚子，其實還有方法，在沒有共犯之下利用他人幫忙收起贓物。」

「喂，妳隨便走到別人廚房這樣好嗎？」但顯然我無法阻止她。

「把偷回來的手鏈用紙巾包起放在碟上，服務生就會自然幫忙把贓物丟到垃圾桶內。然後等晚上讓同伴到垃圾堆回收贓物就好。」司馬伶毫不在意垃圾箱的氣味，只是一直翻著垃圾。

「自己與事主一同離開法羅群島，而同伴則往垃圾堆回收……這做法確實能減低被捕的風險。」

「本來我想等今晚一併找到小偷，可是這樣做又會放走現行犯。」說到一半，她便找到想要的東西。「我就說最擅長找回失物的就是數學家。」

司馬伶把紙巾放到櫃檯上，然後把它打開，裡面果然藏著一條鑽石手鏈，令在場眾人嘩然。

我問：「可是這樣有證據說明是那男人偷走手鏈嗎？」

「羅卡交換定律，這次不是數學定律喔，而是犯罪學的理論。」司馬伶說：「凡兩個物體接觸，必會產生轉移現象。因此這張紙巾上肯定有小偷留下的痕跡吧。不要小看現今的科學搜證技術啊。」

「那果然是——」

「不！肯定不是小詹做的！」突然作為受害者的女人高聲道：「再說，這手鏈是戴在我的手上，我肯定有把手鏈扣緊，小詹又有什麼方法在我手腕上偷走？」

小詹看來是她同行的男人的暱稱。但這個女人居然反過來為小偷辯護，是開始語無倫次了嗎？如果沒辦法偷走，妳一開始又為何要報警抓小偷？

「原來如此，真有趣。」司馬伶低頭細心觀察了手鏈後說：「手鏈被拆開的部分是兩個類似鑰匙圈的構造。要拆開這兩個鎖匙圈我用一根頭髮就可以了。」

說畢，司馬伶立即在她頭上拔出一根頭髮，把頭髮繞作Z形，並將兩端分別夾在鎖匙圈裡面。

接下來是司馬伶的個人表演時間，她說：「最擅長偷東西的就是數學家，他們能夠用數學的方法解鎖。當然除了數學家之外這亦是魔術師的看家本領。這個魔術在半個世紀之前已經有出現了，是一個西雅圖的魔術師Bill Bowman在一九五四年第三百一十期的The New Phoenix提出。」

究竟她是立志當偵探還是小偷？不知道哪裡來的雜學，但司馬伶說她第一次接觸這個魔術是從另一位美國數學家馬丁·加德納（Martin Gardner）的科普著作裡面知道。

該魔術用上一張鈔票和兩個迴紋針。起初迴紋針分別夾在鈔票頂的兩端，可是當魔術師快速拉扯鈔票左右邊緣，兩個原本分開的迴紋針就會在空中扣成一體。

雖然雜誌刊登的魔術是使用鈔票和迴紋針，而司馬伶用的則是頭髮和鎖匙圈。不過她說頭髮與鈔票，鎖匙圈和迴紋針在拓樸學上是「同胚」，約略是相同的意思，因此沒有問題。

說時遲那時快，司馬伶馬上拉扯夾著鎖匙圈的頭髮兩端，手鏈就突然彈飛到空中！我連忙上前把幾萬歐元的手鏈接住，並打開雙手看，發現原本兩個各斷開的鎖匙圈果真連在一起。

司馬伶嘗試用數學的方法解釋：「原本鎖匙圈扣在彎曲的頭髮兩端。但當拉直頭髮時，頭髮的曲面就會傳到兩個鎖匙圈上，於是鎖匙圈就被逼彎曲繼而拉開缺口，讓它們有空隙扣在一起。」

「馬丁．加德納說過：『若干』與『沒有』不盡相同，但這是幾何學上的，而且沒有東西能夠存在於幾何之外，包括『沒有』。」

司馬伶得意地宣言：「只要懂得幾何學，我就能做到任何事。而拓樸學也是幾何學，其意思是『位相幾何學』。只要運用拓樸學的知識，我們能夠用一根頭髮把兩個原本分開的鎖匙圈扣在一起，亦能夠用逆向的手法把扣在一起的鎖匙圈拆開……」

正當司馬伶打算示範如何用頭髮解開手鏈的鎖，卻在途中被女人大聲喝止。

「夠了。」胖女人跟西格德道歉：「這純粹是一場誤會，只是我不小心弄掉了手鏈而已。麻煩到各位不好意思，我願意賠償大家的損失。」她又對鄰桌老伯說：「如果讓你趕不上飛機的話，我可以賠償另一張機票給你，而且是商務客位。」

西格德皺眉道：「妳肯定是自己不小心沒錯？」

「是，真的不好意思。」胖女人再次低頭道歉。

「那就這樣吧。」西格德嘆了口氣，拍一拍身旁麥克斯的肩示意可以收隊回去。

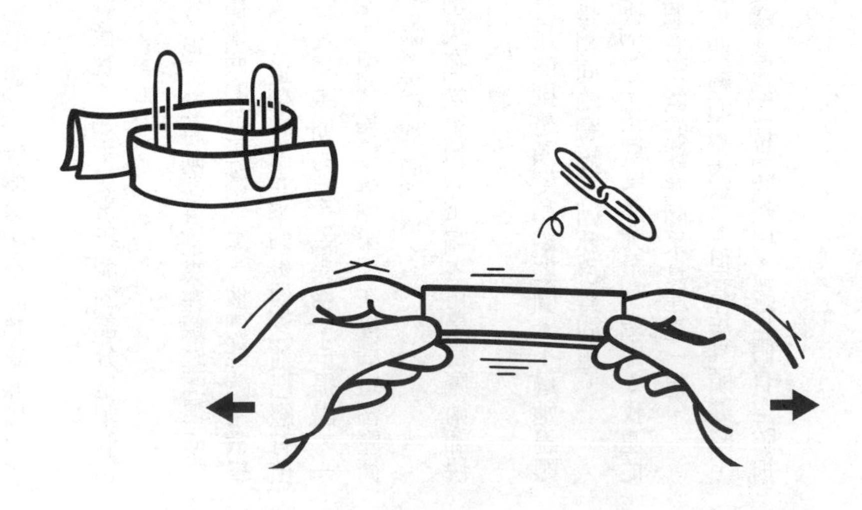

不過麥克斯好像對司馬伶很感興趣，一直盯著她。

相反司馬伶只是喃喃自語：「原來如此，我的推理還不夠完整。」

「怎麼了？」我問。

「那女事主是真正超有錢的富豪，她肯定比我更清楚誰是自己的同類吧。她早就察覺到對方假裝有錢卻依然讓他留在身邊，這就證明二人的關係比我想像中複雜……」司馬伶拿下眼鏡說：「果然人的想法才是推理裡面最困難的部分。」

6

最後我們總算在早上十一點前趕到了直升機場。

眼前的直升機場十分簡潔，在停機坪上有一架白色直升機，然後旁邊有一間候機小屋，連同售票櫃檯同樣在屋內。於是莎拉到售票櫃檯付了四百五十法羅克朗，並對我們說：

「每人一百五十法羅克朗呢。順帶一提在法羅群島上法羅克朗與丹麥克朗同樣流通，兩種貨幣幣值相等。因此我在酒店帳單上加多一百五十丹麥克朗，待你們退房時再一併計算吧。」

我回答說：「好的，謝謝。」

接著在停機坪上颳起大風，直升機已經開動了引擎，轟隆隆的相當有壓迫感。這是我第一次坐直升機，所以心情既興奮又緊張。

「幾位的行李不多就好辦了，可以放到座位後面用釦鎖緊。」直升機師說完就登上了機師席，餘下另一位工作人員則小心翼翼地將行李箱搬到機內。

我想這架直升機算是比較大型的，機內前後兩排共六個座位對望而坐。我們上機後依照指示扣好安全帶，然後就準備出發到米基內斯島。

「游先生，司馬小姐，右邊遠方那個小島就是米基內斯了。」直升機起飛後數分鐘，莎拉便開始替我們介紹待會旅遊的目的地。

我望向莎拉所指的方向，眼底是一片綠油油的小島，島的西岸有幾十間房屋，然後在最西端的燈塔大概就是整個島最高的建築物了。

莎拉說：「那聚落就是米基內斯島上的唯一一個村落，村名同樣叫米基內斯。以往米基內斯村最多住過超過一百人，但隨著人口遷移，現在常駐的村民也只是十數人，因此平日空置的房屋隨處可見。」

「好可惜呢，明明是很漂亮的地方。」

「謝謝妳。」莎拉微笑說：「其實米基內斯在夏天的旅遊旺季還是會吸引不少國內外的人前來度假。就像這次的天文奇觀亦讓米基內斯熱鬧起來。」

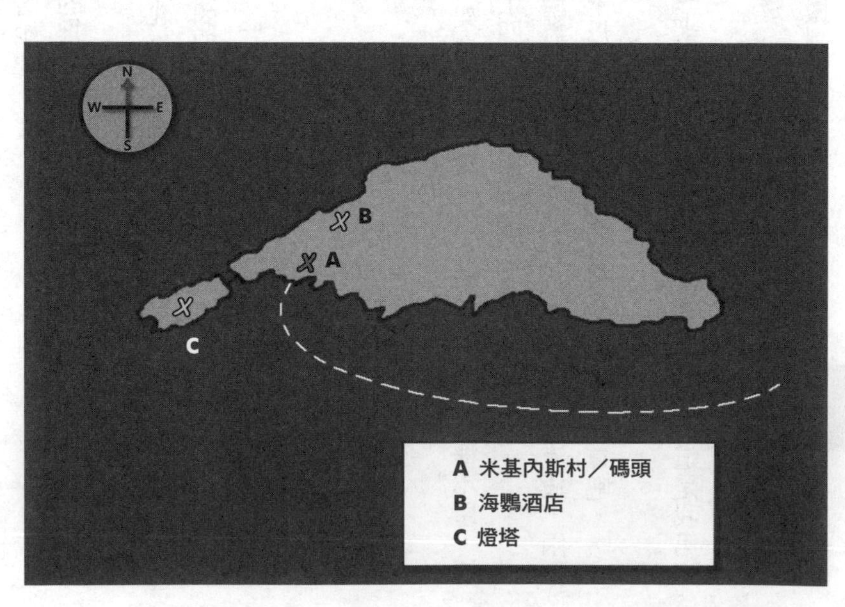

但司馬伶卻說：「雖然我也喜歡大自然，平日也會遠足，而且三天後也會看日食。不過這次我來旅遊是有其他目的呢。」

「例如？」我問了之後馬上後悔，因為我看見司馬伶又把那疊厚厚的論文拿出來，興奮地說：

「想聽嗎？那我就告訴你吧！還記得我們在飛機上說過的克卜勒猜想？」

「欸？」莎拉的神情非常訝異，但我十分理解，因為我第一次聽司馬伶唸數學咒語時亦不知所措。

於是我回應說：「就是在封閉空間內填滿最多的球體之類那個吧。妳不是說那個猜想已經被證明了嗎？就妳手上的論文。」

司馬伶反問：「但你對於如何證明不感興趣嗎？世上明明有過千萬種裝球方法，數學家是如何證明六方最密堆積是最有效的？」

看見沒有人回答，她便繼續解釋：「人手做不來的東西交由電腦做就對。事實上在一九七六年亦首次有數學家藉著電腦證明著名的數學問題『四色問題』，於是到了九十年代亦有人著手研究用電腦演算法證明克卜勒猜想。」

我打斷了司馬伶的話，說：「結果最後還是得靠電腦的力量嗎？總是有點坐享其成的感覺，怪怪的。」

「你說得沒錯，數學界一向都不太喜歡借助電腦演算去做證明。一方面這違反了數學的『美』，另一方面就算電腦能夠高速地把所有裝球方法做比較，最後還是要數學家親自驗證那些電腦報告，同樣非常費時。」

我問：「數學家也講究那種抽象的『美』嗎？」

司馬伶回答：「對於數學家來說，越簡單的就越漂亮。如果能夠用一頁紙就證明出大定理，那就是最美麗的證明。反過來說電腦的證明就肯定不美麗，我相信赫茨森博士亦有相同的想法。」

在這裡出現了陌生的人物，於是我問司馬伶，到底赫茨森博士又是什麼來頭。

接著司馬伶手舞足蹈地解釋：「尼爾斯．赫茨森，他可是丹麥近代最厲害的數學家喔！他當時用上嶄新的幾何拓樸方法完美證明了克卜勒猜想。我記得第一次拜讀赫茨森博士的論文時還感動得要哭呢！那種方法四百年以來也沒有人想過，真的令人嘆為觀止──哇！」

司馬伶說得興起，差點在座位上跌出來。

「妳小心點吧，別忘記我們正身處幾千公尺的高空啊。」我無奈地說。

「抱歉失禮了。」司馬伶立即轉頭望向莎拉問：「不過赫茨森博士正與家人在海鷗酒店度假，對吧？」

「咦？」莎拉顯得有點不知所措，「本來我是不能夠透露客人的資訊，不過看起來妳是早有準備呢。」

司馬伶點頭說：「是數學界的朋友告訴我的。」

我一聽到數學界的朋友，立即想起有一堆怪人圍著薄餅，個個拿著間尺量角器，然後用紙筆寫下三角函數和圓形公式來計算如何平均地將薄餅切成六等分。

因此無論如何我都不願意跟一堆數學狂熱分子共進晚餐。

莎拉對司馬伶說：「其實赫茨森先生之前說過今晚會留在酒店餐廳享用晚飯，如果妳想見他的話也可以來我們餐廳用膳。」

「這樣就好！那請妳留兩份晚餐給我們呢。」

「我們？」我問：「為什麼連我的晚餐都被妳決定了？」

「反正你都沒有朋友吧？不然也不會一個人千里迢迢地來到這個偏遠孤島。」

司馬伶毫不客氣地說著。縱然我也不至於沒有朋友，但在這個月份要找人陪我來法羅群島確實是有點麻煩，所以我才一個人來。而且準備旅程途中亦遇到不少困難，例如訂不到酒店。

事實上法羅群島比較方便的酒店都一早被訂滿，直到我計畫行程時已經為時已晚。我也是好不容易才找到位於遍遠小島的這間酒店，不然我現在就躺在法羅群島首都的酒店休息了。

莎拉經營的海鸚酒店因為沒有網上訂房服務，而且地方偏遠，大概是整個法羅群島上面少數剩下空房的酒店吧。當我還在想為什麼有其他人都預訂海鸚酒店，原來司馬伶是另有目的呢。

當然剛才我的說法不能在莎拉本人面前說出口，而且我對莎拉也沒有惡意，更覺得她十分友善，但酒店的地點確實不太方便。

「明白啦、明白。」我回答司馬伶：「今天陪妳行動就是了。」

7

結果大約十五分鐘左右，直升機就降落到米基內斯村外停機坪。而當我近距離看著這個孤島村落時，竟有一種置身在繪本世界的感覺。

米基內斯島上意外地沒有平原，所有木屋都是建在起伏不平的山丘之上，幾乎每間房屋的高度都不一樣。

在村中間隔著一條小溪，兩岸房子的屋頂都長滿雜草，整個村落都跟大自然融為一體。

比較特別的是，之前在高空看見島上的陰影，來到陸地上看原來都是未融掉的雪。米基內斯才剛踏入初春，村外山頂依然白色一片，跟花草茂盛的村落相映成趣。

「這種地方應該能夠洗滌你這個都市人污濁的心靈吧？」司馬伶的這番話明顯是對我說的。

莎拉見我們相處不錯，便微笑說：「歡迎來到米基內斯，希望你們會喜歡這裡。」

「嗯，一定會。」我只好禮貌地點頭回答。

但司馬伶只是迫不及待想放下行李。她嚷著問莎拉酒店在哪，然後莎拉便指向靠海的遠處說：

「就在北邊小山丘之上，跟村落有點距離，但更加適合寧靜地享受假日生活。」

我望向遠方，莎拉的海鸚酒店外牆塗上黑白色，高五層樓，建築呈長方形，跟村內三角屋頂的木屋群有明顯分別。

莎拉續道：「黑白也是北極海鸚的主色，到酒店安頓好之後你們可以去看一下海鸚喔。」

說畢，我們三人便向著山丘的酒店出發。

「莎拉姐──」

酒店大廳的自動門打開，門口左邊的接待櫃檯坐了一位棕色短髮的少女，並且相當有朝氣地跟莎拉打招呼。

「辛苦了。」莎拉又替我們介紹：「她叫阿曼達，海鸚酒店就是我們兩人跟另一位男士打理的。如果需要什麼都隨時可以找我們，尤其阿曼達的年齡跟你們相若應該會有更多話題吧。」

說著的時候，莎拉從口袋拿出名牌掛在胸前，名牌寫上她的名字Sarah。我再看一下阿曼達的胸前也掛著寫有Amanda的名牌。

「其實莎拉姐也很年輕啦。」阿曼達換了話題，「話說我在外面聽到直升機的聲音就知道客人來了。兩位是游先生和司馬小姐對吧？」

「是的，」我回答說：「訂了四天房間。」

阿曼達敲著鍵盤說：「游先生和司馬小姐都是預訂客房到二十號，二十一號退房呢。退房時間是上午十一點前。」接著從接待櫃檯的抽屜拿出兩把鎖匙，「游先生是305號房，司馬小姐是304號房。」

「謝謝。」在我接過鎖匙的時候，我看見櫃檯的電腦旁邊還擺放了一隻肥胖的鳥類布偶。

莎拉知道我望著布偶，便說：「這隻就是法羅群島最具代表性的北極海鸚，也是我們酒店的吉祥物。米基內斯的海邊有大量海鸚，你們一定要去看看喔。」

雖然類似的話剛才已經聽過一次，但司馬伶對於這種鳥類生物顯然毫無抵抗力。她跑到布偶前大叫：「好可愛，可以摸摸它嗎？」

「當然可以。」

於是司馬伶也不客氣地把布偶抱起來，睜大眼睛說：「數學難以解釋的可愛力！」

「比妳可愛得多，至少不會吵。」我把304號房的鎖匙遞給司馬伶。

但司馬伶好像什麼話都已經聽不入耳，「304嗎？是一個和暖的數字，房間應該很舒適。」

「和暖？很少聽人如此形容一個數字。」

「在我的腦海中，所有數字都有自己的性格和性別，並能夠以各種顏色來代表。我也是因為有這種感覺，所有五位數字以下的正整數我可以背出其因數。哪個是質數一看顏色就知道。」司馬伶續道：「說回來３０４是八個連續質數的總和，23+29+31+37+41+43+47+53=304，是一個有趣的數字，難怪會散發出和暖的感覺。」

話題越扯越遠，我聽到一堆數字就開始頭痛。於是我嘗試打斷她的話，「不如商量一下我們今天的行程吧？」

「行程……之後再想。現在先回房休息，半小時後再在這兒集合吧。」司馬伶終於依依不捨地放下布偶回答。

意外地原來她也不是一個計畫周詳的人。

於是阿曼達就提議說：「酒店大廳有舒適的沙發和電視，還有免費Wi-Fi，請隨意使用。如果想知道附近的旅遊資訊還可以參閱放在櫃檯的小冊子。」阿曼達繼續細心講解：「電梯和樓梯都在你們身後，可以到達任何樓層。二樓是酒店餐廳，我們提供免費早餐，但中午休息，晚餐則是預約制；方便的話請預早通知我們，酒店會為你們提供最美味的道地飯菜。」

「嗯，已經跟莎拉預約了今天的晚餐囉。」

「哦，那今晚丹尼哥將會很忙碌呢。」阿曼達補充：「丹尼先生是我們的主廚，是海鷗酒店的第三位員工。」

「原來如此，很令人期待呢。」司馬伶微笑回應。

接著我和司馬伶便拖著行李回頭走向電梯，還沒有按下任何按鈕電梯門已經自動打開，裡面亦沒有人。

「祝你們有愉快的一天。」櫃檯的阿曼達對我們微笑點頭，大概是她那邊可以遙控打開電梯門。

「謝謝。」我也報以微笑回應。

8

終於能夠到酒店房放下行李，再洗一下臉，回到酒店大廳時就剛好正午十二點。

司馬伶先我一步來到大廳，並坐在沙發把一堆小冊子攤在桌上研究。至於接待櫃檯是空空如也，看來阿曼達和莎拉都在櫃檯後的員工室休息。

「怎樣？」我問司馬伶：「我知道妳今晚要見那個博士，但中午的行程計畫好了嗎？不會是數學研討會吧？」

「跟你聊數學都不有趣，我情願教海鸚背乘數表呢。」司馬伶看見我揹著相機內袋，便問：「原來你喜歡攝影喔？」

「是啊，難得來到法羅群島，一定要拍下這兒美麗的風景。」我又說：「攝影也跟數學有點關係嘛。光圈、快門、焦距等等，感興趣的話我也可以教妳。」

「不，我有自信我的眼睛比相機厲害。」司馬伶只是點點頭，接著又埋首研究手上的小冊子。

我瞄看她小冊子的內容，起初還以為是什麼景點介紹，殊不知原來每份小冊子都是關於北極海鸚的生態資料。看起來她是在計算那些海島的棲息時間和飛行路徑，嘗試尋找最適合觀賞的時地與角度。那種對於可愛生物的偏執，就像迷戀偶像的跟蹤狂一樣，給她談戀愛的話大概會很可怕。

無奈的我只好坐在旁邊沙發看電視，正好酒店大廳的液晶電視也在播放關於三天後日全食的新聞，看見有不少旅客乘飛機或船擠往法羅群島。

電視新聞放到一半，這時候酒店的自動門忽然打開，有兩個輕裝的男人揹著背包走進來。可是碰巧櫃檯沒有員工值班，於是額上有疤痕的中年男子問道：「不好意思，請問有人嗎？」

「咦？」我在旁邊看覺得奇怪，問司馬伶：「那個人好像很面熟似的？」

司馬伶沒好氣地回答：「難怪你要靠相機記錄畫面啊，你眼睛有問題嗎？不就是咖啡館的警察二人組，只不過穿回便服罷了。」

原來如此。之前吃個早餐就差點被當成小偷，現在他們跟來是因為案件有後續嗎？怎樣都是不好的預感，我看司馬伶的側臉同樣露出不悅的表情。

「來了。」阿曼達聽見有客人叫她，便從員工室鑽到接待櫃檯，「請問有什麼可以幫到兩位？」

「我們想要這四天的酒店房，不知道還有沒有空房？」中年男子禮貌地問。

「欸？」大概平日很少人親身走來要房，阿曼達便向員工室內求助：「莎拉姐，有兩位客人來訂房呢。」

莎拉急步地走出來招呼，說：「兩位客……咦？兩位不就是今早的警察先生？」

「呃，妳好。但請別誤會，我們來不是為了之前的事情。而且現在我們也算是休假中，不用這麼拘謹。」中年男子說：「我再簡單地介紹一下自己，我叫西格德，至於旁邊的小伙子就叫麥克斯。妳也知道最近遊客多了嘛，米基內斯島上沒有警察，於是我們就來看看囉。就形式上而已，妳把我們當作普通客人便可。」

西格德很努力地解釋，雖然從我這個外人看來是十分奇怪的事情。

莎拉聽後便敲了幾下鍵盤，說：「我們酒店只有兩張單人床的雙人房，請問你們要一間房還是兩間？」

「一間就可以，畢竟警察局的資源不多。」西格德嚴肅地回答。

「那樣的話……我就替你們準備302號房吧。」

「沒問題，感謝。」

就這樣酒店多了兩位警察住客。但他們說是休假卻使用警察局的資源，那究竟是什麼意思？而司馬伶卻忽然笑了出聲，站起來說：「我想到今天的行程了。」

「妳又打什麼鬼主意？他們可是警察啊。」

只見司馬伶又換上另一副眼鏡，交叉雙手若有所思的，沒有回應我的問題。於是我又問：

「話說妳經常戴上又拿下眼鏡，有什麼原因？」

「還不是因為有人認為我是小孩子，又看不起小孩子？這個世上有很多人自以為年紀較大見識較多就看不起其他人，真是愚蠢。所以我只能夠戴眼鏡裝大人。」司馬伶心生不忿的樣子。

「那個……妳該不會因為我說過妳不像大學畢業，所以還在生我的氣吧？」

「是嗎？就算你說我是小孩子我也不會記在心上的。」

我連忙否認：「我沒有說過妳是小孩子啊！」

「你剛剛說了！」

「故意在句子挑毛病妳是小孩子啊？」

「你看！你又說了！」司馬伶嘛嘴抱怨。

「明白啦、明白。我道歉就是了——」

說到一半，較年輕的警官突然走來搭訕：

「怎可以對女士如此無禮呢？」他白了我一眼後就轉向跟司馬伶打招呼：「美麗的女士，還記得我嗎？我們又見面了。我叫麥克斯。」

「嗯，麥克斯嗎，你來得正好。」司馬伶問：「等會你有空？」

「有啊！我現在放假嘛！」麥克斯滿心歡喜地回答：「如果願意的話我可以帶妳到處遊覽，一盡地主之誼呢。」

「遊覽就不必了。但我肚子有點餓，不如找一間餐廳慢慢聊好嗎？」

「餐廳對吧？我馬上去訂這裡最浪漫的餐廳！別理會那草包子了。」

「草包子是說我的助手嗎？」司馬伶指著我說。

「助手？」我跟麥克斯異口同聲地問。

「還有把你的上司也叫過來，我們四人好好聊一下。」

一聽到是四個人，麥克斯就非常失落。相反看見司馬伶的嘴角揭起陰險的笑容，我大概猜到司馬伶想做什麼。

偵探、助手、警察。這組合沒有好東西。

9

坦白說，司馬伶的行動力不得不令人佩服；只是兩三句話，結果我跟兩位警官不明不白地就被她帶到一間餐廳去。

聽其他人說，那是米基內斯島上唯一對外開放的餐廳。不知是否這個原因，餐廳老闆娘不愁沒有生意，服務態度很差。她滿臉皺紋的厲目而視我們，於是我們也不耽誤時間，爽快地點了四個餐就把她打發回到廚房裡面。

接著，司馬伶開門見山地跟西格德說：

「我很清楚你跟來米基內斯的原因，我也可以答應你安分守己，條件是你要告訴我有趣的故事。」

聽司馬伶的口氣，那兩位警官好像是因為她才跟來米基內斯？究竟她是超有名氣的學者還是頭號通緝犯？

「呃，司馬小姐，妳想聽什麼故事？」畢竟西格德也是成年人，沒有跟她計較。

「你們是警察吧？尤其西格德你資歷豐富，一定有遇過什麼有趣的案件？我平時喜歡讀偵探小說，但現實有時候比起小說更有趣嘛。」

我沒好氣道：「果然是偵探遊戲嗎？不要因為妳自己的興趣而麻煩到其他人吧。」

「助手別插話。」

「我什麼時候當了妳的助手？」

接著司馬伶理直氣壯地說：「偵探遊戲當然要有偵探和助手啦。」

「妳就直接承認自己在玩偵探遊戲啊？」我嘆氣說：「至少不要用助手來叫我好嗎？我也是有姓名的嘛。」

「助手想要名字嗎？那叫做華生怎麼樣？」

「我的姓名跟這兩個字沒有任何關係對吧？」

「那就叫你做游生啦。」司馬伶滿足地說：「語帶雙關，真是不錯的名字。當我戴上眼鏡的時候你就是游生囉。」

「唉，妳喜歡就好。」我放棄反抗的念頭，任由她繼續自我陶醉。

本來我以為其他人不會跟她瘋，可是席間有一位非常配合司馬伶的人，那就是叫做麥克斯的年輕警官。

麥克斯說：「要說奇怪案件的話，一定是『那個』吧。」

司馬伶問：「所謂的『那個』是……？」

「在我們警隊裡面有一宗非常有名的案件，所有新入職的都一定有聽過。」麥克斯又說：「而且最清楚案件的人也在這裡，西格德先生就是當年有參與調查的警官啊。」

西格德聽見後搖搖頭，「那件案子嗎……如果司馬小姐感興趣的話我分享一下也無妨，只是分享而已。」

司馬伶聽見後，就像小狗看見主人餵食的樣子，她正在想什麼根本都寫在臉上了。西格德看見她興致勃勃，只好順應她的意思說：

「好吧，那的確是我幾十年來遇過最不可思議的案件。雖然案件已經完結，但留下的謎題一直讓我覺得很遺憾。而且案發地點就是這裡米基內斯，我想今天你們來到也算是一個緣分吧。」

居然正正是發生在這裡？我和司馬伶知道後都不期然緊張起來。至於麥克斯則保持安靜，只是吃著老闆娘剛剛端上來的午餐，好讓西格德慢慢回想往事。

「雖然已經過了很久，但當日的情景我還是歷歷在目。那是二十年前的一個冬天，一位二十多歲的少女被發現在家中自殺。根據後來的驗屍報告，死者是兩至三日前死去，死因是自縊導致窒息而死。」

「伏屍的地方是死者家中的二樓書房。房間的木梁還綁著一根用來上吊的繩套，至於旁邊書桌亦放有死者親筆書寫的遺書，乍看之下只是一宗平凡的自殺案。」

「而且警方認定那是自殺案還有另一原因，就是死亡現場呈現一個雙重密室的狀態。」

「密室」這兩個字就好像鮮魚一樣，而司馬伶則是海鳥，立刻就上鈎了。她睜大眼睛，靜候西格德繼續說：

「首先是死者的家建在非常開闊的空地上。根據附近村民的口供，死者在過去的一個星期都沒有外出，亦沒有人探訪她。這供詞亦跟現場環境證供吻合，因為當時整片空地都是積雪，唯一的腳印是第一發現者留下的。」

司馬伶眉開眼笑地說：「雪地密室！這就是雙重密室的第一重吧。」

「沒錯，第一發現者的足跡是報警當日所留下，但死者的死亡時間是兩至三日前，換言之自殺當日死者的家正處於『雪地密室』的狀態，沒有其他人出入。」西格德續道：「至於第二個密室就是死者的書房。根據發現者的口供，當時死者房間從裡面反鎖，需要用鐵鎚砸爛門鎖才能入內。」

司馬伶質問說：「那個發現者的證供可信嗎？也可能書房根本沒有上鎖，只是那人說謊而已。」

「就算發現者說了謊，但雪地的密室也是無法解釋。而且那個人在死者的死亡時間有著牢不可破的不在場證據，所以不可能跟死者的死有任何關係，警方便沒有懷疑的理由。」

司馬伶一臉沒趣，「那說到底亦只不過是有人在密室裡面自殺而已，究竟是哪裡不可思議？」

「啊，原來如此。」西格德驚覺道：「我是說漏了現場死者遺體的狀況。死者在書房被發現時，遺體可是沒有頭顱的。」

「什麼？」我跟司馬伶都感到意外，難怪西格德叫我們先吃完午飯再說。司馬伶問：「在發現遺體之前，頭顱被誰斬下來了？」

畢竟死者的死因是自縊，不可能生前被割頭。

西格德回答說：「嗯，就是這樣。由於現場只有書房留下大量死者的血跡，可以相信死者的頭顱是在書房內被割下來。但是在遺體旁邊找不到死者的頭顱，而且不只書房，就連現場整間房子都沒有找到。」

「如果只是藏在屋內，腐臭的氣味很快就會被人發現吧。」司馬伶好奇地問：「話說沒有頭顱也能判斷死者的死因嗎？」

「可以。當一個人在死後血液會停止循環，紅血球會因地心吸力慢慢沉積形成屍斑。當日死者的屍斑集中在手掌和腳掌，很明顯死者在身亡時是被吊起而非我們發現時躺在地上般。」西格德繼續解釋：「還有尿斑。因為自縊身亡的人會首先失去意識，這時候括約肌會鬆弛而導致失禁。警方有在現場利用ＢＴＢ法檢驗出尿跡，這是自縊常見的環境證供。」

至於其他關於解剖的證供包括喉頭的狀態等等，都不是餐桌上的話題；總之驗屍報告確信死者是死於自縊，所以司馬伶也沒有追問。畢竟司馬伶的專長只是邏輯推理跟少許理科知識，對於法醫學她是一竅不通。

西格德回到正題，「之前說過現場是一個雙重密室吧，但頭顱卻從密室裡消失，這才是最困擾警察的地方。彷彿是一個原本就沒有頭的人在房內上吊自殺，又或者是有幽靈一般的兇手穿越密室殺人，然後帶著頭顱離開，沒有在雪地留下半點痕跡。」

「幽靈什麼的根本沒有科學根據！」司馬伶忽然面色蒼白，「一定有其他解釋的……例如是第一發現者把頭顱帶走了！」

西格德回答說：「當然我們也有這麼懷疑過。可是屋外的雪地上面就得一行腳印，沒有其他車輪或者雪橇留下的痕跡。」

「那就直升機之類的？」

「二十年前米基內斯還沒有直升機服務，要是有直升機把頭運走一定會驚動其他村民。」西格德續道：「除非兇手像幽靈一樣沒有腳又會飛天——」

「都說這世上沒有幽靈！」司馬伶不滿地抗議，「再說那發現者只要踏回原本的腳印沿路折返，不就無需留下新的腳印離開現場？」

「這方法我們也有考慮過，但報警後發現者沒有離開現場，如果是偽裝的話那個人就要沿路來回折返兩次才行。可是死者的家比較偏遠，起初發現者可是從村內走了超過兩百公尺才走到現場，並在雪地留下超過兩百公尺長的足跡。要小心翼翼沿著腳印折返兩次本身就有難度，更何況腳印是指向死者家的，要做到相同腳印就只能倒後走。一個人倒著走兩百公尺實在太滑稽了，大白天這樣做一定會被村民見到。」

由於足跡是當日早上留下，下午警察就趕到現場，所有事都在光天化日下發生。亦因為類似的理由，如有兇手的話，兇手要倒著走同時撒雪掩飾足跡的可能性亦很低，太容易被村民發現。

「換言之頭顱是用其他方法運走，並且不留痕跡地從雪地上消失……」司馬伶又有新想法，「例如把頭顱大力拋到屋外之類的？」

「一個成年人的頭部大約是體重的十分之一，據推斷死者的頭部至少也有七公斤，比起一般保齡球還要重。普通人不可能將這麼重的東西拋得遠吧。」

「如果是用槓桿原理，像投石車那樣——」

我插話說：「需要提醒妳說話越來越變態了。」

司馬伶向我吐舌頭抗議。

「除非有方法把頭顱拋到島外呢，只是屋內沒有找到類似的工具。」西格德冷靜地回答：「現場留下的東西極其量亦只能將頭顱拋出屋外雪地，但一定會在雪地上留下凹痕甚至血痕吧？可是警方之後擴大搜索範圍至整個米基內斯島，始終找不到相關的痕跡。要知道二十年前米基內斯的對外交通沒有現在方便，就連渡輪服務都非常有限，要把死者頭顱運送島外幾乎是不可能的。偏偏在米基內斯島內又找不到任何頭骨，完全是人間蒸發。」

聽著都覺得毛骨悚然，相反司馬伶卻有點興奮。她追問：

「沒有找到頭顱，但有找到用來割下頭顱的工具嗎？」

「嗯，在屋外不遠處找到一把沾滿死者血的斧頭，一把鐵鏟，都是隨便地掉到雪地上。我記得還有梯子倒在斧頭旁邊，不曉得跟案件有沒有關係就是了。」

「斧頭、鐵鏟和梯子……也許梯子是用來入侵二樓書房？鐵鏟就是用來埋藏什麼證據。」

司馬伶喃喃道：「至於斧頭沾有死者的血，理所當然就是用來砍下死者的頭，但那個人卻沒有把兇器帶走，為什麼？」

「雖有鐵鏟，但現場的雪地下面沒有掘到什麼重要證物。」西格德嘆氣說：「斧頭也沒有指紋，所以警方亦是束手無策，毫無頭緒。」

「不，至少可以說明這是有人砍掉死者的頭，而並非什麼幽靈或者超自然現象。既然是人為的，必然會有動機。警察關於這方面有沒有想法？」

西格德搖頭說：「同樣沒有頭緒。再說為什麼要把一個人的頭砍下來呢？是留來收藏嗎？」

司馬伶得意地說：「如果是推理小說的話，會出現沒有頭顱的屍體大多是想在死者的身分上動手腳呢。」

「這不可能成功，不要小看法羅群島的警察。即使當時法羅群島沒有所有居民的指紋資料，不過探員還是從死者日常起居的地方搜集了許多ＤＮＡ樣本，亦跟醫院核對過死者的血液，我們非常肯定死者的身分沒有弄錯。」

「如果不是要隱瞞死者身分的話，就是要隱瞞死者真正的死因？」

「這個之前亦已經解釋過，驗屍醫生斬釘截鐵地說死因是自縊，沒有其他可能性。」

「又不是這個的話，那就是要隱瞞密室的秘密？無論如何一定有動機，動機才是最重要呢。」

「就是動機怎樣也想不通。究竟是什麼人要執意帶走死者的頭？」

「兇手之類的？」

「希望不是這樣吧，不然我們就放生了一個殺人犯超過二十年。」西格德慨嘆說。

「話說那個第一發現者是誰？跟死者又有什麼關係？為了什麼事情而上門找死者？」司馬

伶終於忍不住開口問。

「雖然案件已經過了二十年，但這終究涉及個人隱私，我只能說發現者沒有可疑。那個人只是碰巧去到死者家看見大門沒有上鎖，於是進屋找死者，結果就發現了慘劇。其他關於那位發現者的身分，礙於我的立場，請原諒我無法說得更多。事實上我對於那個人的記憶也很模糊了。」

「不是你的錯，原本就是我任性的要求而已。感謝你。」

原來她也知道自己任性啊？

西格德沒有介意，只是說：「如果司馬小姐想知道更多的話，不妨跟這裡的村民打聽一下吧。因為這件『無頭自殺事件』實在太過轟動，我相信米基內斯的村民都沒有忘記。」

西格德警官的偵探故事已經完畢，但司馬伶的偵探癮才剛剛開始。我想是時候要讓她冷靜一下。

我跟她說：「吃完飯不如散步四處逛逛好嗎？我帶了相機，想到海邊附近拍照。」

「欸？助手啊，劇情接下來不是該去跟村民蒐集情報才對？」

「我已經陪了妳聽整個偵探故事，晚上也跟妳和那個數學博士吃晚飯。中午這幾個小時就讓我休息一下嘛。」

「嗯……」司馬伶拿下眼鏡說：「對呢，畢竟你是來旅遊而不是查案，抱歉。」

「不，又不用道歉。」我問她：「妳要一起來嗎？海邊那裡聽莎拉說有很多北極海鸚棲息呢。」

「是很可愛的那些生物？」

「對，超可愛。」

大概司馬伶對那些鳥類沒有抵抗能力，很爽快就答應了和我一起到海邊閒逛，並跟警察二人組說再見。

10

「還以為妳只對數學和死人感興趣呢。」

「不要把人家看成心理變態啊。我只是一個普通的女生，喜歡可愛的東西，也喜歡吃甜點。」

傍晚七點鐘，我們看完海鳥後天色漸暗，可惜天空密雲一片，無法拍下黃昏美景。於是我和司馬伶只好提早返回酒店休息。

「歡迎回來，兩位今天玩得開心嗎？」在酒店大廳的接待櫃檯，阿曼達友善地問。

我回答說：「嗯，米基內斯島的確是個雀鳥天堂，除了海鸚之外還有很多沒有見過的海鳥呢。」

阿曼達看見我的相機內袋，說：「一定是拍了很多漂亮的照片吧。對了，二樓餐廳已經在準備晚餐，你們喜歡什麼時間上去都可以。」

「那個，」司馬伶問：「赫茨森博士來到餐廳了嗎？」

阿曼達應道：「莎拉姐有跟我說過妳想見赫茨森博士呢。但現在餐廳還沒有客人，我想赫茨森他們要再多等一會吧。」

阿曼達又補充，昨天赫茨森的家人也是七點半左右來到餐廳用膳。

司馬伶就對我說：「那我們先到餐廳看看菜單吧，走了一天雙腿也很疲。」然後便搭電梯到二樓去。

整個酒店二樓都是餐廳範圍，柔和燈光襯托著店內的古典木桌椅，地方寬敞舒適，氣氛也很不錯。門口左邊有吧檯桌椅，吧檯上點著燭光，而吧檯後面就是廚房。

「真的是一個人都沒有呢。」司馬伶環望四周說。

「米基內斯本來就是鳥比人多，海鸚酒店感覺上住客也少，不然也不會只有三個員工嘛。」我回答道。

「那就隨便找個位子坐下吧。」

走過木地板坐到窗邊一桌，我便跟司馬伶閒聊：「話說不知道所謂法羅群島的道地美食會是怎樣呢，妳來之前有看過介紹嗎？」

「既然島上有這麼多海鳥，也許就是烤海鳥吧。」司馬伶很自然地回答：「跟大自然生活都是這樣。」

這讓我有點兒意外。我問：「不久之前我們還在海邊跟海鳥玩耍嘛，現在忽然變成碟上的烤鳥，妳沒有感到抗拒嗎？」

「這世界可是很殘酷，只是可愛的話不能活得久。假如牠們真的變成了烤鳥，那我只好懷著愛和感激把牠們吃完。」司馬伶認真地說：「如果連這種決心都沒有，根本當不成偵探。」

沒有想過她說話突變如此正經，於是我趕緊轉回輕鬆的話題，聊一下家人也好。不過司馬伶對這類話題好像不感興趣，尤其不願意說自己家庭的事，結果在接下來的十分鐘她只是擔當聆聽者的角色。幸好在閒聊途中，終於有一位老伯和年輕男女來到餐廳。

這時候司馬伶告訴我說：「那位老先生就是赫茨森博士。聽說他有一對子女，可能就是博士身後的兩位嘛。」

博士身後的兩位，男的三十歲左右，女的則較為年輕。不過該女士衣著性感，二人又互相摟抱，行為親暱，不像是兄妹關係。這個司馬伶當然也注意得到。

「所以是我猜錯了。」接著她戴上眼鏡，走近赫茨森博士作自我介紹。

每當司馬伶戴上眼鏡除了外表看起來比較穩重之外，她的行為舉止亦變得較為成熟體面。究竟這算不算是某種的自我催眠？

「這麼年輕就在ＩＨＰ（龐加萊研究院）裡面做研究，真是了不起。」看起來赫茨森博士亦很高興能夠在異鄉認識志同道合的人。

其實起初我還擔心司馬伶的行為太過冒昧，可能會被赫茨森博士無視或者討厭。畢竟不是所有人都像我一樣寬懷大量願意跟她步伐走。但數學家就是難以理解的生物，他們有自己一套的語言，因此二人聊幾句就知道對方是同道中人，自然物以類聚。

「其實我久仰赫茨森先生的大名，一直也希望跟先生交流數學心得……」

我看見司馬伶變得謙卑起來便覺得很有趣。不過與赫茨森博士同行的男女卻顯得不知所措，還好像有點抗拒我們的出現。

「不用擔心，」赫茨森博士對同行男女說：「難得來到法羅群島旅遊，就當認識一下新朋友吧。」

於是同行的男士便有禮貌地說：「兩位好，我是赫茨森博士的長子本傑明。至於旁邊的是我的未婚妻露沙。」

果然他們是一對情侶，那麼司馬伶之前說的博士女兒到底在哪？

「本傑明先生，露沙小姐，很高興認識你們。」司馬伶同樣替我介紹：「這是我的助手游思齊。」

司馬伶說過在戴眼鏡的時候我就是她的助手，原來是認真的。

接著她又不好意思地問：「如果不介意的話，今晚我們可以一起晚餐嗎？」

「沒有問題。其實我之前已經聽說過ＩＨＰ有一位年輕的女性數學家，原來就是司馬小姐。我想這一頓飯應該非常有意義。」

赫茨森博士的回答讓司馬伶很高興。他們走到窗邊別的長桌一同坐下，本傑明和露沙則坐到二人對面。至於我，很自然地就坐在司馬伶旁邊，只是她和博士的話題令我完全無法插話。

結果我在席上呆坐了十多分鐘，直至一陣雛菊的淡香突然觸動我的神經。那大概是香水的氣味，但又不像是從對面的露沙傳來。

我回頭看，原來餐廳門口站著一位非常漂亮的少女。小麥色的長髮，碧藍清澈的雙瞳，白皙的肌膚，就如在藝術館內展覽的雕像一樣；唯一可惜的是，也許雕像的表情比起眼前的少女更加豐富。

少女看見我們，輕輕點頭打招呼，沒有流露半點感情。由於自己喜歡攝影的關係，我看過無數男女老少的臉，當中沒有比她更漂亮的，也沒有比她更冰冷的。

「她是我的小女戴娜。」赫茨森博士又對戴娜說：「這兩位是數學上的朋友，碰巧在酒店遇到所以一起晚餐。」

戴娜看起來比我年輕一點，又比司馬伶成熟一點。現在餐桌只剩下本傑明和我旁邊有空位，我以為戴娜會坐在她哥哥那邊，豈料她沒有猶疑便坐到我的旁邊。

戴娜坐下後，兄長的本傑明就責備道：「為什麼這麼晚才下來？妳不知道我們全部人都在等妳一個嗎？」

「抱歉，我不知道。他們是誰？」戴娜的說話不帶感情，而且看起來她與兄長的關係不太好，所以才選擇避開他吧。

本傑明的未婚妻露沙附和道：「都已經十八歲了，還是像小孩一樣不懂禮儀。試問日後妳怎樣代表赫茨森家族跟外面的人打交道？」

於是赫茨森博士吩咐說：「戴娜，跟各位打個招呼吧。」然後戴娜也按照父親的意思簡單說了幾句。

戴娜到來之後，餐桌的空氣變得有點沉重，幸好這時候身為服務生的莎拉及時端上幾道菜，微笑招呼眾人，才緩和了氣氛。

這時候我看大家的晚餐，幸好沒有烤鳥，只不過是羊肉和魚肉。大概這也是法羅群島常見的食物，畢竟接近北極圈的地方都不適合種植蔬菜，除了馬鈴薯之外。

至於飲料，葡萄酒就跟羊肉非常搭，所以每人的桌上都放上一杯紅酒，唯獨露沙是例外。原來露沙早已吩咐服務生不用添酒，這跟我眼中的她有很大出入。我看她的化妝和舉止根本就是喜歡夜生活的那類人。

不過在場的人沒有特別在意，眾人開始各自談天。司馬伶跟赫茨森博士在說奇怪的語言，至於本傑明跟他未婚妻的對話我也沒有插話的餘地，剩下來只有我跟戴娜兩位靜靜地吃著晚飯，有點格格不入的感覺。

於是我不斷思考與戴娜之間的共同話題。戴娜最初給我的印象是很有氣質的名媛，還有她身上幽香的香水氣味；雖說是雛菊的清香，同時間又給我一種難以解釋的奇怪感覺。說回來，原本只是家庭的晚飯，為何要塗香水呢？突然我嗅到另一種氣味，我便恍然大悟。那是油畫的氣味。

我問：「戴娜小姐會畫油畫嗎？」

「對，是油畫的氣味令你不舒服？」

「不、不是……我只是好奇問一下而已。」

真棘手，難得找到打開話匣子的鎖匙，卻差點被她反客為主結束對話。於是我只好繞遠路慢慢跟她聊：

「很巧呢，我喜歡攝影，我們的興趣也很相似嘛。」

「看似類近，卻是敵人。」

「欸？」繞遠路的結果就直接被當成敵人了。

戴娜反過來安慰我說：「不要緊，不用放在心上。」

我苦笑回應：「的確攝影跟繪圖是兩種藝術，但同樣都是視覺的靜態藝術，應該不至於是敵人嘛？」

「正因為相似才有可能成為敵人，沒有交集的叫陌路人。」戴娜說：「十九世紀照相的技術普遍，對於畫家來說無疑是一個強大的敵人。畫家為求突破，造就了印象派的誕生。」

與戴娜的對話就像走鋼索一般。除了她話題很窄，有時候還會出問題考驗你。印象派，這是畫家的術語。假如我答不上的話，她肯定會認為我沒有資格與她說話，然後剪斷話題的鋼索，讓我掉進深淵爬不起來。

於是我絞盡腦汁，戰戰兢兢地說：「印象派，我記得有一幅很出名的……是叫做《日出》對吧？」

「法國畫家莫內的《印象．日出》，正是印象派這個稱呼的起源。」看來我成功過關，不知道有沒有增加好感，至少得以繼續對話。

「說起日出，我想在這個小島上的日出也一定很漂亮。妳有打算在島上畫一幅日出的畫嗎？」

「嗯，明天早上。」

我聽得有點意外，不過同樣也是個擺脫司馬伶的好機會。於是我跟戴娜說：

「咦？原來戴娜小姐一早就計畫好嗎？這也太過巧合了。其實我明早也想拍攝日出，不如就一起好嗎？」

「要是你不怕麻煩跟來的話我也不會阻止。反正我只是去寫生。」

「不麻煩，多一個照應比較好嘛。」

「寫生我想不需要照應才對。」戴娜低頭輕撥頭髮，若有所思的。等了幾秒鐘，她說：

「早上五點，酒店大廳，逾時不候。」

「好，我會準時出現的。」

總算走完對話的鋼索，可以放鬆下來。但跟她說話會感到異常疲勞應該不是錯覺，這個島的女生都有問題嗎？

11

晚飯後，戴娜先行告辭，其他人亦各自離開餐廳。這時候司馬伶就笑著走過來說：

「很新手的搭訕方式呢。雖然戴娜小姐真的很漂亮，連身為女孩子的我都看得入迷就是了。」

或者剛才我的表現的確不自然，但她也太多事了。我唯有反駁她說：「哼，要妳管？那種女孩子才是我的喜好。」

「哈哈，沒什麼。」接著司馬伶又問：「不過《印象・日出》嘛……話說單看一幅畫，你能夠分辨它是日出還是日落？」

「照片的話也許可以透過相片中環境的細節分辨，不過油畫我不熟悉，不太清楚。」

「可是數學家能夠分辨喔。去年就有人利用畫中的天氣、太陽的位置、潮水的高度等等計算出莫內的作畫時間很可能是一八七二年十一月十三日，早上七點三十五分。」

又是數學的話題嗎？司馬伶也好，戴娜也好，她們最大的用處可能是參加常識問答比賽。

正當我們在三樓的電梯大廳等候時，忽然背後有一位女士單獨走過來搭話，她就是本傑明的未婚妻露沙。

「少年，你好像對赫茨森家的女兒很感興趣呢？」

難道整個餐桌的人都知道了？我無奈地回答：「呃，只是碰巧大家的興趣都差不多而已……有什麼不好嗎？」

「有什麼不好？」露沙一臉不屑地反問：「跟那個瘟神一起的怎會有好事情？」

這時候電梯門打開，當我們三人一同走進裡面，露沙又繼續警告著我們說：「雖然那女孩沒有表情，但內心醜惡，與她善良的外表剛好相反。」

露沙毫不掩飾她對戴娜的憎惡。縱然人不可以貌相，但在剛才飯局上我跟戴娜的對談裡面，絲毫也感覺不到戴娜是露沙說的那麼壞。

我有點不高興，便質問她：「究竟發生過什麼事讓妳認為戴娜小姐是個陰險小人？」

「就在一年多之前，聽說尼爾斯那老頭心臟出了毛病，差點就死了。因為這契機他就打算訂立遺囑，以免本傑明和戴娜兩兄妹在繼承遺產方面起爭執。」

露沙說的尼爾斯就是赫茨森博士。畢竟赫茨森只是他們家族的姓氏，為分辨他們一家人，露沙便以名字稱呼。

「要立遺囑的話，赫茨森的家族是相當富有喔？」

「你連這個都不知道嗎？」露沙對我的無知感到非常意外，便跟司馬伶說：「妹子妳交朋友要謹慎一點嘛。」

「不要緊，他只是我的助手，請繼續。」

露沙便接著說：「赫茨森家族當然富有，否則以我的條件也不會看上本傑明。」

坦白說露沙確實是一位美人，只是性格比較刻薄罷了。

同時我亦嘆道：「原來數學家也可以賺錢啊。」

這時候司馬伶也用發現笨蛋的眼神對我說：「你不知道在美國收入最高的職種很多都和數學有關嗎？除了數學家還有統計師、精算師等等，在金融保險業都非常吃香呢。不過尼爾斯．赫茨森更加厲害，他最有名的就是利用數學模型預測經濟趨勢，並以自動化的高頻交易賺取財富。他可是『赫茨森科技』的創立人啊。」

露沙說：「除了赫茨森科技之外，那老頭名下還有一間專門出版學術期刊的私人公司，只是賺不了什麼錢就是。」

我回應道：「所以尼爾斯博士的遺囑，就是要把那兩間公司的股份分配給兩兄妹吧。」

露沙說：「雖然遺囑的內容還沒有落實，但那老頭初步的想法是把他名下兩間公司的股份全數給予本傑明和戴娜，每人各得一百萬股。聽起來很公平，可是二人實際所得的股份比例卻不一樣。」

根據露沙的話，尼爾斯的遺囑明確規定遺產要分兩次轉讓。第一次轉讓是自己死後立即生效，而第二次轉讓則是死後一年才生效。假如在一年間兩兄妹發生任何爭執，第二次轉讓都會一同作廢。也許尼爾斯早就知道兩兄妹之間有心病，所以才訂立這種分期轉讓遺產的規則。

但正如露沙所說，即使二人同樣獲得一百萬股份，投資公司股份與出版社股份的價值卻是天差地遠；露沙對於確切的遺產分配亦因此非常緊張。後來她得悉兩次轉讓遺產當中，分配給本傑明的投資公司股份比例都要比戴娜的多，露沙才安心下來。

這樣至少確保在相同一百萬股份裡面，本傑明所得的股份有更大比例是屬於赫茨森科技的。畢竟出版公司又賺不了錢，要它的股份有什麼用途？那個留給戴娜替自己出版畫作就好。

露沙不滿地說：「其實本傑明一直都有幫助那老頭管理投資公司，而且戴娜還在唸書，老頭這樣分配遺產根本是理所當然。可是我很清楚戴娜心有不甘，他們兩兄妹已經為遺產分配吵過不知多少遍了。」

我想不到戴娜對金錢如此執著。也許有什麼原因？抑或只是露沙的惡意中傷？

露沙似乎知道我不太相信，續說：「我沒有騙你，前天我還親耳聽到那兩兄妹在酒店房內吵架呢！因為一旦那老頭找律師確立遺囑，遺囑內容就難以再更改，所以戴娜才想趁這趟旅遊說服父親改變主意吧。」

從露沙口中得知，原來赫茨森的家族旅遊也是戴娜提議的。

最後電梯門打開，露沙對我耳語：「姐姐已經好心提醒過你，到時候你被那賤女人欺騙別怪我囉。」

聽露沙的口吻，看來赫茨森一家人她都不喜歡，跟本傑明在一起也只是為了金錢。所以她對戴娜的指責可信嗎？可能我不夠聰明無法判斷，不知道司馬伶又怎樣想？

我望向身邊的司馬伶，卻見到司馬伶十分睏倦的樣子。我還以為數學家的遺產分配她會感到興趣。

司馬伶揉眼睛說：「明天還要早起，我還是早點回房休息好了，晚安。」

當時的我沒有理解她的意思。但同樣地，當時的她大概也不知道在接下來的數天會忙得沒空休息。

所謂暴風雨的前夕就是指這一晚吧。

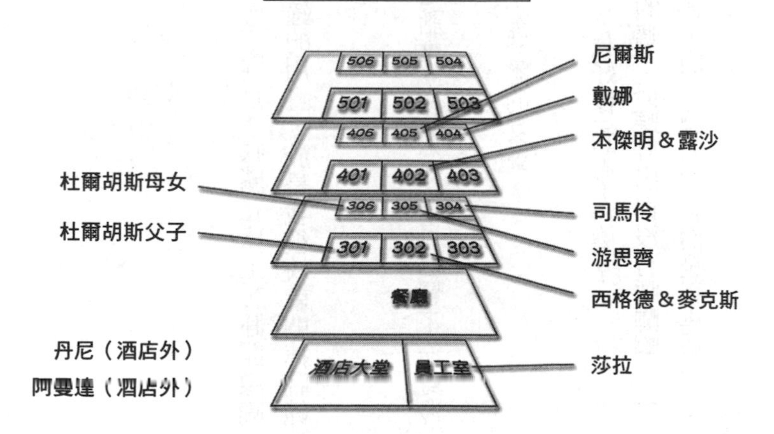

第二章——二十年後的第一個犧牲者

1

法羅群島旅遊的第二天，在漆黑的酒店房內響起嘈雜的電子聲音。我躺在床上，睜開矇矓雙眼，電子鐘的時間居然是上午四點半。一時間我無法理解鬧鐘的用意，於是我很快就關掉鬧鐘繼續睡覺。

——鈴鈴鈴、鈴鈴鈴！

突如其來的電話聲把我嚇醒。究竟誰會在三更半夜打電話來？我只知道自己冒了一身冷汗，心跳得非常快，但沒有搞清楚到底發生什麼事。

電話聲依然響個不停，我起來拿起聽筒，然後聽見對面傳來熟悉的女聲。

「你剛睡醒？知道現在幾點鐘嗎？」

我再看一下床頭的電子鐘，時間是早上四點三十八分。咦？我好像忘記了什麼？

對面的女聲續說：「不是跟赫茨森家的公主約好了看日出的嗎？但聽得出你沒有睡醒啊。」

我停頓片刻才喚起昨晚的約定，再看看電話顯示是304號，即是聽筒的對面是司馬伶嗎？

「啊……好像是這樣……」我半睡半醒地回應。

「別睡回籠覺啊！現在就給我開燈，不准再睡。」

「明白啦……」我只好下床把房內所有燈光全部亮起。我續問：「開燈了，可是怎麼是妳打電話來叫我起床？難道說妳也要一起來？妳是怕寂寞無時無刻都要找人陪的小狗嗎？」

「只要是有趣的事情，也會有我的足跡。」司馬伶不懷好意地笑問：「還是阻礙到你和那公主的約會了？」

「也不算什麼約會……不過就算現在我叫妳不要跟來，妳反而會光明正大地尾隨我們吧。」

「你明白就好了。快點梳洗出門吧，公主說過五點集合，過了時間她一定不會等人。」

不知何時開始，司馬伶以公主稱呼戴娜。但想到戴娜是富豪千金，加上她的藝術氣質，說是公主也不為過。可是昨晚露沙指責戴娜是一個陰險之人，到底哪一個才是戴娜的真面目？

我想著戴娜的事情，剛好趕在清晨五點來到酒店大廳，並看到戴娜和司馬伶早已經準備就緒，雖然二人幾乎沒有交流。

這也難怪，戴娜是天生的藝術家，司馬伶是講究理性的數學家，她們本來就是來自不同星球的異生物。就算像我這種普通人要跟她們溝通也是非常困難。

「人齊了，出發吧。」戴娜依舊惜字如金。

因為天還沒有亮，酒店的正門仍然上鎖，所以我們三人唯有從後門離開。

縱然是初春，但米基內斯的夜晚依舊十分寒冷，而且風非常大。幸好天上雲層不厚，可以看到夜空繁星，接下來的日出絕對令人期待。

走了幾步，我問：「戴娜小姐，我們要到哪裡看日出？」

戴娜遙望回答：「看到西邊遠處的燈塔嗎？就是那裡。」

之前看過地圖，米基內斯島的西邊有另一個小島，中間有木橋相連，過橋之後便是燈塔。

戴娜續道：「我問過酒店的人，她說那座燈塔是觀賞日出的最佳地方。」

「那個距離，我看大概是半小時的腳程吧。」我隨意回應，接著司馬伶又把話題扯回科學上面。她說：

「三月份在高緯度的地方，太陽會在東南偏東的位置升起。從燈塔的方向看，太陽正好在米基內斯的海岸附近浮現，確實是個不錯的風景。」

於是我環顧四周，嘗試想像一下司馬伶所描述的情景，卻在不經意間回頭看到酒店有奇怪的畫面。

我喃喃道：「酒店五樓的房間，燈是亮的。不知道誰會在這種時間起床，又是在做什麼呢？」

司馬伶回答：「嘛，真的是有點奇怪。但比起我們三人漏夜趕路到燈塔亦算不上什麼。」

說來也是，要摸黑走到西邊小島，還要越過中間的木吊橋，希望不會失足掉到橋底就好。

幸好倦意早已被清晨的寒風吹走，我們三人平安來到西邊小島，並看見島上僅有的建築物——燈塔和燈塔小屋。

司馬伶背書說：「以前燈塔有專人控制，所以員工需要住在燈塔旁邊。但隨著米基內斯的人口遷移，燈塔也改成自動化操作，這個小島已經沒有人在上面居住了。」

我嘆道：「在無人島上一直運作的燈塔，有點科幻世界的虛無感呢。但話說回來，既然燈塔還在運作，我們能夠隨便爬上去嗎？」

「不被發現就沒有問題，」戴娜說：「酒店的人是這樣告訴我的。」

「莎拉嗎？」

「對，她自己也常常爬上燈塔看風景。」

說著的同時，戴娜已經走到燈塔門前，但入口被生鏽的鐵鏈圍了起來。她放下畫架，挪開「請勿內進」的警告牌，然後就跨到鐵鏈後面。看見她一路上拿著畫架畫布，本來我想替她分擔，可惜我自己也揹著攝影器材無能為力。我們三人當中，唯獨是司馬伶兩手空空，身輕如燕地跳過鐵鏈走到燈塔裡面。

燈塔內部是一條長長的迴旋樓梯，在我們轉了幾個圈後走出瞭望臺，眼界豁然開朗，把整個米基內斯村盡收眼底。

燈塔的瞭望臺跟普通陽臺差不多，有安全鐵柵圍住。瞭望臺三百六十度環繞燈塔，我們可以在上面隨意走，從不同角度欣賞燈塔下的風景。

當然現在還沒有天亮，我們最多只能看見米基內斯村內零星的燈光。其中最突出的建築物莫過對面島的海鷗酒店，果然是除了燈塔以外米基內斯最高的建築物。

「這座燈塔高五層，大約是二十五公尺吧。」司馬伶自言自語的，至於她怎樣計算出來我覺得不要問比較好。

另一邊廂，戴娜開始在東邊的瞭望臺架起畫架，然後默默站著，目不轉睛地觀察著天空色彩的變化。

「印象派的畫作對光與影都十分重視吧。」我一邊在旁準備攝影器材，一邊跟戴娜說。

「對，自從十九世紀人們對光學有了正確的物理認知後，一些畫家認為留在工房繪畫會令顏色失真，於是戶外繪畫最終變成了潮流。」

戴娜的回答也在我意料之內，因為昨晚在知道她喜歡繪畫後我便上網背書，現在至少可以跟她談論一些繪畫的話題。

如是者在我們三人的閒談之間，東邊天空漸漸地亮起，那是日出前的曙光。如果有看過日出的經驗，應該有留意在日出前的半小時其實天空已經變亮，聽司馬伶的解釋好像是陽光在地球大氣層散射的緣故。

待太陽真正從海面升起來已經是六點半的事情。戴娜在這一刻開始動筆，而我則在旁邊拍攝日出的景色。跟照相不一樣，戴娜日出的油畫花了一個多小時左右才完成，我有點懷疑她是如何捕捉她心目中最美麗的一瞬間。

畢竟相機快門一按下，時間就靜止了。而戴娜的畫筆卻畫了一個多小時，她是憑記憶力畫出腦海中的美景嗎？

「好厲害！」旁邊的司馬伶望著戴娜的油畫大叫：「這幅畫裡面記錄了整個日出的過程，實在太神奇了！」

我好奇為什麼司馬伶如此讚嘆，便立即走過去欣賞戴娜的油畫。而且的確，她的畫擁有一種難以言喻的感覺，即使像我這種外行人看，也感受到油畫彷彿是「有生命」的。

「你不明白嗎？」司馬伶指著油畫解釋：「首先是天空的顏色由遠方的粉紅一直伸延至半空的金黃色，這不是有一種幻想的感覺嗎？」

我把畫中天空的顏色跟現實對比，確實是現實中不存在的配色。

司馬伶繼續說：「你的相機不是拍攝了不同時段的日出嗎？我敢肯定在你的照片裡沒有油畫那種夢幻配色。」

「那就是自由創作的意思？」我問。

「不對，你再看看油畫中米基內斯村落的陰影，就算再遲鈍也看得出不合理的地方吧？」油畫裡面，村落靠岸的建築物顏色暗淡，影子修長，相反地接近燈塔的房屋就色彩斑斕，影子也很短。這是什麼意思？

司馬伶得意洋洋地說：「戴娜小姐的畫包含了整段日出的時間啊，利用透視的距離來表達時間的變化；即是距離越遠的時間也越遠，所以看起來才富有生命。再加上黃金比例的構圖，就算用科學解釋都是完美。」

聽了司馬伶的解釋後，戴娜罕見地露出滿足的表情，並稱讚說：「今天的畫作有聖靈眷顧，妳是一個充滿靈性的女生。」

「謝謝，小時候鄰居都是這樣讚我的。」

這一刻我明白到，戴娜確實是一位藝術家，同時司馬伶亦真的有點小聰明。原來不合群的只有我一人。

2

日出過後返回酒店，剛好在酒店大廳碰見一個陌生的家庭。他們一家四口，年輕夫妻牽著一對六、七歲左右的孩子在酒店櫃檯辦理入住手續。我不期然地瞧見那對小孩，兩人長得一模一樣，大概是孿生的兄妹或者姐弟吧。

司馬伶低聲說：「孿生兒在偵探小說可是禁忌喔。」

「妳小說看太多了吧，而且他們都只不過是小孩子，難道會犯罪嗎？」

我們在門口閒聊，同時阿曼達就在櫃檯為客人登記：「杜爾胡斯一家呢，訂了三天的房間……沒問題，兩間雙人房已經為各位準備好了。」

接著阿曼達很細心地為客人講解酒店設施，並把鎖匙交給那家人的父親。父親禮貌地道謝後，他們四人便走到大廳裡面等候電梯。

接待完客人，阿曼達見到我們便充滿活力地打招呼：「客人你們這麼早出門，有看到日出美景嗎？」

我回答她：「有看到啊，真的非常漂亮，要多謝莎拉小姐推薦燈塔給我們。」

「莎拉姐人很好啊。」阿曼達突然記起一件事，「對了！因為早上你們沒有來吃早餐，差點忘記了通知各位。」阿曼達又不好意思地說：「其實是今晚我們酒店的廚師臨時有事情要辦，所以無法替大家準備晚餐。不過無需擔心，村內酒吧在今晚準備了一場小宴會，希望邀請所有米基內斯的遊客出席。費用全免喔，就當作是酒店的補償。」

「所有人嗎？」我好奇地問戴娜：「妳和家人都會出席？」

戴娜回答：「嗯。父親有寄短訊告訴我。」

櫃檯的阿曼達又補充：「除了赫茨森一家，杜爾胡斯一家也會參加。假如游先生和司馬小姐都賞臉的話，就幾乎酒店的所有客人都出席，這樣我就不用留守酒店了，呵呵。」

聽見陌生的名字，我便問阿曼達：「杜爾胡斯就是剛才在大廳登記的那一家四口？」

「沒錯。他們都是三樓的新鄰居，你們要好好相處呢。」阿曼達友善地微笑。

跟一般的酒店不同，海鸚酒店更加接近民宿的氣氛，畢竟整個米基內斯島上都不過二、三十人，酒店內的住客自然也不多。

「換言之現在酒店的住客就是我和伶、警官二人組、剛剛來到的杜爾胡斯家族，還有赫茨森家族？」我數了一數，便問：「赫茨森一家是住五樓的嗎？」

「不對啊，他們是四樓的住客，五樓沒有客人。」

「咦？五樓沒有住客？」

阿曼達苦笑回答：「五樓空置很久了。畢竟島上遊客不多，我也只是偶爾上去打掃空房而已。」

她的答案有點意外，這亦令我身邊的司馬伶同感困惑。

我追問阿曼達：「可是我們今早在酒店外面看到五樓有燈光呢？」

「欸？沒有看錯嗎？五樓沒有人啊，平時房門亦應該有上鎖才對。」阿曼達半信半疑。

「我可是親眼目睹的，伶妳當時也有看見吧？就連戴娜應該都知道——」然而我回頭一望，戴娜的身影早已消失，大概是自己一個人回到了房間休息。

阿曼達打趣說：「沒有看錯的話可能就是幽靈呢。」

「幽靈是二十年前自殺的那個？」最近一直陪伴司馬伶調查該宗案件，讓我很自然地把二十年前的事掛在嘴邊。豈料阿曼達聽見後臉色一沉，由平常活潑的笑臉變得有點莫名的寂寞哀傷。

只見阿曼達低頭說：「如果有幽靈的話我也很想跟她見面呢……」

然後一直在旁看戲的司馬伶便吭聲打斷對話：「五樓的燈光也許是有小偷也說不定，不如跟莎拉小姐報告一下吧？」

「嗯，對呢。」阿曼達很快便回復成營業用的笑容，接著司馬伶就急步把我拉離開了。

電梯裡面剩下我們二人，我便對司馬伶說：「看樣子阿曼達跟二十年前的事件有關係，可是妳卻不打算詳細問她？」

「我也是一個懂得別人感受的、心思纖細的淑女啊。剛才看見阿曼達的表情就算是我也無法追問下去。」

「這樣就好嘛。世界上有些事情不要插手比較好。」

司馬伶噘嘴道：「游生你在說什麼？你以為我陪你看日出是什麼原因？現在該輪到你陪我打探情報了。這叫做公平交易。」

「還真佩服妳的毅力，如果用在其他地方的話我會更加欣慰。」我無奈道：「其實我是沒有所謂啦，但妳是認真的嗎？那自殺案已經在二十年前結案了，現在我們又能夠做到什麼？」

接著司馬伶又戴上粉紅眼鏡，「只要是有趣的事就有司馬伶的足跡。游生你不覺得事件很有趣？死者的頭顱無緣無故被割下，並且從雙重密室裡面離奇消失了。」

「我說剛才那位心思纖細的淑女被海鷗叼走了？再者有人死本身就不是一件有趣的事，說話不謹慎被其他人誤會就麻煩了。」我又說：「而且二十年前的事件，什麼證據早就消失了，妳想怎樣再調查？」

「也有一些不會消失的證據啊，例如人證。難得我們身處在案發現場的小島上，不去打聽情報實在對不起自己。」

「妳究竟是有多喜歡偵探遊戲……」可是如果放任她不管的話，難保她不會四處闖禍，

「明白啦，我明白了。輪到我陪妳逛逛就是。」

「嘻嘻。」司馬伶高興地笑著，並告訴我半小時之後回來酒店大廳集合。

3

「二十年前的事件，相信我們問四十歲左右的當地人會比較清楚。」

雖然司馬伶的旅遊沒有規劃，但查案時往往在行動之前已有周詳部署，我只需要跟隨她的指示就行。結果再次在大廳集合之後，我就被她帶到米基內斯村去。

步行了二十分鐘，當我們來到村口時，天空在不經意間已經烏雲密布，今早美麗的日出彷彿是夢境一般。我聽說法羅群島常年大風大雨，一年裡面三分之二的日子都是陰天，也許今早能夠在雲霧中看見日出算是非常地幸運。

但天氣沒有影響司馬伶的興致。她走入村後駐足在一間玻璃屋前，說：「首先從這裡開始。」

我看那間玻璃屋的門外貼有兩天後日全食的海報，而且屋頂又掛上寫有旅客中心的英語招牌，確實是一個打聽情報的好地方。不過在旅客中心打聽二十年前的自殺案又好像有點兒離譜？

當然我知道司馬伶是不會在意，她推開大門，門鈴鐺鐺響起；裡面的職員知道有客人來到，便走到櫃檯跟我們點頭問安。

我同樣報以微笑，然後到店內參觀。旅客中心內除了有很多旅遊資訊的小冊子供客人取閱外，還有擺賣各種精品，包括實物大的北極海鸚布偶。

「超可愛！」布偶一瞬就落入司馬伶的魔掌之中。她不斷高舉布偶喃喃自語：「為什麼會這樣可愛啦。雖然酒店的吉祥物飽歷風霜較有可愛的質量，但這個全新的小傢伙也教人難以取捨！」

不難理解司馬伶喜歡這布偶的原因。就昨天親眼所見，北極海鸚本來就可愛滑稽；而眼前布偶比實物更胖更笨拙，確實使人有一種想抱它回家的衝動。

旅客中心的職員是一位和藹的中年女人，她笑說：「這個布偶一直都是我們中心最受歡迎的喔，小妹妹妳要買一個嗎？」

只有這一刻就算被說是小妹妹也不會介意，但司馬伶很快就回過神來，放低布偶抬一抬眼鏡，喚醒她今天來到這兒的目的。

司馬伶說：「沒錯，我們是來自外地的遊客。其實我除了對這裡的風景感興趣之外，我也很喜歡蒐集世界各地的民間傳說。聽說米基內斯二十年前發生了一件奇怪的事，請問妳知道嗎？」

居然毫不修飾地直接問起來！女職員聽見後非常驚訝地望著司馬伶，反問：「你們不是酒店的住客嗎？我記得之前有在直升機場看過你們。」

「嗯？是啊，這有什麼關係？」

女職員還是一副難以置信的表情盯著司馬伶，「居然偏偏是你們呢……」

司馬伶覺得莫名其妙，難道是自己問了不該問的問題？

「不，」女職員搖搖頭，「我只是有點意外。妳指的是二十年前的自殺事件吧？」

「對啊。聽說死者的頭不見——」司馬伶說到一半，我馬上掩著她的嘴，搶話道：

「很抱歉，我的朋友沒有惡意，哈哈……」然後又低聲跟司馬伶說：「妳忘記剛才在酒店時我叫過妳說話謹慎點嗎？萬一對方跟阿曼達一樣與當事人有關係，這樣問就太過不尊重對方了。」

司馬伶罕見地沒有反駁，而是尷尬地跟對方道歉。可是女職員不禁笑說：「你們誤會了，我也沒有介意，反正已經是二十年前的事。我只是奇怪為什麼會是你們。」

司馬伶說：「我們問有什麼奇怪？」

「妳知道二十年前那事件發生在哪裡？」

司馬伶稍微猶豫，「我聽說是米基內斯村外的一間獨立屋……難道是我們入住的酒店？」

「是的。朱斯菲娜小姐……即是那位可憐的姑娘，當時她一個人來到米基內斯生活，因為喜歡大自然的關係，就在村外面自己建了一間獨立屋居住。然後在二十年前……朱斯菲娜小姐也是在自己的家中自殺身亡。」

自此之後，朱斯菲娜的家就一直空著。再加上遠離村落，朱斯菲娜的家人又不在島上居住，結果該獨立屋沒有人管理就漸漸變成了廢屋，之後更加有鬧鬼的傳聞。

女職員繼續說：「以前我們都叫那間屋做『鬼屋』呢。因為這個稱呼，以往有小孩試過趁夜晚潛入屋內探險，最後都是哭著地逃出來。」

「真的有鬼嗎？」司馬伶一聽見有鬼便緊張起來，「可是現在鬼屋變成酒店了耶！」

「大概是六年前左右吧，莎拉把鬼屋拆掉再改建成為酒店。其實該地位置不錯，可以一覽全島風景；而且沒有鬼屋，島上居民就不用再因為看見舊地而想起往事，可說是一舉兩得。」女職員又慌忙地補充說：「當然鬧鬼什麼的都只不過是傳聞，你們聽聽就好，別放在心上啊。」

「我明白，」司馬伶點點頭，「可是那少女很可憐呢……身首異處。我也想悼念一下，不知妳是否方便告訴我更多關於朱斯菲娜小姐的事情？」

女職員嘆道：「我想妳是一個善良的女孩子。我只能夠說我知道的事情。」接著她閉上眼睛沉思，並開始訴說往事。

「朱斯菲娜同樣是一個善良的孩子，雖然我們見面不多，但記憶中的她總是十分友善。見面不多是因為她是一位教書老師，妳也看見米基內斯島上沒有學生吧，所以她每天早上都搭船到隔鄰的沃格島教書，直到黃昏才回來。聽說她跟學生的關係不錯，是一位很受歡迎的教師。

「正是如此，當大家聽見她的死訊時都很震驚，完全不相信她會做出這樣的傻事。當然之後回想起來，她的死也許是有跡可尋……

「我記得是朱斯菲娜死前的一個月，她的行為就變得越來越古怪……詳細我也記不起來，但印象中她有點自暴自棄、怨天尤人的感覺。最初大家都以為她一時看不開，結果卻發生了悲劇……」

司馬伶問：「換句話說，朱斯菲娜小姐是因為情緒問題而自尋短見嗎？」

「嗯，她也沒有得罪別人，島上又非常和平，應該不會有人那麼狠心要殺死她。」

「可是現實卻有人把朱斯菲娜小姐的頭顱割下帶走喔？」

「這個我就不清楚了。」女職員說：「畢竟這只是我個人的感想，而且在一開始我也說過，我們見面的時間不多，也許其他人會比較了解她吧。」

「我明白了，謝謝妳。」司馬伶躬身道謝。

但女職員卻不放心地問：「其實你們打算做什麼？如果純粹是好奇的話，最好就到此為止吧？畢竟貿然探索他人的往事終究不太好，也不太吉利。」

司馬伶皺眉問：「但妳之前說過鬧鬼只是傳聞而已，何來不吉利之說？」

女職員發現自己說了多餘的話，只好以笑掩飾：「沒錯！都是傳聞而已。一切已經過去，在改建為酒店之後也沒有類似的傳言，不用害怕。」

「我沒有怕鬼喔！」司馬伶緊張地說：「我只是覺得煩人而已！畢竟幽靈不能用科學證明它的存在，同時又不能用科學否定它，這不是很卑鄙嗎？」話雖如此，司馬伶的面色蒼白，大概是打從心底裡害怕鬼怪。

4

中午時分，在離開旅客中心之後，我和司馬伶便打算到昨天的餐廳用膳。豈料餐廳的老闆娘不但服務態度差，今天更想用掃帚把我們趕出門口！

老闆娘年逾半百，滿臉皺紋、青筋暴現；一夫當關地守在餐廳門口，十足像巫婆一樣破口大罵：「我的餐廳不歡迎你們，請回！」

司馬伶不甘心被罵，反駁道：「我們也不是想來這裡吃飯的啊，只是米基內斯沒有其他餐廳。我又沒有得罪妳，妳為什麼這樣兇？」

「總之這裡就不做你們生意，滾！」老闆娘大力用掃帚拍打餐廳外牆，揚起一陣灰塵；我只好連忙把司馬伶拉開，跟老闆娘說：

「非常抱歉。如果我們做了什麼傷害妳的事情，請妳原諒我們。」我問：「但到底我們做錯什麼讓妳如此憤怒呢？」

「就是因為你們好管閒事，島上的怨魂復活了！如果你們兩個想請求原諒的話，就立刻離開這個島，永遠不要回來！米基內斯不歡迎你們！」

怨魂？老闆娘果然在生氣我們四處打聽朱斯菲娜的事情？我繼續擋在司馬伶前面嘗試讓老闆娘冷靜下來，並低聲說：

「如果是關於二十年前的事件，請相信我們沒有任何惡意。我們只是希望知道事情的真相，也許對於離去的人來說也是一份尊重。」

「少自以為是了，外面來的都沒有好東西！正是昨天那兩個警察跟你們舊事重提，怨魂才會重臨島上。」老闆娘越說越慌，聲音顫抖，「今晚一定有事情發生……到時候你們要負責！」

「等等，」我不好意思地問：「為什麼一直在說怨魂呢？都已經是二十年前的事。」

「是我親眼看到！」老闆娘激動起來，「昨晚我就看到有無頭的怨魂在酒店徘徊！」

「怎麼可能？酒店跟村莊也有一段距離，妳肯定沒有看錯嗎？」

「我……我是用望遠鏡看到的！都是因為你們昨天在餐廳討論什麼自殺案，害我一整晚都睡不著。於是我今早凌晨四點多就下床到餐廳外面散步，居然給我看到酒店的燈還是亮的！那個時間還開燈是想做什麼？我內心有種不好的預感，然後用望遠鏡看過去果然應驗！」

接著老闆娘拿出一枚照片給我，「既然怨魂是你們招惹回來，這張照片就由你保管。如果還想平安活命的話，你們就趕快拿著照片離開此地，回家懺悔！」

——砰！

老闆娘猛力關門，剩下我跟司馬伶呆站在門外。我拿起照片看，相片中是酒店高層的外牆；背景漆黑一片，只是三樓亮燈的房間我認得是司馬伶的，果然她今天一早就起床準備看日出。除了司馬伶的房間，還有一間房間有亮燈是在五樓；該房間的窗戶雖有布簾遮蓋，但布簾上的剪影卻清晰可見。

「哇！這、這是無頭人？」

簡直不敢相信自己的眼睛，可是照片中五樓房間的剪影確實非常清楚。不論是剪影的四肢還是身體輪廓都十分明顯，可是一到頸部就露出明顯的切割口，怎樣看都是一個沒有頭的人影！

「笨蛋別胡說！這怎麼可能？」司馬伶聽見後就把照片搶到手，但只是瞄了一眼就丟回給我，「我才不相信這世上有幽靈呢！一定是其他類似的剪影！」

但我回想今早出門的時候，那五樓燈光確實好像有類似人影的東西？就算是看錯其他東西，阿曼達也說過五樓一直懸空，根本不會有人住啊。這到底又怎樣解釋？

不過看見司馬伶面色蒼白的，我只好安撫她說：「對呢，一定是其他東西吧？肯定不會是幽靈，都沒有科學根據的。又或者是昨天妳批評過老闆娘的食物所以她懷恨在心，想嚇嚇妳罷了。這幅照片跟UFO照片一樣都不能肯定它的真確性。」

「可是……」司馬伶欲言又止。

「不用多想，總之我們現在又沒有親眼看到什麼，沒有必要為了謠言而害怕吧。說不定老闆娘關門之後在門後偷笑呢。」

「……對呢。」司馬伶顯得沒精打采。

其實就算撇除相片之外，老闆娘說的「怨魂」亦讓我非常在意。叫做「怨魂」，換言之朱斯菲娜是死於非命？但我為免司馬伶胡思亂想，於是扯開話題說：

「我想一定是肚子餓才會胡思亂想吧，偏偏島上唯一的餐廳又不給我們吃，看來我們只能到附近便利店買些食糧充飢了。」

「沒有辦法。」司馬伶拿下眼鏡，揉著眼睛回應。

如是者我們就在便利店買了幾包速食麵，香腸，還有餅乾蛋糕等等的。之後回到酒店，我問莎拉借用廚房煮了個港式的腸蛋麵給司馬伶吃，最後就送她回房間休息。

畢竟今早我們四點多就起床看日出，吃完麵之後睡魔同樣在召喚我，回房小睡片刻也是不可抗力。希望睡醒之後，司馬伶的心情會轉好吧。

5

雨水拍打玻璃窗的聲音把我從夢中叫醒。當我睜開雙眼時，只見窗外一片朦朧，天空黑沉沉的，讓我十分鬱悶，也沒有心情再睡。於是我打開一包在便利店買回來的餅乾，然後躺在床上看電視打發時間，靜待今晚的來臨。

阿曼達說過，今晚在酒吧舉辦的宴會有不少人參加，應該會很熱鬧吧。真希望到時候會停雨呢。

我隨意按著電視遙控瀏覽不同頻道，雖然海鸚酒店位處偏遠，但電視頻道卻相當豐富；大概就是衛星電視，所有酒店都一樣。不過電視很多是丹麥語的頻道，能夠選擇的其實不多。

結果我選擇拿出平板電腦，細心整理昨天的照片，在不知不覺間已經到了黃昏。

晚上七點鐘，屋外依然滂沱大雨。不過今天酒店二樓暫停營業，就算外面怎樣風大雨大，我也只能按照約定走到酒店的大廳集合，參加宴會。

正如今早阿曼達所說，酒店裡面大部分住客都會出席。赫茨森家族與未婚妻露沙、今早新來的杜爾胡斯一家四口、連同我和司馬伶共十位住客，但不包括兩位警官。取而代之是酒店的兩位職員莎拉和阿曼達，總共十二人在酒店大廳集合後，便撐傘前往村內酒吧。

聽莎拉說，法羅群島有自己的釀酒工廠，酒也是島上居民生活的一部分。眾人邊走邊聊，當來到酒吧時，裡面氣氛已經相當喧鬧。

我看見店內有八位少男少女，還有一個滿面鬍鬚的大叔在倒啤酒，看來那大叔就是這間酒吧的主人。雖然大叔好像兇神惡煞的，卻正跟那群少男少女有說有笑，非常友善。

原來那四對男女是一同前來旅遊的英國大學生。他們在米基內斯島上租了一間度假屋，可以想像他們玩得天昏地暗的情景；如此強烈的青春氣息從他們身上發出，差點讓我透不過氣來。雖然我也是正值青春年華的大學生，但比起他們粉紅色的大學生活，自己卻是千里迢迢獨個兒走來法羅群島，相信已經無需再解釋下去。

這時候酒吧主人把蘋果酒和蘋果汁同樣放到吧檯上，我看見司馬伶選了蘋果酒，我便問她：「妳到了合法飲酒的年齡了嗎？」

「蠢材，說了多少遍我是成年人。」大概是為了賭氣，司馬伶把杯中蘋果酒一乾而盡，雙頰馬上變成紅蘋果一般。

「不會喝就不要勉強嘛。」

「我也沒有勉強，不信的話我再喝一杯給你看？」

意外地司馬伶其實是很好騙的？我跟她說：「好歹妳也是女兒家，被別人說幾句就把酒乾掉的話，假如遇上有戀童癖的人妳就有危險了。」

司馬伶非常不滿，「都說了我不是不會喝酒。喝酒臉紅跟會不會醉酒也沒有直接關係，你什麼時候才能有點科學常識呢？」

就在我們吵鬧的時候，阿曼達就大聲拍掌說：

「在開始上菜之前，其實今天也是我們其中一位客人的生日，不如大家先替她慶祝生日好嗎？」

現場氣氛很好，加上大部分人也喝了點酒，便很爽快地一同和議。於是阿曼達繼續說：

「首先有請今天的主角露沙小姐。」

難怪今晚露沙的衣著比起昨天性感，一出場就吸引了周圍在場男士的目光；而她的未婚夫本傑明看起來毫不介意，同時也沒有什麼自豪的感覺，看來早已經習慣。

在眾人的歡呼聲下露沙走到酒吧的中間，同時阿曼達把事前準備的紅色玫瑰花束送到露沙手上，又示意讓露沙坐到椅上。

接著，另一位主持人莎拉說：「還有一件事也許大家不知道的。其實法羅群島保有一種傳統而又獨特的文化，在其他北歐地方已經失傳的，那就是『鏈舞』。高興的日子我們都會跳『鏈舞』，所以我們也趁這個機會用『鏈舞』祝賀露沙小姐吧。」

在場的那些大學生聽到提議後都鼓掌支持，並放下酒杯，合力移開酒吧的桌椅在露沙周圍騰出空間。接著，大家在主持人的指示下互相交叉手臂圍成一個圓圈把露莎包圍。

看見這個場面我馬上就明白鏈舞的意思。除了酒吧主人和生日的主角之外，我們所有人都環繞露沙團圈；我的右手手臂勾著莎拉的左手手臂，而莎拉的右手手臂則勾著阿曼達的。我們就是這樣串連起來，正如鏈舞之名。

既然我的右手邊是莎拉，左手邊不用說也知道是司馬伶，看來這是一種宿命之類的。但如此「左右逢源」我倒是不會介意，唯一害怕的是我的手肘會不小心碰到旁邊女士的胸部，引起什麼誤會就不太好。任何時候我也沒有忘記自己是天生的「嫌疑犯體質」。

這時候悠揚的音樂從點唱機響起，莎拉開始教授大家法羅群島鏈舞的舞步：往左移兩步、往右移一步、再往左移兩步、往右移一步。就是這樣反覆圍著中心順時針轉圈，十分簡單。

於是大家高高興興地一邊唱生日歌，一邊圍著露沙跳舞；露沙則坐在鏈舞中心拍掌打拍子，這一刻我第一次有真正旅遊的感覺，而不是到處查案——

啪！

忽然室內漆黑一片，伸手不見五指，就連音樂也停頓下來。我立即察覺到是酒吧停電，但雙眼什麼都看不見這種感覺叫我不期然緊張起來，連其他人也開始叫嚷。

然而旁邊的莎拉則大聲呼籲：「各位請冷靜，只是小故障而已，不用慌張，待老闆把電箱修好就行。為免亂撞發生意外，大家就拉緊身旁的友人原地站著吧。」

「對，大家站著不要動，我很快就會處理好。」一把響亮的男聲如此說道，於是大家都安靜下來；儘管屋外還是下著大雨，室內卻靜得連別人的呼吸聲都能聽見。

接著是開門的聲音，我想酒吧主人已經走到裡面的電箱房檢查吧。

這時候左手邊的司馬伶用力勾緊我的手臂，看來她除了怕鬼之外還怕黑？於是我也緊緊地勾著另一邊莎拉的手，我想只要大家連成一體，就不會出意外。

——哇！

突然在我耳邊傳來女性的尖叫聲，同時在漆黑中我感覺到自己的右手被拉扯落地險些跌倒，要半跪下來支撐身旁的莎拉。

同時間酒吧忽然恢復光明，我見到莎拉捉住我的手臂跌倒在地，連同旁邊的阿曼達也是一樣。

「發生什麼事了，妳沒有大礙嘛？」

我問莎拉。但莎拉一臉茫然，回答說：

「我也不知道怎麼了，我只感覺到在黑暗之中有人撞跌我……」

阿曼達也說：「對，在黑暗中好像有人拉扯我們似的。」

「幸好妳和游先生一直沒有放手，我才沒有跌得很重。」

——啊啊啊！

又是另一把女性的尖叫聲，這次是赫茨森家的公主戴娜。戴娜臉色蒼白，指著露沙大叫後就立即昏倒。她的父親尼爾斯立刻扶起戴娜，同時我們望向坐在正中央的露沙——

只見露沙的左胸插著一把匕首，整個人垂靠在椅背動也不動；原本手上的花束掉到腳邊，一滴滴的鮮血落到玫瑰花的花瓣上，然後流到地板，形成一灘血水。

浸在血水的花束旁邊，還有一隻手套和一個類似雙筒望遠鏡的物件；這些都是之前不存在的東西，應該是有人留下。

血一直從露沙胸口湧出，血水很快就擴散到鏈舞的人群。有人驚惶地閃躲，杜爾胡斯兩夫婦則連忙抱走自己一對子女，至於阿曼達和酒吧主人則衝上前查看露沙的傷勢。不過只需要看露沙的出血量，很明顯她已經沒救。

更重要的是，毫無疑問，這是一宗兇殺案……在我們所有人的面前，露沙就這樣被殺了。

6

面對突如其來的死亡，四面八方的訊息一下子就擠滿了我頭腦。究竟是誰殺死露沙？兇手是我認識的？為什麼要殺死她？兇手依然留在我們身邊？

我跟露沙只是見過幾次面，亦只有昨晚談過幾句話。當時她告訴我關於赫茨森家族遺產的事，又叫我要提防戴娜。難道殺死她的兇手就是戴娜？可是戴娜一看見露沙被殺就昏倒過去，外表柔弱的她很難令人相信她就是殺人兇手。

回過神來，現場氣氛一片混亂。大家都想打電話報警，但酒吧內的電話好像因為剛才停電而壞掉了，而其他遊客也沒有能接通當地網絡的手機，除了尼爾斯博士之外。

尼爾斯博士的手機是新款的衛星電話，外形大小跟普通的智慧型手機無異。而衛星電話最實用之處就是幾乎什麼地方都能接通，加上保密性高，很適合像尼爾斯博士這種富翁會用的。

噠噠噠噠——！

突然間司馬伶跑到酒吧門口，打開正門探頭屋外；屋外還是下著傾盆大雨，於是司馬伶馬上關門又跑到酒吧的吧檯前。

她二話不說，打開雜物房的門就衝到裡面；隔幾十秒又跑了出來，再跑到另一邊的玻璃窗前拉開窗簾；窗外暗淡無光，只有雨水拍打。司馬伶俯身仔細檢查玻璃窗，最後又走過來跟我說：

「游生，你不是喜歡攝影嗎？先用手機把現場環境拍下來。」

司馬伶說話時戴著眼鏡，換言之現在的她正處於偵探模式。我無奈地問：「露沙小姐的遺體……也需要嗎？」

「嗯，盡量把環境保存下來。雖然我的記憶力很好，大概能夠清楚記得細節；但照片能夠成為證據，記憶卻不行。」

說畢，司馬伶便抱著膝蓋坐到一角沉思，而我只好照她的吩咐去辦。

這所酒吧是四方形的內裝，南邊是大門，門口旁邊就是吧檯。往吧檯的盡頭走有一道小門，門後連接著雜物房，同時亦是電箱所在。換言之剛才停電時酒吧主人就是走到那裡把電箱修好。

我拿著手機在雜物房內尋找電箱的時候，驚覺剛才停電時為何我不掏出手機照明？是喝了點酒所以頭腦轉得不快？只不過是蘋果酒而已，酒精濃度又不高，這不是我粗心大意的藉口。或許真正的原因是當時我雙手都捉緊司馬伶和莎拉，沒有意識要放開吧。

至於酒吧主人又如何？剛才他沒有嘗試用手機報警大概是沒有帶在身邊。還好我看見雜物房裡面有手電筒，他才能夠修好電箱。

我摸了一下手電筒的燈泡還是暖的，這就是酒吧主人用來照明的證據；再看電箱周圍，可以見到更換保險絲的痕跡。

我詳細把所有證物逐一拍照，然後離開雜物房，又回到坐在酒吧正中間的、露沙小姐的遺體面前。我閉上眼睛祈禱，然後對遺體拍了幾張照。不過按下快門後我才意識到自己的行為有多失禮，立即望向她的未婚夫本傑明打算道歉，可是本傑明卻沒有在意我的舉動。

無論如何，我還是雙手合十、低頭鞠躬，表示我並沒有惡意。之後我觀察露沙小姐腳下的東西，看見一束沾滿血的玫瑰花、一隻浸在血水中的手套、還有一個類似雙筒望遠鏡的東西。不過現在看來，那應該不是望遠鏡，而是夜視鏡。換句話說兇手是有備而來，非要殺死露沙不可。

但如果當時有人拿手機出來照明的話，這個黑暗中的殺人計畫不就泡湯了？這風險可大呢，究竟兇手跟露沙有什麼深仇大恨非要冒這個險不可？

「游生，你也注意到這計畫的風險呢。」司馬伶走過來說：「兇手肯定是一個異常固執甚至是變態的人，所以才選擇要在眾人面前殺死露沙。他這次成功殺人一定很興奮吧……」

我馬上察看現場各人，卻沒有找到誰看起來特別興奮。硬要說的話，最興奮的反而是司馬伶。

「別用失禮的眼神盯著我，我也不是冷血的人。」司馬伶困惑地說：「但這個殺人的事件實在太奇怪了……我想不通……」

我問：「兇手會是我們其中一人嗎？」

「當時大家都互相手牽著手，實在想不到有什麼方法在黑暗中離開原地殺害死者。」

「那個……妳肯定沒有人在停電時放開手嗎？」

「如果真的有人鬆開沒有繞手的話，旁邊的人一定會知道。可是直到現在大家都一臉茫然，這代表停電時大家都沒有察覺身旁有人離開吧。」

「照妳所說，要是所有人都沒有鬆手離開原位，兇手便肯定不在我們當中？」

「這難說。你忘記了我們手牽手、肩並肩地圍住了死者嗎？在某種意義上這也是一個封閉的空間，其他人要摸黑從圈外入侵有一定的難度，因此照常理來說圍成鏈舞的我們嫌疑最大。」

司馬伶說得不錯，人鏈圍起來時，外人難以從中間穿插；因為當兩個人交叉繞手時，二人中間的空位實在太過窄。換言之唯一能夠穿過人牆的方法就是從頭頂躍過去……等等，這也不是沒可能。

司馬伶似乎看穿我的心意，說：「你的想法不錯。組成鏈舞的人包括了杜爾胡斯家的那對孿生小孩。他們身高一米左右，普通的成年人要從他們頭頂躍過應該不太困難。」只是司馬伶看起來不滿意，反問我：「但在停電之後你有聽見可疑聲音嗎？我記得當時很靜，就是大家動也不動的感覺。要這麼大動作跳過那對小孩我想應該會發出相應的聲音吧。另一方面，能夠在黑暗中離開原地、活動自如的就只有酒吧主人。但他在恢復電力之後才從雜物房走出來，要如此短時間內躍過小孩殺死露沙小姐，然後又跳出去人鏈外再跑回雜物房修理電箱，怎樣想都是不可能。」

很簡單地就被司馬伶否定了。雖然我知道她比我聰明，但這場合我莫名其妙地有一種對抗心，很想司馬伶認同自己。於是我開始設想其他的可能性。我問：

「也許是從屋外面遠距離的飛刀插死了露沙小姐？這樣既能從人鏈中間穿插，亦不會發出任何聲響。」

「露沙小姐死的時候是面向北邊的玻璃窗，要正面殺死露沙小姐必須從玻璃窗的外面丟匕首——」

「但妳剛才已經檢查過玻璃窗都是密封式嘛？我就知道沒可能。」明明我以為已經接近答案，卻又有破綻。咦？不對，我怎麼沒想到呢？我興奮地告訴司馬伶：「我想到方法能夠不離開鏈舞而殺死坐在正中央的露沙小姐！雖然我們交叉繞手、手臂互相緊扣，但手腕還是活動自如的吧！即是犯人可以原地放飛刀殺死露沙啊！所以犯人一定是跳鏈舞時露沙正面望著的人！」

「可惜，這在數學上行不通。」司馬伶說：「一個人扠腰時兩肘的距離大約一公尺，十九個人所圍起的圓周為方便計我就約數作二十公尺。圓周的長度假若你還記得小學數學的話就是 $2\pi r$，由此計算得出鏈舞的半徑為三公尺以上。即是說我們每個人距離死者都超過三公尺，可是匕首卻牢牢地插進死者的心臟，你看得出當中的矛盾嗎？」

我搖搖頭，於是司馬伶繼續說：

「兇手必然要從死者的正面大力投擲飛刀。不過你留意一下死者的坐姿，她並不是背靠椅背，而是側臥。假如她正面受到三公尺外的飛刀襲擊，中刀後她一定會往後倒；這時候背脊沒有椅背承接，遺體必然會倒在地上。這跟我們現實所見相反，換言之兇手不可能從遠距離施襲。」

雖然我不太肯定，但我小時候讀過福爾摩斯會做短矛刺豬的實驗。如果我在這裡否定司馬伶的話說不定她會把我綁到椅上做實驗，所以我便同意她說：

「原來如此。那麼要是近距離的陷阱？例如露沙手上的玫瑰花束暗藏機關。」

「剛才我已經檢查過了，沒有這回事。」司馬伶又不太滿意我的表現，反問我：「怎麼了？你的觀察力就只有這樣？你不覺得突然停電也很奇怪嗎？」

「咦？對呢，為什麼會停電？」

「你不知道是因為你看漏了一個重要的證物，就在吧檯下面的電源插座。插座連接著一個計時式的電源插頭，只要過了指定時間，電源就會接通特製的電路板而引起短路，並觸發雜物房的電箱熔斷保險絲。這是一個非常之簡陋卻有效的小裝置。」司馬伶又補充：「但看來裝置都是用陳舊的配件組合製成，已經無法找到源頭吧。」

我嘆道：「還以為是有共犯切斷電源呢，原來是定時裝置。」

「當時酒吧內就只有二十一人，其中一位死者、十九位牽人鏈，還有一個就是酒吧主人……沒有其他人能夠偷偷走到電箱房做手腳喔。」

「可能酒吧外面有共犯嘛。」

「這個可能性不大。我剛才檢查過酒吧外面有燈光，可是案發當時漆黑一片，換言之酒吧的門沒有人打開過——案發時酒吧是一個密室。」

這時候我才想起司馬伶之前在酒吧內四處走，就是那短短半分鐘她已經掌握了現場的所有線索了吧。

司馬伶總結道：「根據現場留下的環境證供，我想到有兩個犯罪的可能性。第一個可能性，就是圍成鏈舞的十九個人裡面，有人說謊。」

我驚訝地說：「妳的意思是兇手就隱藏在我們十九個人當中嗎？那個人在停電時鬆開了手走到露沙身旁行兇，同時跟兇手繞手的人就說謊包庇。這樣的話共犯至少有三個人才足夠。」

「這是其中一個可能性。但看斷電的裝置，感覺上兇手是獨自犯案呢。假如沒有幫兇，兇手就是趁停電時利用了某種

案發現場平面圖

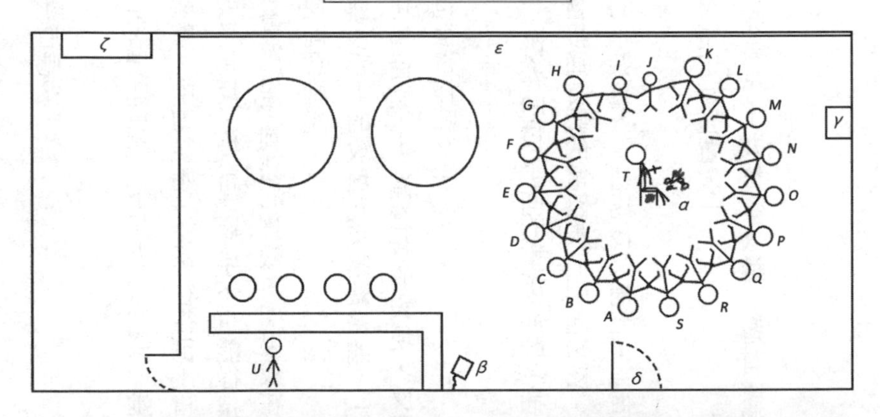

(A) 阿曼達 (B) 莎拉 (C) 游思齊 (D) 司馬伶 (E) 戴娜 (F) 尼爾斯 (G) 本傑明 (H) 杜爾胡斯先生 (I) 杜爾胡斯兒子 (J) 杜爾胡斯女兒 (K) 杜爾胡斯夫人 (L) 少女 1 (M) 少年 1 (N) 少女 2 (O) 少年 2 (P) 少女 3 (Q) 少年 3 (R) 少女 4 (S) 少年 4 (T) 露沙（死者）(U) 酒吧主人

(α) 沾有血跡的兇器、玫瑰花束、手套、夜視鏡 (β) 斷電儀器 (γ) 點唱機 (δ) 酒吧大門 (ε) 密閉式窗戶 (ζ) 電箱

方法繞過人鏈，再近距離刺殺露沙，然後脫下夜視鏡和手套，並再次用上某種方法繞過人鏈離開。」

司馬伶把兇手說得神出鬼沒一般，猶如鬼魂作祟……我想起了今天在餐廳那老闆娘的一番話——

「今晚一定有事情發生……到時候你們要負責！」

老闆娘那恐懼的表情在我腦中揮之不去，她是預見了露沙的死亡嗎？難道這真的是二十年前的無頭冤魂作祟？

7

當晚錄取口供後，再回到酒店房時已經過了午夜十二點。

關於露沙被殺一案的調查工作，由碰巧住在島上的西格德分局長全權指揮。這不禁令我懷疑，究竟那警察二人組來米基內斯住宿是偶然抑或必然？米基內斯本來就沒有警察駐守，更加沒有警察局；正因如此，現在酒店的３０２號房立刻就變成為西格德他們用來查案和休息的據點。

作為普通人的我，其實在錄取口供後就想回到酒店睡覺，但司馬伶可不是這樣想。不知道什麼原因，她非常積極地蒐集兇案資料，並堅持要找出真相，把自己當成真正的偵探一般。

當然西格德並不容許她這樣做，可是同行的年輕警員麥克斯好像很喜歡司馬伶，幾乎什麼調查結果都透露給她知道。

結果當晚所有人的口供亦跟司馬伶之前推測的一樣，現場圍起鏈舞的十九人全部都肯定自己沒有放手，換言之露沙死時所有人都站在原地，照常理看大家都不可能是殺人兇手。另一方面，現場酒吧亦沒有其他人出入過的證供，因此警方初步懷疑兇手是酒吧主人，認為只有他才有方法從鏈舞外殺死露沙。

司馬伶聽後不太同意警方的想法，所以她在回酒店前拉住我說明天要一起調查。雖然我嘗試拒絕她的要求，但她反駁說這樣做也是為了自身的利益。因為司馬伶相信真正的兇手很可能是海鷗酒店內的其中一人，即是兇手就在身邊，盡快把兇手找出來自己度假也能安心一點。

「可是如果兇手真的跟我住在同一間酒店，我哪裡有心情繼續住下去呢？」

實際上酒店房內沒有其他人，我只是躺在睡床上自言自語，因為說出聲好像比較能發洩自己的情緒。

「但如果現在退房的話我可以住哪裡？法羅群島因為有日全食，全部酒店都沒有空房，於是乎我才選這間孤島酒店入住啊……誰會料到入住孤島酒店會像小說橋段一樣發生兇殺案？」

一想到要退房之餘又要再訂機票離開就覺得麻煩，而且現在我想離開恐怕警察也不會放過我，不如留在酒店有警察保護來得安全？再者司馬伶說兇手在酒店也只是她的估計，沒有真憑實據，沒有必要在意……對吧？

話雖如此，我還是爬起床檢查一下門窗，至少要全部上鎖才能令我安心入睡。就在我關燈準備上床的時候，耳邊突然傳來高頻的「嗞嗞聲」，就像用指甲刮黑板的那種，聽得我起雞皮疙瘩。

起初我還以為只是疲憊所引起的耳鳴，又或者是冷氣機故障的雜音，但聽久了便明白聲音是從窗外傳來。而且那種指甲刮黑板的聲音越來越響，彷彿是一根、兩根、三根、四根……慢慢增加到十根指頭一起刮擦；越刮越用力，音頻一直提高——

嗞嗞嗞嗞……啪！

猛然傳來巨響，就像打銅鑼般把我心臟轟出來似的。我驚魂未定，馬上跳下床走到窗邊看看究竟發生什麼事情。

我撥開窗簾，窗外是一片暗綠色的灌木林，而灌木林後面就是昨天看北極海鸚的海岸。可是夜深海鸚都睡覺了，取而代之是一個藍色光球在灌木林中飄浮。

因為距離有點遠，至少應該有一百米吧，我看不清那藍色光是什麼東西。只是隱約看到那光影的輪廓有點像人的形狀，有手有腳的。

就這樣，藍色小光人在灌木林上飄盪了十數秒。當我掙扎是否要繼續看下去抑或是衝到酒店外一探究竟時，藍色小光人忽然煙消雲散，灌木林又回復了漆黑一片。

——啪啪啪！啪啪啪！

這次換到門外有人猛力拍門。拜託了，三更半夜拍門，就算平生不作虧心事也會驚的啊。

我吞下口水，走到門前，然後在門孔後看到司馬伶正在大力拍門。

「幹什麼啊？都這麼晚了。」我開門就跟司馬伶抱怨。

「你見到嗎？你見到嗎？」穿著鬆睡衣的司馬伶抱著枕頭，面色蒼白地問。

「見到什麼？」

「就、就是窗外有……那個……沒有頭的東西……」

「原來妳也見到嗎？但我沒有妳看得這樣清楚。」看來藍色小光人並不是我眼——哇？

司馬伶突然衝門而入，跳到我的床上說：「一個人太可怕了，今晚肯定不能睡覺，你來陪我好嗎？」

我順手關門，無奈地說：「要怎樣陪妳？妳不是說過不相信有鬼的嗎？怎麼慌成這樣。」

「不相信和害怕是兩回事啊！」其實也很難怪她，畢竟幾小時前才親眼目睹死人，現在又看見鬼怪。司馬伶繼續抱緊枕頭，像貓咪霸占主人的床，命令道：「你說故事給我聽也可以，總之我在睡著之前你都不能睡！」

「夜深要說故事的話，只適合說鬼故事吧？」

「你要作死嗎？」

剛才的古怪事，坦白說原本我也有點兒害怕，不過看見司馬伶怕成這樣反而安心下來。於是我嘗試安撫一下她弱小的心靈，說：「妳是在窗外看見藍光吧？但什麼形狀只不過是個人幻想，就像看天上的雲一樣──」

「慢著！」司馬伶叫住我，「你先說說你剛才看到什麼。」

「嘛，就是灌木林中間飄著一團光，有點兒像人的形狀。」

但司馬伶皺著眉頭，一臉冤枉。她說：「我是很清楚地看到紅色、女鬼、沒有頭……！」說到一半，司馬伶忽然大哭起來，就好像無助的孩子般只懂哭泣。

結果一哭就差不多二十分鐘，之後哭到累了，她就橫著躺在床上睡覺。真的好像貓一般任性，無助的反而是我才對。

我唯有走近到床邊替她蓋被子，又把幾張木椅靠在一起當床睡覺。我肯定明天起床必然會腰痠背痛。

第三章——無頭酒店傳說

1

「抱歉，昨晚的我確實有點混亂，麻煩到你不好意思。」

一早起來，司馬伶靦腆地向我道歉，就像小孩子不小心打碎花瓶後跟父母道歉那樣。

當然她霸占睡床讓我沒地方睡是很令人生氣，但有機會見到她小孩的一面亦十分有趣。於是我逗她說：

「明明在殺人現場都能冷靜地應對，可是卻非常怕鬼，這不符合妳的邏輯嘛。假如妳相信人死後會變成幽靈，那妳要怎樣留在現場蒐證？當偵探好像是會遇上一堆兇殺案喔。」

「要說多少次才明白？就算不相信也可以害怕的啊，本來我就不喜歡幽靈這種虛無的東西。要是幽靈呈完美的幾何圖形或者會比較可愛，就是圓形的鬼之類。」

「圓形黃色的那是吃豆子的鬼。」我不禁吐槽，卻又不忍心看她害怕，便安慰她說：「其實昨晚我們見到的可能只是誰的惡作劇吧？有時候眼見到的未必可信，昨晚的現象一定有其他更科學的解釋。說是鬼神只不過是解釋不了的藉口。」

「肯定是惡作劇！」司馬伶生氣起來，「這個島上不只有殺人兇手，還有裝神弄鬼的傢伙，不能原諒！」

「但不知道是為什麼要嚇我們呢？」

「無論什麼原因都不能原諒！」司馬伶只是一直重複說不能原諒。

話雖如此，假如只是窗外見鬼那大概是惡作劇準沒錯，不過我和司馬伶二人卻同時見到兩個截然不同的畫面，那又怎樣解釋？

或者是我們根本在不同時間看著不同地方，所以我望見藍色小光人，司馬伶則見到豔紅無頭女鬼？

但這不可能。我們房內的窗同樣面向酒店的北邊，看的景色應該一致。而且我和司馬伶都是因為聽見巨響才望向窗外，理應也沒有時差。換言之我們確實在同一時空看見不同的東西……這真的是一句惡作劇就能解釋？

越想就越奇怪，加上昨晚發生的命案，說不定兩者是有關係。這樣子其實我是否應該離開米基內斯比較好？

於是我問：「伶，妳昨晚懷疑兇手是酒店的人……那是基於什麼原因？」

「殺人可不是簡單的罪孽，一個人沒有特別理由可不會輕易奪去別人的性命。」司馬伶坐在床上說：「再者，兇手是在我們面前殺死露沙而不露馬腳，這肯定是經過精心部署。我認為兇手必然跟露沙有深厚關係，只有深厚關係才會產生深仇大恨。」

「妳認為露沙跟酒店的人來往比較密切，所以就是酒店的人下手？」

司馬伶作沉思狀，回答說：「這只是我的假設而已，但露沙和赫茨森一家人都不是法羅群島的居民，與米基內斯本地居民更看不到有任何交集……所以退一步想，她接觸酒店人員的機會比較多吧，除了服務生之外還有酒店住客。」

「照妳所說，最有機會殺害露沙的人不就是赫茨森家族？」

「是這樣沒錯。而且露沙跟尼爾斯和戴娜的關係都不太好，之前她就說過公主的壞話。」

司馬伶解釋完之後，便回頭看床頭的電子鐘，又說：「原來已經十點多了，我先回房整理一下，之後再到大廳集合好嗎？」

「集合？妳又想去調查昨晚的兇殺案？這交給警察就好嘛，反正剛好有兩個警察住在酒店裡。」

「我無法坐視不理……畢竟有人在我面前死去，我有責任把兇手找出來。」司馬伶的眼神堅定，神情也是十分認真，不像之前貪玩調查無頭自殺案一般。

「可是如果兇手就是酒店內的其中一人，妳相信我就不是兇手？」

「游生你又不是什麼思想複雜的人，一眼就看得穿。」司馬伶說：「而且當時漆黑中我有抓住你的手臂，我相信你不是殺死露沙的人……坦白說法羅群島的春天仍然很寒冷，昨晚大家都穿上厚衣，所有人都有機會把兇器帶到酒吧內。因此現在島上我唯一能夠相信的就只有你而已。」

「這真是我的榮幸。」

雖然司馬伶說起來有點無助，但她的一切行動皆由正義感驅使。正義感嗎？果然是小孩的想法，卻並不討厭。

司馬伶回復笑容說：「而且游生你來米基內斯是想看明天的日全食吧？就等本小姐在日落之前找出兇手，讓你可以安心欣賞。」

「明白啦，我也再多陪妳一會吧。」

2

早上十一點左右，當我按照約定和司馬伶在酒店大廳集合時，卻見到杜爾胡斯一家人帶同行李走下來，似乎是要跟櫃檯的阿曼達辦退房。

坦白說像杜爾胡斯這樣平凡的年輕夫婦我是不太記得樣子，只是看見他們那對可愛的孿生子女才想起來。這時候我發現那小女孩的側髮紮著小辮子，竟然跟司馬伶相同一模一樣的，我便跟司馬伶說：

「妳給人感覺不成熟不是因為紮了辮子嗎？紮辮終究帶點孩子氣，我很少看到有大人會辮髮。」

但司馬伶搖頭說：「外行人就是外行人，辮子可是跟數學有關。有些數學家的專門就是鑽研辮子理論和紐結理論呢。」

「欸？」

「拓樸學啊，辮子理論也是拓樸學的分支。」

我諷刺地問：「只要說成拓樸學就研究什麼都可以嗎？據我所知拓樸學不是研究形狀之類的數學？」

「可以這樣說。所以辮子理論就是研究兩條或者更多的繩子，其互相纏繞之下的狀態，猶如紮辮子一樣。」

「……這種研究有用嗎？」我能夠想像得到的，除了用來解開打結的耳機線之外就沒有其他用途了。

「游生你要記住，數學是這個世界最基本的語言。」司馬伶認真起來，「我們數學家研究數學不是為了什麼用處，而是要借助數學這套工具去理解我們身處的世界。因此數學家無時無刻都充滿好奇，就跟偵探一樣；偵探要找出案件的真相，數學家則要找出世界的真相。」

司馬伶繼續說：「當然辮子理論和紐結理論都有實際用途啊，而且不只是用來解開你褲袋裡面的耳機線。如果你在教科書上看過DNA的結構那都像繞成一團的紐繩吧，研究紐繩的結構有助生物學家解開DNA的運作。除此之外，地球的磁場線也是一堆紐繩，甚至理論物理學家研究的弦理論也有紐結理論應用其中——」

「抱歉！是我的錯，我不應該說辮子是小女孩的玩意。」我馬上投降並轉換話題，「話說杜爾胡斯他們不是昨天才入住酒店嗎？住了一晚就要退房，果然是為了他們的小朋友吧。」

司馬伶歪著頭，望向天花板，一邊用手指繞玩頭髮，一邊思考。過了一會才說：「不過他們也是案發現場的證人，可能的話我也想問問他們的想法，包括那對孩子。」

坐言起行是司馬伶的性格，看見杜爾胡斯一家人離開櫃檯之後她便立即追上前，問他們是否方便談一下昨晚的事。

杜爾胡斯太太回答說：「不好意思，我們要趕時間到碼頭搭船……」

司馬伶低頭拜託：「在路上邊走邊說也可以，不會花很多時間的。」

「司馬伶小姐……沒記錯名字吧？」旁邊杜爾胡斯先生好奇地問：「看來妳很在意昨晚的事情呢。我記得那時候妳也是第一時間在酒吧內蒐集線索，就跟妳身後的那少年一起。」

「因為有人不明不白地死在我的面前，我不容許自己袖手旁觀。這是我的原則。」

杜爾胡斯先生續道：「妳一個女兒家不怕危險嗎？我想妳的父母也會擔心喔。」

「危險嗎？」司馬伶回頭望我，「我的朋友會保護我……好像是這樣。」

「原來如此，妳有一個可靠的男朋友呢。」

「不要誤會，他只是我的……哥哥之類？」

「哦？」大概杜爾胡斯先生不懂分辨華人，看見我和司馬伶居然覺得相似，便點頭道：

「做哥哥要好好保護妹妹呢。」

「說得沒錯，」司馬伶微笑望向那對孿生孩子，又問杜爾胡斯先生：「他們也是兄妹嗎？」

「哈哈，艾瑪是姐姐，艾力是弟弟，所以換作姐姐要照顧弟弟了。」

「原來是姐弟。」司馬伶低聲在杜爾胡斯先生的耳邊說：「我明白你不希望孩子記起昨晚的事情，所以我只想聽聽先生的意見罷了，不會騷擾到小艾瑪和小艾力的。可以嗎？拜託了。」

司馬伶說著的同時，背後的手指卻一直指著我，還有杜爾胡斯太太和她的子女。她的意思是叫我趁機會向那對小孩問話嗎？畢竟司馬伶說過她亦想知道當時艾瑪和艾力的經歷，就連小孩子都不放過。而且通常警察都不會認真看待孩童的證供，要找到警察沒有發現的真相，最佳方法也許就是從小孩方面著手。

當然，杜爾胡斯先生不曉得司馬伶的鬼主意，在他眼中司馬伶只不過是一個既正直又富有正義感（即是多管閒事）的少女，於是沒有特別拒絕她的請求，就同意在往碼頭的途中聊幾句。

至於那對小孩，杜爾胡斯先生不想讓子女聽到昨晚的慘劇，於是吩咐太太帶著他們走在幾步後面保持距離。這時候司馬伶暗地裡對我露出邪惡的微笑，顯然在叫我混入那母親和子女當中閒話家常，順便找方法打聽昨晚的情報。

別人說女人都是擅長變臉的生物，這一刻我非常認同。

3

我們跟隨杜爾胡斯一家四口離開酒店，屋外風和日麗，司馬伶卻煞風景地拿出一張畫有案發現場配置的圖紙詢問杜爾胡斯先生：

「昨夜跳鏈舞時跟你繞手的除了小艾力，還有死者未婚夫的父親尼爾斯・赫茨森。當時尼爾斯先生一直跟你繞手，在停電時也沒有離開原地，對嗎？」

「沒錯，警察也有問過相同的問題。我太太卡米拉也肯定她身邊繞手的那少年沒有離開原地。」

「嗯……」司馬伶點著頭似乎認同對方的話。畢竟杜爾胡斯一家只是初來乍到，跟死者毫無關係，不像有撒謊的理由。

司馬伶接著說：「那麼案發當時，亦即停電的一刻，你有沒有察覺到什麼異樣？」

杜爾胡斯先生搖頭表示沒有。於是司馬伶轉換話題，「不如聊一下案發現場以外的事情。例如在往酒吧之前你有沒有跟死者接觸過，或者知道有什麼人對死者抱有恨意？」

杜爾胡斯先生點點頭，「嗯，這個我也有跟警察說了。就是昨天下午，我跟家人初來酒店打算四處參觀時，碰巧在二樓餐廳見到那位女士跟酒店職員的莎拉爭吵。那位女士還摑了莎拉一巴掌，並在莎拉的脖子留下刮痕。」

「傷痕嗎？我都沒有留意到呢。」司馬伶回想最近莎拉的樣子，便說：「昨天莎拉都圍著圍巾，除了是天氣寒冷，可能也是不想讓其他人看見她頸上的傷痕吧。」

「又或者是不希望再刺激對方吧。雖然這時候在死者背後說壞話好像不太尊重，但當時那位女士只是一味野蠻地罵著莎拉。」

司馬伶低頭思考一會，又問：「那位女士，即是死者，你知道她為了什麼原因而掌摑莎拉嗎？」

「不知道。後來有另一位男員工出來制止，那位女士只好氣沖沖地離開。」杜爾胡斯先生說：「我想那位男員工會比較清楚吧，妳可以問問他。」

司馬伶自言自語：「這樣的話莎拉可能有殺害露莎的動機？」

我在後面聽著司馬伶與杜爾胡斯先生的對話，心中好奇為何露莎要到處點火？先是跟我說戴娜的壞話，然後又掌摑莎拉。雖然無論什麼原因殺人都是不對的，但露莎也太過不檢點了吧？

——別只顧看戲。

司馬伶突然回頭怒目，用眼神向我投訴，大概她是催促我要套資料。於是我放慢腳步，看見身後的杜爾胡斯太太牽著小艾瑪，小艾瑪又牽著小艾力；三人溫馨地走，心想如果我也貿然問他們關於昨晚的命案也太過奇怪，跟司馬伶一樣沒有常識。

我只好先與太太閒道：「剛才在酒店聽說你們起程回家，這樣就會錯過明天早上的日全食呢。好像有點可惜。」

杜爾胡斯太太回答說：「也不會錯過，我們只是回去托爾斯港罷了。而且這幾天我們也不能出國，必要時還要配合警方調查呢。」

托爾斯港是法羅群島的首都，原來他們本身就是法羅群島的居民。於是我繼續問：「那麼為何你們會選擇來米基內斯度假？在托爾斯港也可以看到日全食嘛？」

「就是因為日全食的關係，托爾斯港變得太過熱鬧，有點不習慣。」杜爾胡斯太太說：

「而且我跟海鷗酒店的主人是老朋友，所以順便來探望一下她囉。」

「哦，原來妳認識莎拉小姐。」

「莎拉是我的中學同學，但畢業後很少聯絡了。上一次見面是在我的婚禮上面。」

「原來如此。」我笑說：「莎拉小姐中學的時候一定很受男同學歡迎吧？又漂亮，又懂得照顧別人。」

「哈哈，你說得沒錯，莎拉的確很受歡迎，所以我也沒有想過自己會比莎拉先結婚。但莎拉對男士的要求很高呢，而且讀書成績又好，學校裡面沒有一個男生她是看得上眼，所以我也沒有見過她跟男生交往。」杜爾胡斯太太微笑說：「不過你有見過莎拉和另一位酒店的男員工嗎？他們關係好像不錯，不知道是否在談戀愛呢？」

「酒店的男員工？」我想起她丈夫與司馬伶的對話，便問太太：「聽說你們昨天在餐廳見到那位員工出面制止露沙與莎拉吵架？」

「嗯，那件事嘛。她們的確吵得很厲害呢，雖然主要都是那位叫露沙的小姐在發脾氣。我不知道莎拉得罪了對方什麼啦，但那位男士非常緊張地從廚房跑出來分開二人，我看他的神情就知道他一定很愛莎拉。」

「這樣子連妳也不知道發生什麼事，看來只能問問現場的那位廚師了。」

「不過你們也別多管閒事吧，案件交給警察他們處理就好。」杜爾胡斯太太好像一早知道我們來意，語重心長地對我說。

「沒有啦，我的朋——是妹妹才對，她只不過一時好奇而已，不用擔心。」

「是這樣就好。」

說著的時候，我們已經來到碼頭前面。此時杜爾胡斯先生揚手叫自己太太過來，也許是需要什麼幫忙。於是杜爾胡斯太太跟我暫別，並拜託我替她看管一對正在草地上休息的孩子。

這是絕好的機會，我立刻走近那對小孩，先是蹲下寒暄幾句，然後亦無奈地要問他們案件的看法：

「昨晚發生了可怕的事情呢……你們無需回想起那情境，但當時你們有沒有留意到什麼奇怪的東西？」

小艾力猛地搖頭，說：「媽媽叫我們忘記昨晚發生的事情，所以都忘記了。」

「對呢，忘記也好，呵呵。」我苦笑回應。

「但我看見了。」小艾瑪插話道：「我見到有光影在跳舞。」

「欸？」我不明白，續問小艾瑪：「可以再形容多一點嗎？是什麼時間見到什麼？」

「當音樂停下來的時候，我看見影子依然在跳舞——」

「艾瑪！還有艾力，你們過來。」說到一半就被杜爾胡斯太太喝停，艾瑪和艾力只好站起來跑到父母的身邊。另一邊，司馬伶好像也問完問題，跟杜爾胡斯一家揮手道別後，便回到我面前。

「伶，有什麼收穫嗎？」我問。

「只是知道莎拉曾經跟露沙發生爭執，但不知道詳細，要問在場另一位酒店員工才知道。」

「我記得莎拉說過海鷗酒店就是由三位員工打理的吧。莎拉她自己、後輩的阿曼達、最後一位好像就是男性廚師。那個人還沒有見過面呢，昨晚酒吧裡面他也不在場。」

「嗯，我們回去就問問那個人吧。」司馬伶托一托眼鏡框，問：「那麼游生你又打聽到些什麼呢？」

於是我把莎拉是杜爾胡斯太太的中學同學這件事，還有小艾瑪的證供告訴給司馬伶。

司馬伶聽後，喃喃道：「光與影在跳舞嗎？當時我們的確在跳北歐鏈舞，但小艾瑪說的又是什麼意思呢？」

我攤開雙手說：「我也不知道。」

「不對，我大概明白小艾瑪說的話。」司馬伶會心微笑，「原來是這樣。」

「怎麼了？妳想通了嗎？」

「只是看到一點眉目。但在返回酒店之前有一件事情我想確認清楚。」司馬伶拍拍手說：「來一起去案發現場吧。」

4

從碼頭回到民居，米基內斯村內雖然多了遊客，但街上比昨日更寧靜。原因不用多說，在發生命案的酒吧外面還駐紮了幾個警察，現場的搜查一直沒有停過。

其中一位魁梧的警察看見我們，便伸手喝道：「站著，這間酒吧暫時封鎖，其他無關的人請離開。」

正常都是這樣吧，我們又不是什麼偵探，也不能像偵探小說那樣隨便走進現場調查。我只好望向司馬伶，看看她有什麼應對——

「司馬小姐？」一位年輕警察走過來打招呼，我看他的笑容便記得那是住在酒店並且對司馬伶有好感的那個。

「麥克斯警官早安。」司馬伶微笑點頭。

「話說司馬小姐昨晚也在現場呢，真是不幸。」

「不幸的是死者才對，況且我也沒有受傷。」司馬伶反過來關心他說：「其實麥克斯警官也很辛苦吧？誰都沒有想過在這平靜的小島上面會發生殺人案。」

「對啊，害得我要取消休假。」麥克斯抱怨道。

「不知道露沙小姐得罪了什麼人？一想到島上有殺人犯我就很怕……」司馬伶的演技不錯，明明是她主動來調查案件，現在卻表現得楚楚可憐。

「暫時還不清楚。死者是德國人，莫說米基內斯，連法羅群島也沒有來過，跟酒吧的人沒有任何交集。」

司馬伶附和道：「昨晚在場的人，大部分跟露沙都是初次見面吧。」

「非常抱歉，要讓妳受驚。」麥克斯拍心口說：「但司馬小姐不用擔心，我麥克斯一定會把兇手找出來！」

「真可靠喔，謝謝你。」司馬伶又溫柔地向麥克斯請求：「其實我們回來酒吧是想起了一些事情，可以讓我和我的助手進去看看嗎？」

「這個……好吧。」麥克斯跟守在門口的同袍耳語，然後就開門請司馬伶入內。

雖然我完全被麥克斯無視，但我還是跟隨司馬伶一同走到酒吧店內。一入到裡面，司馬伶馬上就將吧檯椅搬到窗邊，面對正門坐下。

「喂，妳隨便移動現場物件真的沒有問題嗎？」

但見司馬伶氣定神閒地說：「小艾瑪說當時音樂停下，一眾影子依然在跳舞。你能看出句子與現實之間的矛盾？」

「我記得音樂停下來的時候大家都不知所措，而我只是呆站原地，不可能還在跳舞吧？」

「我想也是。但也有可能我們依然在動只不過自己沒有察覺。」司馬伶指著自己眼睛說：「正常人有五感，但平日八成的情報都是透過視覺取得。所以當一個人突然眼睛看不見的時候，整個感覺都是怪怪的。」

「妳的意思是說，也許音樂停下時我們仍在跳舞嗎？但當時漆黑一片，小艾瑪又怎能看見？」

「即使停了電，店內也不可能完全漆黑，至少門縫會透光。」司馬伶指向酒店正門的門腳，確實與木地板中間有約兩厘米的空隙，「換作是小孩視線的話應該更容易看到光源吧，停電時小艾瑪站的位置剛好面向正門。」

「所以妳坐下來是模仿小艾瑪嗎？何必多此一舉呢，妳的高度明明跟小艾瑪差不多。」

「少囉唆，四捨五入的話我也有兩公尺高。」坐在椅上的司馬伶交叉雙手說道。

我把話拉回正題：「只不過晚上屋外的光線也很微弱，就算門縫透光也看不到什麼吧？」

「大概只能看到腳踝的剪影。」椅上的司馬伶俯身看著門縫說：「所以小艾瑪看見光和影在跳舞，可能就是這個意思。」

「照妳的推理，小艾瑪只不過說明了停電當時我們依然沒有停下來……這跟案件有什麼關係？」

「誰知道？但總比沒有線索的好嘛。而且小艾瑪說看見影子在跳舞，意外地『跳舞』或者會是重點？如果只是因停電慌張而亂動的話，她也許不會說成跳舞吧？」

我想了一想，再回答說：「也可能是先入為主的錯誤觀念，畢竟在停電之前我們的確在跳舞。」

司馬伶反問：「我們跳的鏈舞除了要手牽手之外還有什麼特別？」

「好像是左右踏步之類的……」

「左移兩步、右移一步，不斷重複。碰巧小艾瑪在停電時看到的不是其他，而是腳踝。我有理由相信當時她看見的剪影跟鏈舞的舞步相似，所以小艾瑪才會如此證言。」

「所以在停電後，我們不只沒有停下腳步，反而更不自覺地左右移步嗎？」我自言自語，始終半信半疑。

這時候，一把厲聲喝道：「司馬小姐，是誰讓妳進來的？」

被發現了。喝止我們的是那位同樣住在酒店的資深警官西格德，本來是沃格機場警察局的分局長，現在正負責米基內斯兇案的指揮。

西格德看見我們在酒吧查案，便毫不客氣地要求我們離開現場，說別阻礙警察辦案。大概司馬伶已經調查完畢，也沒有怎樣反抗就站了起來，跟西格德道別——

「痛！」走到門口，司馬伶突然提起腳板大叫。原來在她腳下的木地板穿了一個小孔，就直徑一公分左右，而且有木碎刺出，於是踏在上面的司馬伶就被那長木碎刺到。

我立刻走上前關心她，卻被西格德半路攔下，並抓著我的肩對我說：「你是游先生吧？我有幾句話想跟你講。」

「欸？我嗎？」不會是我的嫌疑犯體質又發作吧？我可沒有做過令警方誤會的事情啊？

司馬伶說：「我在外面等你好了。」接著就推開酒吧的門離開。

店內剩下我跟西格德二人。於是西格德開門見山問：「你跟司馬小姐有什麼關係？」

「關係嗎……算是旅行時認識的普通朋友。」

「只是認識幾天就跟她一起四處查案？你究竟在想什麼，查案可不是鬧著玩的。」

「呃，我非常同意警官的話。可是你前天也將二十年前的事件告訴司馬伶，她會感興趣到四處查案跟你也不無關係啊。」

「兩件事情完全不一樣。」西格德嚴肅地說：「二十年前的案件現在來看就只不過是個老故事，就算怎樣調查也不會有危險。可是這次是殺人案，而且兇手很可能還留在島上，你們二人到處打聽只會有兩個可能性：一是打草驚蛇拖了我們警察的後腿，二是真的給你們找到兇手卻可能會被滅口。我看你也是成年人，就不懂想一下後果嗎？」

「……我當然知道。」

其實最初我也不同意司馬伶主動調查昨晚的事，但又不想向她的正義感潑冷水。我認為正義感尤其在現今的社會是非常珍貴的。

可是站在警方的立場，西格德的話才是合理。西格德見我沒有反應，又說：「如今兇手依然逍遙法外，無論如何都不可以讓司馬小姐犯險。游先生，你勸一下司馬小姐叫她放棄吧。」

「所以就純粹為了司馬伶著想？我反而想問你跟她有什麼關係呢？」

也許問題出乎意料，西格德先是感到驚訝，接著避開了我的眼神回答說：「司馬小姐是數學界的大天才，想保護她也是理所當然的事。總之你照我的話去做就可以。假如你們繼續查下去的話，也別怪我用盡方法請你們離開米基內斯。」

說畢西格德便替我開門，這時候我看見門外的司馬伶同樣警戒著西格德。看樣子她與西格德之間有著不可告人的秘密？

「被遊說收手了吧？游生你打算怎樣？」

「在安全的範圍內行動，一遇到危險就收手。至少我不會讓妳一個人暴走。」反正司馬伶不像會就此罷休，這是我衡量過兩人意願之後的答案。

司馬伶高興地說：「這樣才是我的助手嘛。」

5

正午十二點，我們先經過村內便利店買了幾個麵包充飢，然後回程時在村口看見有兩個警察正在跟一位體型略胖的中年男人錄取口供。

司馬伶咬著麵包說：「那男人身後的小店好像是賣衣服的呢，想不到米基內斯島上還有服裝店。」

「可能做衣服是他的興趣嘛。」

「不過我的興趣是尋找真相。我看那男人就是服裝店老闆吧，不知道服裝店老闆跟酒吧的案件有什麼關係？」

服裝店與酒吧分別在村的南北兩邊，中間隔了幾個小屋，與案發現場有一段距離。就當我還在思考兩者關係的時候，警察已經錄完口供離開，這時候司馬伶就推我說：

「過去問一下吧，警方得到的情報我們都不能漏掉，不可以讓西格德他們看扁的，一定要比他們早一步找出兇手。」

「伶妳搞錯什麼了吧，我們不是為了勝負而調查的啊。妳不是說過只是想知道真相嗎？」

司馬伶沉默了一會，說：「不愧是助手，有你在的話我就不用擔心迷失目標了。」

這可以理解作為她對我的稱讚嗎？其實像我這種凡人根本幫不上什麼忙，天才的思考實在令人費解。

只是司馬伶沒有怎麼在意，而是哼著歌地走近服裝店問那位老闆：

「老闆你好。可以讓我看一下衣服嗎？」

「……沒有見過的臉孔，你們是外地來的？」老闆神色凝重地問。

「是啊，我是從丹麥來的，我的朋友則是從香港來觀光。」

「果然是這樣，最近島上的遊客真多。」老闆的態度非常冷淡，甚至有點不歡迎外人的感覺，與那間把我們列入黑名單的餐廳一樣。

「遊客多了，警察也多了。」司馬伶切入主題問：「說回來，剛才那幾位警察找老闆你錄取口供呢，有什麼事情發生嗎？」

「哼！是我找他們才對。可是那些警察都敷衍了事，真氣人。」

聽起來老闆的煩惱跟露沙的兇案無關。司馬伶續問：「可以把事情告訴我嗎？也許我們會幫得上忙喔。」

「就是有人偷了我家店鋪的東西啊！我住了幾十年都沒有發生過這種事，一定是像你們這些外人做的。」

原來如此，怪不得櫥窗空空如也。這時候老闆怒視司馬伶，但司馬伶很冷靜，只是說：

「很抱歉，偷東西的人太自私了，連衣服也要偷。」

「不是偷衣服，而是偷走了櫥窗裡面的那些人體模型，真不明白那是什麼特殊癖好！」

人體模型，是穿上衣服用作展示的那些吧，究竟有誰要偷走這種東西？

司馬伶在指間繞著頭髮，問：「人體模型是什麼時候被偷走的？」

「不知道。其實我四日前離開了米基內斯到外面工作，本想十七號（前天）回來，卻遇上渡輪停止服務。到今天恢復正常我才可以搭船回家，結果就給我發現櫥窗的人體模型被賊人盜去。」

「所以失竊是這四日內發生的事情。」

老闆乘著司馬伶的話罵道：「這麼大個模型很難運送到島外吧？就算搭直升機也太過明顯，所以被盜的模型一定還留在島上。於是我就叫警察幫我找啊，但他們卻推搪說太過忙沒有多餘時間處理！那算是什麼工作態度！他們不知道自己的薪金是我們納稅人支付啊！」

「真抱歉。」司馬伶附和道。

「話說回來，原來昨晚居然發生了那麼駭人的事情呢，死的還是那鬼酒店的住客，真是命運弄人。」

「鬼酒店呢，」司馬伶問：「老闆你也有在那裡見過幽靈？」

「沒有，但只要住在島上都有聽過傳聞。」老闆不耐煩地說：「小姐我看妳根本不是來買衣服的吧？問這麼多問題。問完就走，我沒時間招呼你們。」

說完老闆就返回店內，而司馬伶則回到我的面前，問：「聽到剛才老闆說的話嗎？」

我點頭，但又如何？不過司馬伶卻滿足地說：「這情報應該有用。」

「只是人體模型失竊，跟昨晚的謀殺案會有關係嗎？」

「那游生你是認為，兩件事剛好在同一時期發生只不過是巧合？」

「硬要說原因的話，只能解釋為巧合吧。就如中彩票同樣沒有其他原因嘛？所以警方才不理會那老闆。」

司馬伶嘆氣說：「世界上確實有很多巧合，巧合的意思就是非常低的機率卻發生了。既然巧合的機率這麼低，不是巧合的可能性應該較大吧？」

司馬伶又解釋，老闆住在島上幾十年都沒有遇到過失竊，偏偏卻在露沙被殺的這幾大發生；而且被偷的不是衣服，偏偏是人體模型。一年裡面會有幾多間服裝店的人體模型被盜？更何況發生在米基內斯這個偏遠的小島上？如果說是「巧合」的話，為什麼不想成「故意」呢？只要是人為的故意，這樣跟昨晚的案件一定有關係。

「太多巧合的話推理小說就不有趣喔！」司馬伶充滿自信地說：「警察漏掉的線索就由我們一起補上吧。」

「那麼，妳認為人體模型被盜跟昨晚的事有什麼實際關係？」

「天知道？」司馬伶依然自信滿滿的，哼著歌離開米基內斯村。

6

「歡迎回來。」坐在接待櫃檯的阿曼達很有朝氣地跟我們打招呼，「話說今早在酒店外面發現了這封信呢。」

阿曼達把信放到櫃檯上，信封面寫著給司馬小姐，雖然寫錯了「司馬」的拼音。

「是誰給我？」司馬伶問。

「不知道，只是在酒店門外的地上找到，沒有看見是誰放的。」

司馬伶便打開信封，但讀後表情困惑。她跟阿曼達說：「是用法羅語寫的，好像是警告文，但也可能是我的理解有錯。妳可以替我翻譯一下嗎？」

「好喔。」阿曼達接過信紙，把內文說出：「從外地來的人只會帶來惡運，在日食之前立即離開此地，否則後悔莫及。」阿曼達又尷尬地說：「很抱歉，米基內斯確實有人不太喜歡外來的旅客，大概只是惡作劇不用放在心上。」

司馬伶取回信紙，說：「字體端正，至少不像出自小孩子的手。」司馬伶又沉思數秒，問阿曼達：「對了，這裡除了妳和莎拉之外，好像還有一位男員工，是嗎？」

「是啊，你們有事找丹尼哥嗎？」阿曼達友善地笑道：「果然你們仍在調查昨晚的事情喔？」

「沒錯……」司馬伶顯得不好意思，畢竟這種行為有點不謹慎；正常人遇到兇案應該只會傷心或者擔心，而不是到處打聽情報吧。

「嘛，我看見妳和妳的朋友昨晚第一時間在現場拍照找線索，我就知道你們會這樣。」阿曼達又說：「也許其他人會阻止，但我可是十分支持你們。」

司馬伶很意外，「支持我們？為什麼？」

阿曼達語帶悲傷說：「正如剛才那封信，島上又開始出現了那個傳聞……說是二十年前的亡魂作祟。畢竟米基內斯這二十年以來，直至昨天為止一直相安無事。」

司馬伶問：「但傳言跟妳想幫助我們有什麼關係？」

「因為那些傳聞都不可能是真的啊！人都死了二十年，卻每次發生命案都推到姐姐身上實在看不下去。」

「慢著……妳說姐姐？」

「啊……對。」阿曼達皺眉點頭說：「二十年前在這裡自殺的人就是我的姐姐。」

司馬伶大感震驚，追問道：「所以妳回來酒店工作也是這個原因？」

「算是吧，莎拉姐也知道這件事所以才聘請我來酒店幫忙，畢竟酒店的前身是姐姐的舊居。」阿曼達續道：「因此我不想看見姐姐死後還一直被人說三道四，希望露沙被殺的事件盡快水落石出，只要是我能幫上忙的儘管開口。」

「謝謝妳，這樣的話我也不客氣了。」司馬伶認真起來，問：「其實昨晚露沙被殺的其中一個關鍵因素是北歐鏈舞，當時的確是莎拉提議的吧，但妳事前有聽說過嗎？」

「欸……妳在懷疑莎拉姐嗎？不可能是莎拉姐！」阿曼達揮手說：「鏈舞的事沒有可疑啊，事前我們知道酒店有住客生日，所以就一早安排了慶祝和禮物。玫瑰花束也是我準備的啊，慶祝一事連丹尼哥都知道。」

「我想也是，既然鏈舞是案件不可或缺的一環，我想兇手不會犯這種低級錯誤。」

阿曼達續道：「而且我們島上的居民只要高興就會圍起來跳舞慶祝，這是法羅群島的傳統……嘛，當然亦跟政府想發展旅遊業有關。」

司馬伶喃喃道：「這樣看來不單止酒店酒吧的相關人員，就連只要知道露沙生日的人都有機會猜到昨晚會跳鏈舞。而且假如兇手有能力從鏈舞自出自入，露沙是否坐在鏈舞中間也沒有關係了。」

我在旁邊想，兇手這殺人手法的風險真高，但結果就非常完美。

阿曼達關心地問：「果然是很棘手吧？所以連警察好像也毫無頭緒。」

於是司馬伶便主動尋求幫忙：「接下來我想跟其他住客蒐集情報，不知妳可否把大家的房間號碼告訴我們？」司馬伶睜大水靈的雙眼，「雖然涉及個人隱私，但我答應絕對不會用來做壞事的。」

阿曼達想了一想，便回答說：「嘛，反正現在酒店的人也不多，就算我不說，你們自己親自走一趟也會知道吧。我告訴你們就是了。」

於是阿曼達打開電腦把各人的酒店房號碼說一遍，同時司馬伶就吩咐我把資料抄下，我便用紙筆畫了幾頁酒店的平面圖連住客資料。

果然五樓是沒有住客，大概是方便管理的理由吧，就像餐廳在非繁忙時間只開放一部分那樣。

「謝謝妳。」司馬伶又問阿曼達：「話說我們想找丹尼先生問問，妳知道現在可以到哪裡找到他？」

「啊，對呢，丹尼哥這個時間應該在三、四樓清潔房間。」

「咦？我以為他只是酒店的廚師呢？」

「哈哈……酒店人手不足嘛，這種情況經常發生。」阿曼達又問：「難道你們要找丹尼哥是因為昨天露沙小姐跟莎拉姐爭執的事情？」

司馬伶也不諱言，「沒錯。她們二人爭執是丹尼先生出面調停，我想他應該會清楚發生什麼事情吧。」

「客人還是在懷疑莎拉姐呢，莎拉姐肯定不會為了報復而殺人啦。」

「妳好像很維護莎拉小姐呢？」司馬伶好奇問。

「因為在讀書的時候莎拉姐已經很照顧我了。而且一屍兩命太過兇殘了吧，不是正常人所為。」

「咦？露沙肚裡有小孩嗎？這是我第一次聽到。」司馬伶意外地說。

「原來你們還不知道啊。露沙因為有小孩，所以對晚餐有特別要求。」

也是相同原因，前晚的飯局露沙才沒有喝酒呢。

司馬伶低頭說：「小孩子嗎……」然後她就一語不發。

而我聽見露沙有小孩，可能看太多電視劇，很自然就會想起赫茨森的遺產分配問題。誰最不願意看見露沙嫁入門對分一杯羹？本傑明的話大不了不娶她就好，用不著要殺人；這樣想的話因為小孩出現而想殺死露沙的就只有戴娜？

可是戴娜怕血得當場昏倒，很難想像她會殺人吧。話說不知道現在戴娜好了點沒？

司馬伶再次吭聲，平靜地說：「我沒有特別懷疑哪個人，現在手頭上的資料還不充分，我只是想蒐

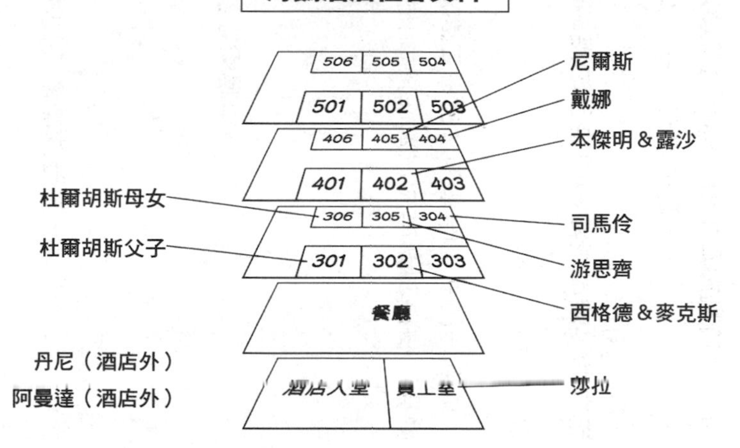

集更多線索而已。」

「好的，我明白了。」阿曼達回答說。

「最後再問一下，妳在昨晚有沒有很在意的事，或者察覺到什麼奇怪的地方？」

「沒有呢……」

「或者在跳鏈舞的時候，妳跟身邊的人也沒有鬆手走開？」

「嗯。我還記得停電時莎拉姐抓得我很緊。」

「所以莎拉小姐就不可能是兇手嘛。」司馬伶笑著說，然後就轉身離開。

7

我和司馬伶搭電梯上三樓，「叮」一聲開門就見到走廊上有位男員工正推著清潔車。他身材高大瘦削，掛在左胸的名牌寫著Danny，換言之他就是阿曼達口中的丹尼哥吧。年紀方面也一致，就跟莎拉相近。

丹尼見到電梯門打開，便向我們點頭問安。

於是我也點頭微笑並走近他，然後丹尼就問：「客人是這間房的住客？現在方便讓我打掃房間嗎？」

「不是，」司馬伶代為回答：「我們來是有些事情想請教一下丹尼先生的。」

「啊……」丹尼好像明白我們來意，喃喃道：「今早才被警察問完話，現在就輪到你們。」

「不好意思，但無論如何我都想知道真相。」

「真是小孩的想法，當妳長大後就會明白世界上有很多事情不知道真相還比較好。」丹尼嘆氣埋怨：「而且昨晚我都不在現場了，結果還是惹上這種麻煩事。」

「很抱歉。」但司馬伶沒有放棄追問：「話說丹尼先生昨晚有什麼事情辦？其實如果沒有酒吧的聚會，也許露沙能夠倖免一死呢？」

丹尼不滿地說：「妳的意思是因為我請假，所以害死了那位客人嗎？」

「我不是這個意思，我只是把事件的客觀因果陳述一遍而已。如果冒犯了你的話我願意道歉。」

「唉，要一個小孩跟自己道歉也太難看。」丹尼放棄了對抗，並回答說：「這幾天我都不太舒服，所以昨晚留在家中休息，沒有到酒店上班。」

「原來如此。最近天氣轉變，要保重身體呢。」

「多謝客人關心。」

說畢，丹尼想把清潔車推走，但司馬伶則叫住了他：

「請等等！我還有其他事情想請教丹尼先生。」司馬伶合十雙手請求：「聽說露沙死前曾經在餐廳與莎拉發生爭執，最後是你出面調停的。可以把那件事的詳細告訴我們嗎？」

「為什麼要告訴你們？你們又不是警察。」

「可是如此下去，最可疑的人就會是莎拉小姐啊。她有最直接的殺人動機，但你忍心這樣嗎？」

「不可能，莎拉是一個專業的員工，而且當晚不是有替那位客人慶祝生日嗎？」

「這個只是你的個人想法，但警察不認識莎拉小姐，只看客觀因素的話莎拉小姐無疑是最有可能對死者抱有殺意。」

不知道是真話還是假話，但司馬伶不斷說話嚇丹尼，讓丹尼不得不跟自己合作。結果丹尼又嘆了一口氣，說：

「我先把話講清楚，昨天的事可不是莎拉的錯。雖然不想說死者壞話，但當時只不過是客人在餐廳無理取鬧，莎拉反而是受害者。」丹尼十分肯定地說。

丹尼回想起昨天的事，依舊感到不滿。他續道：「當時我在清潔廚房，而莎拉則在外面打掃。本來餐廳下午沒有營業，但突然有位小姐氣沖沖地跑到餐廳抓住莎拉破口大罵。我是之後才得悉那位小姐叫露沙，亦即是昨晚的遇害者。」

司馬伶問：「可是露沙小姐為了什麼原因要罵莎拉呢？」

「露沙……她就罵莎拉勾引她的未婚夫，說莎拉是狐狸精。」丹尼越說越激動，「根本胡說八道！最初我看她是客人才忍氣吞聲，莎拉同樣沒有跟露沙理論。但最後露沙居然掌摑莎拉，這怎能看下去？我立即走出廚房捉住露沙的手，警告她再搗亂的話就要報警，她才無奈離開。」

司馬伶驚訝地問：「莎拉勾引本傑明？他們有做過什麼讓露沙誤會的事情嗎？」

「……那男人叫本傑明嗎？哼。」丹尼不屑地說：「那男人表面上斯文有禮，但風流好色。其實之前我還見過本傑明趁莎拉入房打掃時突然回來關門搭訕，他真的以為自己有錢就很了不起啊！」

「本傑明那樣做也太過分了嘛。」

「那根本是性騷擾，所以暫時打掃房間的工作都由我負責。我說莎拉就是太過善良才會被那對男女欺負吧，現在看見那個女的死掉我也沒有任何感覺。」

「原來還發生了這種事情。」司馬伶問：「本傑明性騷擾莎拉的事情也有告訴過警察了？」

「當然！一定要還莎拉一個清白才行。雖然我是不知道誰把露沙殺死，但兇手肯定不是莎拉。」

「嘛，如果只是被掌摑的話就要殺人報仇，那麼警察每晚都要加班了。」

「既然小姐不認為莎拉是兇手，那妳問昨天的事情來幹什麼？」

「我最初不是說過了嗎？我最想知道的是真相，至於誰是兇手只不過是附帶的結果而已。」

司馬伶的話亦讓我想起她之前說過，數學家所追求的也是所有事情的本質。比如說克卜勒猜想，就算能夠證明在一個三維空間內最多只能填滿約74%的空間亦沒有實際作用；但在證明這個猜想的過程則會對數學以及其他科學範疇作出貢獻。

追尋真相的過程比結果重要，司馬伶作為偵探，作為數學家，就是這樣的一個人。

「既然如此，那就請妳找出真相還莎拉一個清白。本來酒店已經有不好的傳聞，再加上昨晚的事情只會讓莎拉更加煩惱。」

「當然了，放心包在我身上。」司馬伶不知道哪裡來的自信，但笑容真摯又不像是虛張聲勢。是天真還是自大我也分不清楚。

8

與丹尼道別後，我們回到三樓的電梯大廳。我問司馬伶：「妳真的有信心可以把兇手找出來嗎？」

「我們不是正在逐步迫近真相嗎？現在又多了丹尼先生這位新的證人，或者以後還需要他的幫助呢，畢竟他是酒店的人。」

「所以妳還是認為露沙小姐的死是跟酒店有關。」我又問：「接下來我們又去跟誰打聽？本傑明要處理未婚妻的事情大概找不到他，戴娜昨晚暈倒後現在也需要休息。剩下來就只有莎拉？」

「嗯，不論杜爾胡斯還是丹尼的證供都有莎拉出現，如果可以的話我也想聽一下莎拉的想法。可是丹尼說過他今早才被警方問話，如果警方掌握相同的情報，下一個要盤問的應該就是莎拉吧。正因為莎拉要協助警方調查，所以丹尼才要抱病回來當代班。」

「這樣剩下的人就只有尼爾斯博士。」

司馬伶微笑說：「就是博士了。而且他應該也很清楚露沙的為人嘛，也許可以打探到有用的情報喔。」

於是我打開自己畫的酒店平面圖，「博士的確住在405號房，就在上一層。不知道他是否在房間呢。」

「去看看就知道。」這一刻司馬伶的心情非常愉快，彷彿昨晚大哭的事情從沒發生一樣。

當我們來到405號房時，卻看見房間門柄掛著「請勿騷擾」的紙牌。

「怎麼辦？」我問。

「這樣不是更好嗎？凡事用好的角度看，至少說明博士留在房內。」司馬伶又說：「而且叫人不騷擾就只會令人更加想騷擾嘛，你說對不對？」

「如果給妳看守核彈頭的話地球就要毀滅了。」

「不要緊，反正我是金星人。如果助手需要我也可以給你一張太空船票離開地球。」

正當我們在門前閒扯，身後突然有人呼叫我們的名字：

「游先生、司馬小姐？你們有事要找家父嗎？」

「那個……對啊。」戴娜的出現是我意料之外，「妳身體好點了嗎？昨晚我看妳暈倒很擔心。」

「嗯，不好意思。我自小就很怕血，一見到血就會暈倒。」戴娜依然臉色蒼白，看上去更加可憐；就算是以貌取人，我也不相信她是露沙口中所說的那種人。

司馬伶同樣安慰戴娜說：「昨晚實在太恐怖了，害怕也是人之常情，相反能夠若無其事的人才是腦袋有問題呢。」

妳在說自己嗎？

「謝謝妳。可是發生了那麼大的事兒我卻沒有知覺，總覺得對露沙有點歉疚……」戴娜回過神說：「對了，既然你們要找家父，不如先進去再談吧。」

我問：「可以嗎？」

「不用介意。」接著戴娜就敲了幾下房門，說：「父親，是我。」

酒店房門緩緩打開，門後面的尼爾斯博士看見我們則顯得有點意外。

「這不是司馬小姐和她的朋友嗎？」尼爾斯說。

戴娜代為回答：「司馬小姐站在門外好像有事情要找父親，所以我便把他們帶來。」

「我明白了，大家先進來吧。戴娜妳倒幾杯水給兩位。」

「謝謝。」我和司馬伶點頭道謝，然後便走到房內。

不過酒店房只有兩張椅子，尼爾斯示意我先坐下，至於司馬伶和戴娜則坐在睡床上。

司馬伶看見床頭擺著一本翻開了的《聖經》，不期然唸出當中一句：「天上現出大異象來，有一個婦人身披日頭，腳踏月亮，頭戴十二星的冠冕。她懷了孕，忍受產難，疼痛要生，就呼叫……」司馬伶喃喃道：「這是新約的《啟示錄》呢。」

尼爾斯聽見後問：「司馬小姐是信徒嗎？」

「不，只是《啟示錄》也有記載一條數學題，我以前讀過所以記得。」司馬伶問：「但博士跟我不一樣吧，是因為昨晚睡不著所以隨手拿來看看？」

「兩樣都有？所以博士既是信徒，又是昨晚睡不著所以讀《聖經》？」

尼爾斯沒有回應，只是說：「昨晚你們有聽見奇怪的聲音嗎？我聽到後感到很不舒服，所以睡得不太好。」

「我的情況算是兩樣都有吧。」

戴娜也附和道：「說回來昨晚我也有相同經歷呢，我記得聲音像耳鳴一般揮之不去。」

「欸？原來你們也有聽見。」司馬伶緊張地追問：「那你們有往窗外看嗎？」

但尼爾斯和戴娜都搖頭說沒有。

儘管如此，至少有其他人同樣聽見聲音，那昨晚的異象就不是只有我和司馬伶看見的幻覺。不過這究竟是好事還是壞事？我寧願是眼花也不想看到有鬼。

「我猜司馬小姐來是想問有關露沙的事吧。」尼爾斯好像一眼看穿了司馬伶的想法，又或者整個米基內斯島的人都已經知道司馬伶正在四處查案。

「不好意思，在這麼傷心的時候我卻為了自己的好奇心……」

「司馬小姐無需自責。蘇格拉底說過世上唯一的善是知識、唯一的惡是無知。好奇心正是所有科學家必備的條件，我很理解司馬小姐的想法。」

頭髮花白的尼爾斯博士說出這句話很有說服力，換作司馬伶這樣說的話我只會覺得她在裝酷。這就是真正學者的氣派吧？

司馬伶深吸一口氣，道：「那我亦不轉彎抹角了。請問博士，你知道是誰殺死露沙小姐？」

還真是問得非常直接，司馬伶這樣說就好像暗示赫茨森一家跟露沙的死有關一樣，讓旁邊的我看得相當尷尬。

「沒有頭緒。」尼爾斯又望向戴娜，戴娜也回答不知道。

司馬伶續問：「露沙小姐生前與你們的關係怎樣？」

尼爾斯冷靜地回答：「雖然談不上關係很好，但相處也沒有問題。反正是本傑明的未婚妻，只要他喜歡就好。」

「但我聽說露沙小姐好像不太喜歡戴娜呢？」司馬伶探話問：「就像金錢糾紛之類的？」

「遺產嗎？」尼爾斯反問：「司馬小姐認為露沙的死與本人的遺產分配有關？」

司馬伶搖搖頭，「我只是在談論可能性而已。據說博士想把名下公司的股份分成兩份，分兩次轉交給二人，而且每次本傑明所獲得的『赫茨森科技』的股份比例都比戴娜多。我沒有說錯吧？」

「妳還真是查得很清楚。」

「倒是博士才五十多歲，要立遺囑不是太過早了？」

突然博士面有難色，低聲說：「……最近嗅到有死亡的氣味，以防萬一罷了。」

「死亡的氣味？」司馬伶睜大雙眼問。

「不，那跟露沙的死沒有關係。」尼爾斯的語氣帶點莫名的哀愁，但一瞬即逝。他反問司馬伶：「假如是與遺產有關，即是有人害怕被露沙分走遺產所以痛下毒手？這樣做會得益的人就只有本傑明和戴娜。」

「不過本傑明很喜歡露沙對吧？」

「至少從外人來看是這樣，其他我不懂得。」

我也記得露沙說過本傑明很迷戀自己，所以她才毫無顧忌地在他面前說尼爾斯和戴娜的壞話。至於遺產分配方面，戴娜原本就分得比較少，如果是出於妒忌和貪財而殺死露沙的話，她的犯罪動機還要比莎拉大。

司馬伶說：「嘛，就算是很恩愛的夫妻也有機會為了金錢而反目成仇呢，事實上大多數的殺人動機不外乎是『情』和『利』。情——即是憎惡、仇恨，恨到置對方於死地；利——就是金錢，莫大的金額蓋過道德底線而把對方殺死。」

尼爾斯一言不發，等待司馬伶繼續說：

「感情方面，由於露沙的性格關係，她較容易得罪別人，像是這間酒店裡面的員工都不太喜歡露沙。至於金錢糾紛的話，很自然就是聯想起赫茨森家族。」

「換言之有殺人動機的在這島上也不少？」

「很抱歉，但這樣說沒錯。」司馬伶又補充：「但唯獨一人，既有『情』的動機，又有『利』的動機。我這樣說正確嗎？戴娜小姐。」

戴娜很平淡地回答：「不……我對露沙既沒有好感也沒有憎惡。」

「是嗎？那遺產方面呢？她說妳因為遺產分配問題跟妳哥哥本傑明吵過架？」

「沒有興趣……那只是哥他要跟我吵而已。」

「哦？」司馬伶說：「換言之都是露沙單方面地討厭妳，和單方面地跟妳有金錢瓜葛呢。」

「不知道。我對那些都沒有興趣。」

「果然是藝術家，這方面與數學家也很相似。」司馬伶笑說。

我隨即附和道：「戴娜本來就有這種氣質吧，懷疑她是什麼殺人犯也太可笑了。」

「嘛，助手認為這樣就這樣吧。」司馬伶上下打量著戴娜，又說：「而且動粗看起來也不符合戴娜小姐對於美學的追求。」

戴娜恭敬地回應：「把別人的死當成藝術品一般欣賞……這種事情我也不會做的。」

司馬伶低頭說：「對不起，是我說話不夠謹慎。」

戴娜冷冷道：「不用放在心上，我沒有責怪司馬小姐的意思，只不過我天生就沒有什麼表情，容易被人誤會。」

於是她的父親尼爾斯就代女兒補充說：「戴娜因為先天的疾病所以不太懂得表達情緒，但不代表她是一個冷血無情的人。如果你們有看過她畫的畫就會明白，尤其司馬小姐更加能夠理解她的畫作吧？」

「昨天在燈塔上我欣賞過戴娜的繪畫，那確實是一幅美麗且充滿感情的畫作，同時存在藝術的美和理性的美。」

「原來昨天是你們陪伴戴娜寫生呢。」尼爾斯高興地說：「有為你們添麻煩嗎？因為戴娜不太懂得跟陌生人相處。」

就是我行我素的性格吧。我還以為是藝術家特有的脾性，但看來她是因為有什麼病才會有這麼一份的距離感？聽起來像是學者症候群之類的，又或者是比較輕度的自閉症。

司馬伶笑說：「豈會麻煩，能夠有機會陪伴戴娜小姐，我的助手是求之不得呢。」

「這、這個嘛……」我尷尬地說：「終究一個女生到外面寫生有點危險，如果不介意的話我願意繼續陪伴戴娜小姐。」

但尼爾斯好像沒有把我的話放在心裡，只是搖頭嘆息，「的確變得危險了，我還以為米基內斯只是一個平靜的小島……」

於是我問尼爾斯：「你們有打算提早離開嗎？」

「不，事情是因我而起——」尼爾斯似有難言之隱，馬上轉了口吻：「我的意思是如果我不是決定到這裡度假的話，露沙就不會遇害。我認為自己不能逃避，至少要協助警察找出真兇，這樣才能對得起露沙。」

聽見尼爾斯的話，司馬伶若有所思，整個人坐在床上發呆。為免妨礙博士休息，於是我問她：「還有其他問題想問尼爾斯博士嗎？」

「有喔，不過與昨晚的事情無關。」司馬伶忽然興高采烈起來，望向尼爾斯說：「原本我來米基內斯正是想跟博士討論數學的，假如博士方便的話可以討論一下博士最新的研究嗎！數學史上最重要的難題『黎曼猜想』！」

出現了，數學家人格的司馬伶，露沙的話題瞬間被司馬伶拋開。

但尼爾斯很快就追上司馬伶的話題，便摸摸下巴回答：「司馬小姐也有打算挑戰這個數學難題嗎？」

「嗯！」司馬伶大力點頭，「我知道尼爾斯博士當年用了拓樸學的方法，有如魔法般的證明了克卜勒猜想！所以當我聽說博士前年開始著手研究黎曼猜想，我可是高興得睡不著呢！而且我最近寫了幾篇關於黎曼猜想的論文，很想聽聽博士的意見。」

「是這樣啊……如果要分享研究成果恐怕不太方便，但只是評論一下也無傷大雅。而且我也很樂意參考一下司馬小姐的想法。」

「太好了！我馬上回房把論文拿過來吧！」

糟糕了，這樣子誰都阻止不了司馬伶。我趕緊問她：「假如沒有需要幫忙的話，我就先失陪了？」

「沒助手的事了，請自便。」司馬伶揚手就像趕小動物一樣叫我離開。

同時戴娜也站了起來說：「我也先行告辭，家父就麻煩司馬小姐照顧了。」

「戴娜，」臨別前尼爾斯叮囑道：「正如剛才所說，露沙出了意外妳哥哥這幾天也不能陪妳。現在島上有危險妳就不要一個人出去寫生了，明白嗎？」

「明白。」

如是者，我跟戴娜各自離開405號房，至於司馬伶之後怎樣跟博士討論數學，這已經不是我這種凡人能夠說明的事。

9

回到自己的酒店房間，終於有空閒可以一個人安靜下來。我放鬆身體，躺在沙發椅上，望見窗外天空有點昏暗。不知道是因為隔著玻璃窗看還是外面天氣真的不好？現在我只能祈禱明早萬里無雲，這樣才不枉我遠渡而來看日食……甚至現在是冒著性命危險留在島上。

但司馬伶又怎樣？她為了數學而來，為了查案留下，好像完全不擔心自身安全似的，確實難以理解。西格德警官說的不無道理，謀殺案就讓警察處理就好，外人插手只會礙事。

「啊！我是怎麼了？難得沒有吵鬧的人，我怎麼又在想這些掃興的事？」

我連忙拿起從香港帶來的旅遊書，本想計畫接下來的行程，但過了十秒鐘就放回桌上。終究我還是提不起勁，要不被昨晚的慘劇影響實在太困難了，尤其是一個人獨處更容易會胡思亂想。

——就在這時候，酒店房的電話突然鈴鈴響起，號碼顯示是從404號房打來。

我拿起聽筒，說：「喂？是戴娜嗎？」

「是的。請問是游先生嗎？」

四樓的公主和三樓吵鬧的傢伙就是不一樣，即使隔著聽筒，也能從戴娜的談吐中聽得出教養。

「真的是妳啊，怎麼會知道我房間號碼？」

「打給酒店櫃檯問就知道。」

不過平常戴娜說話已經不帶語氣，現在透過電話的聲音更像機械一般。我續問：

「那妳找我有什麼事情？」

「你今晚有空？」

這是約會的邀請？晚上的二人世界，在繁星之下漫步，累了就坐在草原上互相依偎，盡訴心底話。

「……游先生有在聽嗎？」戴娜見我沒有反應便催促說。

「有在聽啊！今晚對吧？就我們兩個人？」

「對，一個人做不了，所以才需要你一起來。」

「沒有問題，做什麼也可以！」

「那麼今晚八點鐘，待晚飯之後再聯絡。」

「明白了。我們今晚見。」

「謝謝。」說畢，戴娜便掛了線。究竟公主今晚想做什麼？現在的我除了好奇，還有心跳的感覺。於是我馬上衝入浴室冷靜一下，順便準備心情迎接今晚的約會。

晚上六點半，在約會之前陪伴我用膳的依然是三樓那吵鬧的傢伙。今晚赫茨森一家人都不在，整個餐廳只有我們兩位客人。

我們隨意在窗邊找了一張空桌坐下來，接著司馬伶說：「博士今晚好像沒有胃口，所以不來餐廳吃晚飯。」

「反正你和博士吃數字就飽吧。」我問：「話說妳跟博士討論得怎樣？」

「十分好，是非常有意義的討論。」司馬伶一邊喝鱈魚湯一邊說：「只是全程博士也迴避了關於黎曼猜想的研究成果，保密的意識很強，我想他的研究已經有了相當不錯的成果吧。」

「妳還真的跟博士研究數學啊？我還以為妳找藉口探口風罷了。」

「研究數學本來就是我來米基內斯的目的嘛。現在總算達成目的，不枉此行。」司馬伶滿足地說。

「妳高興就好。」

「那游生你又發生了什麼事？」司馬伶上下打量著我，問：「總覺得看起來跟之前不一樣。」

「咦？有分別喔？」

「是啊……有點說不出來的噁心感覺，是發生了什麼好事？」

「妳說話這麼刻薄，難怪長得可愛也沒有男朋友啊。」

「哼，這個我才不擔心呢。想跟我交往的男生排隊的隊列就好比圓周率那麼長。」

「那是什麼意思？」

司馬伶揮著叉子生氣說：「圓周率是無理數，小數點後數之不盡啊笨蛋！」

「……真替妳的未來擔心。」

「你也沒有資格說我吧？不然也不會一個人來歐洲旅行。」司馬伶又補充說：「我本來就在歐洲生活所以不算一個人旅遊。」

「妳這樣想就錯了。」我得意地告訴司馬伶：「妳沒聽說過一個人旅行比較容易認識新朋友嗎？今晚我有約會，很抱歉不能陪妳呢。」

「什麼？」司馬伶很訝異，「我還打算今晚到酒店外面蒐集資料。」

「都這麼晚了，妳也別亂跑吧。」

「但我總不能一直留在米基內斯，要把握時間找出真相。」

「那些事情交給警察處理就好啦。」

「為什麼你都說跟西格德一樣的話？」司馬伶失望地說：「我需要助手的力量，你今晚不能陪我嗎？」

「今晚不行啦。」不厭其煩，我還是再三拒絕。

「你明早不是要看日食嗎？我明早也陪你看，你今晚就跟我一起行動嘛？」

「不是我不想陪妳，但今晚真的約了別人啊。」

司馬伶翹起嘴說：「就算助手不陪我，今晚我還是要出外調查的。到時候我遇到危險你不要後悔。」

「唉，為什麼妳總是不聽別人說話？」

但司馬伶沒有回應。之後的晚飯她也好像生了我的氣，很少說話。吃完甜點後她亦只是說明天見就離開了餐廳。

10

我一個人坐在酒店大廳，望見時鐘的時分針剛好指向八時正，戴娜就好像布穀鳥一樣準時地從電梯內走出來。

我看見她揹著畫架，於是問：「我們現在是去畫畫嗎？」

但戴娜對我的問題感到意外，「當然了。」

也許我是對約會一事想太多。反正她只對藝術感興趣，跟司馬伶腦中只有數字一樣。

「可是為什麼要找我一起？」我走近她伸手說：「如果要我幫忙拿東西的話也可以理解。」

戴娜搖頭否認，「父親說過一個人太危險，兩個人的話應該沒有問題吧。多跟別人接觸也是父親的意願。」

「原來是這樣。」我說：「畢竟殺人的兇徒還沒有落網，晚上一個人外出實在令人擔心。可是妳有沒有想過我就是那個兇手？這樣跟我一起也不會變得安全。」

「你不是兇手。」戴娜非常肯定地回答。

「為什麼？難道妳知道兇手的真正身分嗎？」

「沒有原因，只是純粹的感受。」但戴娜反問：「相反游先生也有懷疑過我是殺死露沙小姐的兇手吧？」

「不……如果我懷疑妳的話也不會跟妳單獨見面。」

「說的也是。」說畢戴娜就拿起畫具盒步出酒店。

我們沿海邊迎著微風走，頭頂是漫天星宿，眼下的大海有如藍寶石般閃亮；這景色跟昨天我們看日出的路很相似，我認得出我們正在往著燈塔方向走。

於是我問戴娜：「今晚還是到燈塔寫生嗎？」

「不是。」這時候戴娜偏離了原本的泥路，踏上旁邊雜草地，慢慢地走近海岸的山丘。

其實晚上的米基內斯除了村內和酒店的零星燈火，根本沒有其他照明；唯獨西邊小島的燈塔非常耀眼，把周圍起伏的山坡和海浪都照亮成淡藍色。

「所以戴娜小姐今晚的寫生對象是那座燈塔？」

「是的，海平線上唯一的光芒，我想畫一幅從絕望中帶給別人希望的畫作。」

原來如此。之前我們從燈塔遠眺海邊村落的日出，現在則從海邊回望燈塔。凡事換個角度看的話就會有新發現吧？也許戴娜這樣做還有其他意思，像是什麼意境之類的，總之藝術家的想法就是與眾不同。

戴娜續道：「那座燈塔以前是人手操作，需要工作人員住在無人島上；他每天的工作就是風雨不改地為海上船隻提供指引，讓人不至於在汪洋上迷失方向。那正是他和燈塔在那一刻的存在意義。每個人每一刻都有自己的存在意義，游先生你又為了什麼原因而來到米基內斯？」

戴娜罕見地說了很長的話，果然她今晚是有什麼意思想表達給我知道？

「答案很簡單啊，就是明早九點四十一分的日全食，所以攝影器材都帶齊了。戴娜妳也是想畫日全食的寫生吧？」說到一半，我又記起下午在尼爾斯博士房內的對話，「但好像是妳父親說要來米基內斯的呢？所以妳是陪父親來旅行？」

「不，來法羅群島是我的主意，來米基內斯是父親的主意。」戴娜忽然停下腳步，放下畫架，原來已經到了目的地的碼頭。她說：「父親提議要來米基內斯，這決定也一定有意義。而結果露沙死了，這是偶然嗎？」戴娜低頭自言自語：「究竟父親是為了什麼原因而來……」

她的說法好像在懷疑露沙的死與自己父親有關。我問她：「博士沒有透露過半點原因？例如要見朋友或者有什麼事情要處理。」

但架起畫架後戴娜再沒有回應我的問題，只是全神貫注在畫紙上面。而且在這麼昏暗的環境下她也沒有帶來什麼照明，只能在星光下作畫，需要高度的專注。

看她認真的樣子，我知道再說什麼她也不會聽見，唯有安靜地坐在一旁。我本想拿手機出來解悶，但一來沒有上網也沒有東西好看，二來我又怕手機的光會影響戴娜作畫。我記得她說過只有天然光才能讓她素描出最真實的光與影。

戴娜雖然平日不太喜歡說話，但正因如此，她說的每一句話都帶有意義。米基內斯不是一個熱門的旅遊景點，我是因為法羅群島其他酒店都被訂滿我才找到這裡來住的，但尼爾斯博士不可能因為這無謂的原因而來。如果找到博士來米基內斯的原因，可能就會知道露沙為何被殺，甚至兇手是誰。

不知道警察他們又有否留意到這關係？

想到這裡，我不禁笑了出來。明明不久前才告訴過司馬伶不要插手，現在自己反而想起案情，實在沒有資格教訓司馬伶。而且連我都知道的事情沒理由警察不知道吧。

但話說回來，究竟司馬伶現在正在做什麼？難道真的一個人到外面調查嗎？不知為何，縱然只是認識了數天，但不在身邊的話總有點擔心她會到處闖禍。到底她是在什麼環境之下成長，才能培養出這種我行我素的性格？

我不懂數學所以也不好說，但平常人不可能像她一樣對兇殺案感到興趣？如果像戴娜所講，司馬伶查案也是有她的意義的話，究竟她這樣做又有什麼意義？

正義感？自我滿足？抑或只是純粹的好奇？

不行了，一個人在荒郊草地，聽著浪花拍岸的聲音，四周昏暗，除了胡思亂想也沒有什麼可以做。看來我在島上，要麼跟著司馬伶到處走，要麼跟著戴娜靜坐。我的所謂存在意義到底在哪裡？

「失敗了。」沉默了大半個小時，戴娜終於吭聲，第一句話卻是失敗。

我看她畫架上的畫布，只有塗上暗藍的底色，一個像是燈塔的圖案也沒有。於是我不好意思地問：

「失敗是……狀態不好嗎？」

「畫不下去。」戴娜雙手垂下，整個人四肢無力似的。

「是出了什麼問題？」

「周圍太吵了。」

「太吵？」我環看周圍，根本四野無人，哪有噪音？「是海浪聲太大了？」

「不對……不是聽的，而是感受。」戴娜問：「你感受不到嘈雜的聲音嗎？」

我啞口無言，只是搖頭否認。戴娜便說：「看來你跟你的朋友不一樣。司馬小姐是一位靈性的女孩，但你跟靈性無緣。」

「靈性？妳的意思是幽靈之類嗎？」

「靈性是不能解釋的，只能夠感受。」戴娜昂首閉目，「露沙在昨晚的這個時候離開，我們也是時候要回去酒店了。再待在屋外對於靈魂不太好。」

「嘛……妳這樣說的話，我就送妳回去酒店吧。」其他事我也不再追問了，感覺問了也無法理解。

靈性嗎？如果司馬伶是靈性的女孩，她一個人在外面會不會有危險？

我一邊想著司馬伶的事情，一邊陪伴赫茨森家的公主返回酒店。

11

電梯內與戴娜道別後，我走在三樓的走廊，瞄到隔鄰304號房的門隙沒有燈光；再看看手錶，時間也差不多十點了，司馬伶不會還沒有回來吧。

但就算她要一個人到外面查案，我也沒有辦法阻止。於是我從褲袋裡拿出酒店鎖匙插進門鎖，打開自己的酒店房門，然後就躺在床上面。

我呆望著白色的天花板，腦海裡始終浮現那個令人不放心的小妮子。曾幾何時我答應過她不會讓她暴走，也好像跟西格德警官說過自己會在必要時保護她。假如就這樣放任她亂闖的話也太遜了……嗎？

「可是這麼晚她一個人會走到哪裡？」我爬起床，望向窗外夜景，又想起之前在灌木林出現的奇怪現象。

「昨晚我在自己的房間看到藍色光人，同一時間司馬伶卻在她的房間外看到紅色的無頭鬼。如果是司馬伶的話她會怎樣解開這個謎團？」

然後我又想起剛才與戴娜一起畫油畫的經歷，在碼頭遠眺燈塔的畫面有點孤獨，跟之前從燈塔上俯瞰村外碼頭的感覺完全不一樣。

「當時我和伶各自在自己的房間，在同一時間盯著同一地方，卻望見灌木林上飄浮著不一樣的東西。假如換個角度又會變成怎樣？即是如果當時有人站在灌木林回頭望向酒店，也會見到我和伶的房間呈現兩個不同的空間嗎？」

雖然我不知道自己在說什麼，但司馬伶的話，特意等夜深再回到灌木林調查也很像她會做的事情——想到這裡，我的腿已經不由自主地跑起來，馬上跑到房外拍打司馬伶房間的門；始終沒有回應，我只好跑樓梯走到酒店外面。

「什麼靈性的女生真麻煩！」我一邊抱怨，一邊奔跑，很快就來到昨晚鬧鬼的灌木林。

話說這個灌木林，仔細地想其實跟周圍的景色格格不入；一個足球場般大小的叢林生長在山坡的草地中央，看起來應該有人特別栽種才對。

也許一到花期這裡會非常漂亮吧？但現在初春，在我眼前的只是一堆樹葉稀疏的、高約一公尺的矮木群。其實這個高度的話，就算個子細小的司馬伶進入林中，也不會被灌木林遮住才對；只不過月黑風高始終看不清楚，因此我只好在林外大喊她的名字，希望有人回應。

「伶——！」

可惜事與願違，一棵棵矮木把我的呼喊吞掉，沒有回響。就在這時候，一群烏鴉突然從林中飛出，掠過我的頭頂，並發出詭異的鳴叫聲，彷彿在暗示灌木林中有意外發生。

不安的我只好拿出手機當作手電筒，並小心翼翼地向灌木林走。然而這下子就好像遠足在山頭開路一樣，正當我想撥開面前的樹枝，卻一個不留神被枝葉彈到手臂；葉片邊緣鋒利，輕輕一刮就是一道血痕，痛得我對著樹影說髒話！

未知是否森林的精靈覺得我不敬，忽然一陣寒氣襲來；原本在林外已經十分昏暗，但我一路走來就更覺陰森。如果要一直待在林中，就連我也會感到毛骨悚然，更何況是怕鬼的那丫頭？

所以還是我想太多了吧，現在返回酒店的話，說不定會見到司馬伶正捧著零食在吃呢。

縱使我心中浮現離開的念頭，但我始終沒有回頭，反而加速走向樹林的中間——突然我的腳邊好像踢到什麼，我低頭用手機照亮地面，居然是一雙人腿！

我連忙跪下來抱起倒地的人，那不是什麼陌生人，正是沒有意識的司馬伶。別嚇我啊？就算妳怕鬼，也不代表自己變成鬼就能解決問題啊？

於是我將手放到她的鼻子前，確認她還有呼吸我才鬆一口氣；而且她的身體雖然輕盈，但十分溫暖，還有心跳的起伏——至少她沒有生命危險。

接下來我又用手機照著她全身看，找不到任何外傷，周圍更沒有血跡之類的，看來也不像被人襲擊。究竟她發生什麼事暈倒在樹林中？

但怎樣問四周的樹也不懂回答，我只好揹著司馬伶走出灌木林，然後一走到林外那吵鬧的傢伙就醒過來了。

她一見到自己被揹著，便手舞足蹈地掙扎，跳到地上，脹紅了臉問：「助、助手你在幹什麼？」

我無奈回應：「這是我問妳才對啊，妳知不知道自己很令人擔心？」

司馬伶一臉愕然，「我……發生了什麼事？」

「我可是在酒店外面的灌木林找到妳啊，妳還躺在樹下，究竟在想什麼？夢遊也選一個安全點的地方嘛？」

「灌木林……」司馬伶很努力地回想暈倒前的事情，可是怎樣都記不起來。她喃喃道：「我記憶中是要到灌木林調查鬧鬼的事……但之後怎麼了？」

「妳大概是在樹林裡面暈倒了吧？妳記得原因嗎？」

「欸？」司馬伶雙手抱頭，緩緩地蹲了下來，自言自語：「沒錯，我是見到什麼東西才會失去知覺……是什麼東西？好像很重要，好像很可怕……！」

「嘛……想不起來就不要勉強吧。人沒事就好。」我拍拍她的頭說。

「這是幽靈的惡作劇……」司馬伶抱緊自己，「很冷。」

「要不要我繼續揹妳回酒店？」

「不用，這也跟幽靈的惡作劇無異。」司馬伶冷靜地站了起來，雖然雙目無神，但能說笑至少證明她神志清醒。

於是我扶著她的手說：「回去吧。先好好睡一覺，有什麼事情就留待睡醒再處理。」

「嗯。」

然後在回程的途中，司馬伶整個人都是神不守舍的，不斷嘗試回想在樹林暈倒的原因。

結果充滿波折的一天就這樣過去，可是心中不好的預感卻揮之不去。也許我們是時候收手了，看完明早的日全食便離開法羅群島，這樣島上的幽靈也不會再找我們麻煩。

我明天一定要跟司馬伶說清楚。

第四章——日食之刻

1

叮鈴叮鈴叮鈴——

鬧鐘響起，對了，今天是三月二十日，我是應該早起床的。

我關掉床頭鬧鐘，再走到電視桌前，看見檯上放著昨天酒店給我的提示便條：

「明天（三月二十日）的日全食由九點四十一分開始，歷時約兩分半鐘。（附註：期間酒店服務恕將暫停。）」

我再瞄看床頭的電子鐘，現在早晨七點半，剛好可以吃一個早餐然後慢慢欣賞這次的天文奇觀。

只要看完日食，多住一晚，就可以離開米基內斯了。坦白說法羅群島雖然景色優美，但最初我也沒有打算留上四、五日。只不過海鸚酒店很會把握機會做生意，綑綁了五天四夜的住宿套票才讓我入住。

當然假若一切順利的話，這一趟也算是愉快的旅程，但事到如今我又怎能釋懷放鬆？加上昨夜司馬伶在酒店外的叢林暈倒，我連發生什麼事情都不清楚。果真如餐廳老闆娘所說，這間酒店是被怨魂詛咒了？

二十年前的事件，沒有多管閒事的話也許司馬伶也不會遇到怪事吧。諸如此類的問題再多想也沒有用，尤其在她面前更不能提起，以免膽小的她再次受驚。畢竟昨晚司馬伶的樣子已經變得有點古怪。

「看看她起床沒有吧……」

我拿起酒店電話，撥號304房；電話響了幾秒，就聽見司馬伶的聲音：

「早安。」司馬伶的聲音有點沙啞，好像是生了病的感覺。

「昨晚睡得不好嗎？」

「不好，整晚都睡不著。」

「很可憐呢，那等會妳要去看日食嗎？抑或留在酒店休息？」

「不，我會去看喔，一個人留在酒店也沒事情做。」

「那我們先下樓吃早餐吧。我什麼時間過來接妳？」

「……我也不是小孩，待會在餐廳見吧。」

司馬伶說完就掛線，而我就只好換衣服到二樓的餐廳用膳。

來到餐廳，餐廳只有我一個客人，赫茨森一家都不在。早餐的自助桌一如既往放有麵包、燕麥片、培根、炒蛋等等。冰箱裡則有牛奶、柳橙汁，都是方便速食的東西，供酒店住客自由取用。

我隨意拿了幾塊麵包回到位子坐下，這時候另外的客人剛好來到；不是司馬伶，也不是赫茨森一家，而是警察的二人組。

他們瞄一瞄我，好像不把我放在眼內似的，又繼續低聲討論，一副警察的事情不容外人插手的態度。

所以在司馬伶來到之前，看來我只能對著空氣用餐。如是者我獨自坐在角落，安靜地細嚼牛角麵包，並等待司馬伶下來。

過了五分鐘，另一個到餐廳吃早點的居然是阿曼達。她看見我便跟我打招呼，又坐到對面問：「怎麼今天沒看見司馬小姐？」

「她好像還在酒店房準備出門，畢竟女孩子要花多點時間。」

「原來如此，小心別太晚出門喔。今天餐廳也會提早停止早餐供應，方便大家早一點到外面觀看日食。」阿曼達又說：「因此今天我一早就回來酒店幫忙，待早餐後跟丹尼哥和莎拉姐一起看日食。」

「哦，日食期間沒有酒店服務原來是這麼一回事呢。」

「嘻嘻，說到底也是法羅群島幾百年才一遇的天文現象嘛，一生人沒看到幾次。」

「也對。」我拿著湯匙邊吃邊問：「話說如果要看日食的話有沒有推薦的地方？」

「燈塔也好，到南岸看也好，在米基內斯村看也不錯啊。你也知道我們酒店是築在小山丘上，太陽又在偏南方升起，所以往南走就沒有問題。」

我想也是。而且九點鐘的太陽比較低，尤其是在法羅群島這高緯度的地方。所以盡量找一個開闊點的地方看吧。

——兩位早安。

「伶？妳終於來了。」我說。

「既然司馬小姐來了，我就不阻礙你們啦。」阿曼達從位子站了起來。

而司馬伶就冷漠地點頭，並坐到原本阿曼達的位子上。阿曼達見狀便對我笑了一下，說一聲加油，然後離開。

我無奈地跟司馬伶說：「我看妳還是很累嘛，真的不用休息嗎？」

司馬伶搖搖頭，說：「不，看完日食後回家抱頭大睡就好。」

「回家嗎？即是離開法羅群島了？」

「嗯，打算今晚就回去。」

這回答讓我很意外，害我還在擔心怎樣說服她，「所以露沙小姐的事情就這樣算了嗎？」

「警察早晚會解決吧。」司馬伶抬著頭說：「反正那是明顯的謀殺案，他們不可能像二十年前一樣把它列作自殺案而草草了事。」

「這也是最合理的做法。妳這年紀用功讀書就好嘛。」

「笨蛋，我可是比你早畢業。」司馬伶不滿地說。

「呵，妳不說我都想不起來。」我慨嘆道：「不過這樣就要跟妳告別，說實在還是有點寂寞。」

「是嗎？我可是毫不在乎。」司馬伶避開了我的視線說：「雖然你不是壞人，我也很感謝你這幾天陪我任性，有緣的話可能還會再聚吧。」

「就算不在乎也不用說得這麼直接嘛，妳要考慮一下被女孩子拒絕的我的心情。」

「如果你想吸引其他女孩的話，就好好琢磨自己男性的知性和魅力。赫茨森家的公主我看她對男士的要求也很高。」

「同感。像我這種平凡人，能夠在這幾天有緣認識妳們也算是很大的收穫。」

「那麼，最後一天為了補償游生，我就陪你真正地遊覽一下米基內斯吧。」

司馬伶笑著舉起裝著柳橙汁的玻璃杯像要跟我碰杯，看她的表情好像所有煩惱都一掃而空；但以她的性格還有昨晚的經歷，真的這麼簡單就放棄？我甚至開始懷疑她昨晚其實跌壞了腦子。

不過就結果而言，她還是比較適合過回平常少女的生活。我們的世界不是偵探小說，不需要福爾摩斯和華生的存在。

2

早上約八點半，青草地上我揹著兩套相機，手拿三腳架，有點狼狽地跟在司馬伶背後；其中一個相機用來錄影日全食的整個過程，另一個相機則是透過濾光片直接拍攝日食時的太陽。雖然有點累贅，但天公造美、清風送爽，在蔚藍的天空下我確信這套裝備是有意義的。

至於為何是司馬伶領頭，原因是她說要用數學的方法替我找出最佳的欣賞地點。事實上今早在酒店餐廳時她就攤開地圖，左手拿著三明治，右手拿著鉛筆在計算。

司馬伶說，基於地球自轉和公轉的軌道，越接近西北的地區就越適合觀賞日全食；剛好米基內斯是法羅群島最西邊的小島，因此是整個法羅群島裡面最先見到初虧的地方，亦是日食時間最長的地方。據司馬伶屈指一算，米基內斯的日全食約兩分二十四秒，比起首都托爾斯港足足長了接近半分鐘。

我就問司馬伶，這樣的話米基內斯最西邊的燈塔孤島豈不就是最佳觀賞日食的位置？可惜燈塔上的瞭望臺太過狹窄，亦可能一早聚集了其他人拍攝，應該沒有空間。

司馬伶點頭回答，沒錯除了經緯度之外另一重要的因素是高度；因此她仔細地對照地圖上的等高線，用上微積分之類的便找到了她認為最好的地方，那就是酒店東南邊的小山丘。

接著我們來到司馬伶的「應許之地」，在廣闊的山丘之上，彷彿整個米基內斯島都在我的腳下。於是我心情愉快地在草地上架起腳架，同時又瞄看司馬伶的側臉，看起來她的心情也平復了許多。

她垂下右手，並像在抓算盤一樣舞動手指，「在這兒的話，初虧時間大約是八點三十八分三十五秒。」

日全食有五個階段，分別是初虧、食既、食甚、生光、復圓。

所謂「初虧」，就是月球開始遮蔽太陽邊緣，使太陽初次出現虧損；「食既」是日全食的開始，太陽完全被月球掩蓋，至「食甚」為太陽月亮完全重疊；「生光」換言之就是日全食的終結，以及「復圓」就是整個日食的圓滿結束。

我望望手錶說：「現在已經是開始日偏食吧，妳有帶濾光眼鏡嗎？」

「有喔。」

「說來也是，我忘記了妳是眼鏡的專家。」

我手上的只是紙框的濾光眼鏡，就幾十港元的玩具一樣；而她戴上的粉藍框眼鏡則非常漂亮，我懷疑究竟她的行李箱裡面裝了多少副眼鏡。

早上九點半，頭頂的太陽已經被「食」掉超過一大半。新月形狀，這個太陽對我來說非常陌生，卻又確實地掛在半空。我心裡有一種難以形容的興奮，想馬上把太陽的樣子拍攝下來。

究竟要怎樣拍攝才是最美麗？要連地上雜草的影子都一併拍下？還是利用海面的反射更能襯托出太陽的光影變化？如果是戴娜的話她的畫刀又會如何表達這一刻的畫面？我一直想，想得得意忘形，幾乎忘記時間的存在。

就這樣我站在草地上不知多久，忽然聽見司馬伶在我旁邊大叫：「哦！草地在眨眼間突然變暗！」

情況就好像暴風雨突然來襲，風雲變色。眼前所有景色都黯淡無光，卻不像黑夜，也不像黎明；天空是暗藍色，草地是淡綠色。因為天上太陽失去光彩，周圍景物都變得暗啞，彷如風景畫用修圖軟體調低色彩一般。

司馬伶仰望暗藍的天空，喃喃道：「這就是日全食呢。不知怎的，總有一種不好的預感。」

我想起昨天阿曼達把一封神秘的信交給司馬伶，所以司馬伶會有這想法也是無可厚非，尤其她跟戴娜一樣充滿靈性。

「錯覺罷了，就像古人大多都認為日食是不祥之兆一樣。」我故作輕鬆問司馬伶要否拍照留念，但司馬伶不感興趣，只是回答：

「謝謝，坦白說我不太喜歡拍照呢。」司馬伶反過來問：「如果你想留念的話我可以幫你喔。」

「嘛，比起自拍，今天的主角還是留給天上的太陽吧。」

我又抬頭往上望，這時候的太陽已經變成黑色光環，司馬伶甚至托起眼鏡用肉眼瞄了太陽幾秒鐘。

「很危險的喔。」我叮囑她說。

「我知道，我只想看一下太陽周圍的日冕而已。」司馬伶又害羞地說：「不過呢，謝謝關心。」

在接下來的數分鐘，我們只是默默地欣賞日食；直至大地突然再次亮起，猶如畫冊填滿色彩，世界回復「正常」，我才第一次感受到旅程完結的滿足。

「我想再留在這兒一陣子，妳打算怎樣？」

「我也沒什麼事情忙，再多坐一會亦無妨。」

優哉游哉的，這樣才是享受假期嘛。我放鬆心情坐在草地上，一邊整理攝影器材，一邊遠眺米基內斯的風景。不期然，在遠方草原我看見一位眼熟的少女正往我們的方向奔跑，那不就是戴娜嗎？

「的確是戴娜小姐，」司馬伶憂心地說：「她拉高長裙在跑，好像很焦急似的，難道出了什麼意外？」

司馬伶說得沒錯，戴娜一向給人的感覺都是高貴穩重，我從來沒有見過她慌成這樣。

我向戴娜揮手，戴娜見到便跑過來，喘噓噓地說：「不好了！父親他、他好像出了意外！」

戴娜連忙拿出手機，手機裡面是一封尼爾斯寄給她的ＳＭＳ短訊，內容只有一句。

——救命。

3

一封突如其來的求救短訊，戴娜不安地說：「父親身體抱恙，應該正在酒店房內休息才對，怎麼會這樣……」

「伶，拜託妳幫我看管東西，我先和戴娜趕回酒店！」

「欸？喔。」司馬伶顯得有點意外，但為免她再跟麻煩事扯上關係，我只好拋下她並與戴娜一同離開。

如是者我們二人花了約五分鐘趕回酒店。一踏進酒店大廳，我看見牆上的電視機只有黑色畫面，便記起日食時酒店暫停服務的那張便條，以為無人值班；幸好員工室內的莎拉聽見有人回來，便走到接待櫃檯招呼我們，卻見到我們神色慌張而擔心起來。

「父親有危險，我要立刻見父親！」

莎拉一時間無法理解戴娜的話，我便在旁補充說：「尼爾斯博士寄了一封求救短訊給戴娜，請問有博士房間的鑰匙嗎？我怕博士暈倒在房內沒有人開門。」

「啊……好的，我馬上找給你們。」於是莎拉回頭到身後的櫃子找鎖匙，「我記得尼爾斯先生是405號房……有了！」

豈料這時候戴娜的手機又響起來，又是她父親所發出的電話短訊，但這次只有三個字「SOS」。到底是怎麼一回事？博士如果需要幫助為什麼要用寄短訊的方法？

我一頭霧水，而莎拉就跑過來對我說：「找到鑰匙了，我們一起上去——」但又望向門口說：「可是現在沒有人值班，我還是先鎖上大門好了。」然後莎拉就把鑰匙交給我。

我接過鑰匙就往電梯跑，待電梯大門打開後連同戴娜一起走進裡面，按下四樓；最後在封閉的空間內我只能合上眼睛祈禱。

——叮。

電梯的門再次打開，我們來到酒店四樓，趕緊跑到405號房前拍門大叫：

「尼爾斯博士，請問在裡面嗎？」

沒有反應，我立即拿出莎拉給我的鑰匙開門；鎖是開了，門卻打不開。

「怎麼了？」戴娜緊張地問。

我回答說：「這下麻煩了，大概是門栓鎖把門從裡面鎖上，就算有鑰匙也開不了門。」

「怎會這樣！」戴娜連忙把鑰匙搶到手，並自己嘗試開門，同樣失敗。

正當我們苦惱如何破門之際，莎拉就從走廊跑過來詢問現時情況。我簡單解釋一下，於是莎拉就跑到走廊盡頭在雜物房拿出了一個鐵鎚子。她說：

「酒店的門栓鎖也不怎麼牢固，你試試一邊開門，一邊用鎚子撞向門後的門栓鎖，看看能否把門栓鎖砸開！」

「好！妳們退後。」

我左手拉下門柄，右手則向後拉弓，猛力一揮！木門立即凹陷變形，門栓鎖亦有鬆開的感覺，咔嚓咔嚓的。於是我又用力揮鎚猛敲，直至十隻指頭通紅，終於聽見清脆的金屬聲——是門後的門栓鎖被我鑿爛到地上了。

戴娜見狀便立即把我撞開，自己衝上前打開房門——卻不消半秒鐘，她掩著臉歇斯底里地尖叫，然後變成斷線娃娃倒在門前。

我在戴娜身後抱著最壞的打算瞄向房內，果然是這樣……只見尼爾斯浴血倒在床邊的地毯上，頸部流了很多很多的血，有非常明顯的傷痕；看來是頸動脈被割斷，換言之已經沒得救了。

「這、這太可怕……」莎拉目瞪口呆的，吞吞吐吐地說：「要報警，還有要照顧戴娜小姐……怎麼辦……」

「先照顧戴娜吧……」我低聲說：「戴娜一直躺在門口也不是辦法，先把她抱回她的房間休息好嗎？」

「可是我沒有帶其他鑰匙上來。」莎拉提議說：「不如我們先把戴娜抱到酒店大廳吧？那裡有新鮮空氣，總比躺在走廊好。而且員工室有糖水可以讓她醒過來時補充糖分。」

我點頭同意，「那我先把戴娜抱到大廳，報警方面就麻煩莎拉妳了。」

「不，我也一起跟來。」莎拉神色凝重地說：「也許兇手還在酒店裡，我們不能夠單獨行動……而且我也把手機留在員工室內，要回去一趟報警。」

「只有這麼辦。」

於是我抱起戴娜，臨離開前我特意觀察了現場環境一遍；酒店房內沒有打鬥痕跡，窗戶一直保持密封，地上除了尼爾斯博士的遺體外還有一部手機，而書桌上則有一張寫了半頁數學算式的筆記紙和一枝鉛筆。

這時候我才發現事情的複雜性，這不就是密室殺人嗎！看來上天還不打算讓我的旅行簡單地結束。

——砰砰砰！

回到大廳時，酒店大門外傳來某人的拍門聲。在玻璃門後我看見司馬伶抱怨著大叫：「怎麼把門關起來啦！究竟發生什麼事。」

「對不起。」莎拉跑到玄關開門並告訴司馬伶：「因為剛才櫃檯沒有人值班，所以我先把門鎖上。我現在立即幫妳開門呢。」

「嗚，反正是游生的錯，害我這麼辛苦幫你把東西搬回來，卻只能在門外吃風看電視！」

擾攘一輪過後，司馬伶才帶著我的相機內袋走到大廳，卻看見失去知覺的戴娜躺在沙發上。司馬伶面色一沉，問：「出意外了嗎？」

「尼爾斯博士死了……」我嘆氣回答，「不知道是誰殺死博士。」

「什麼！」司馬伶不敢相信，立即跑到我面前質問：「在哪裡！我要親眼確認！」

「博士自己的房間……405號房。」接著我也把自己所知道的東西一併告訴給司馬伶。

司馬伶聽後懊悔地低頭自言自語：「果然我不應該選擇逃避嗎……」

「伶？」

「游生，你跟我一起回去現場……我要親自調查這件案子。」

於是乎，把戴娜交給莎拉照顧之後，我便和司馬伶二人乘電梯回到四樓現場。405號的房門依然打開，砸爛的門鎖以及鑰子仍舊掉在門口。

「博士就在裡面。」我不忍看博士的遺體，只是指著房內給司馬伶看。而司馬伶一走到房門口便大叫：

「這……這是什麼！」司馬伶慌張大叫。

不就是告訴過尼爾斯博士死了嗎？為何司馬伶的語氣如此驚訝？我走過去打算安撫她的心情，豈料在我眼前發生了一件不可思議的事情。

無頭屍……尼爾斯博士的遺體……頭顱消失了。

4

「不可能！」我大聲否認，「明明我之前看的不是這樣，博士遺體應該完好無缺才對！而且莎拉當時也在場，不可能我們二人都看錯。」

「……但事實擺在眼前，現在博士的頭被砍掉了。」司馬伶聲音顫抖，「究竟誰為什麼要這樣做……」

司馬伶深吸一口氣，嘗試冷靜下來時卻看見腳邊工具，問道：「地上有鎚子和門栓鎖，你們剛才是破門而入？」

「對啊，那時候房間從裡面上了鎖，我們只能夠這樣做。」

於是司馬伶敲敲木門，「是空心門呢。」接著環望房內說：「酒店的窗戶是密封式，換言之當時的房間是一間密室……密室殺人。」

「可是兇手為什麼要帶走博士的頭？」

只見司馬伶又不斷按刷額頭，愁眉深鎖地喃喃自語，「這是二十年前的案件重演……博士在密室被殺，然後頭顱從室內消失！」

「怎麼可能？也許只是碰巧相似而已吧。」

「……又或者是冤魂作祟！」

「伶！」我雙手捉緊她的肩膀說：「妳不是說過這世上沒有鬼怪嗎？說這種話一點都不像妳啊！」

但司馬伶垂頭喪氣的，「對不起……可是我很頭痛，我想回大廳休息一下。」

「嗯，先回去吧。況且莎拉小姐已經報了警，警察很快就會趕來調查。」

如是者我便扶司馬伶回到大廳的沙發坐下。接著酒店的所有人都相繼回來，包括西格德和麥克斯這兩位警察，卻不見本傑明的蹤影。

由於前天露沙的案件，現時米基內斯島上常駐十數名警察，因此西格德很快就帶同其他手足封鎖了現場。他把原先租借酒店的302號房用作臨時辦公室，一方面在房內翻看酒店閉路電視的錄影帶，另一方面又逐一把酒店住客和職員召到房內錄取口供。

早上十一時二十分，一位警員走到酒店大廳呼喊我的名字，是輪到要對我問話了吧。於是我跟隨警員走上三樓，並在房內見到西格德一個人坐翻著文件等候。

西格德神情嚴肅，充滿威嚴，那種讓人透不過氣的壓迫感大概是數十年警察生涯所磨練出來的。他坐在房中間的桌椅，並示意我坐到對面，而我亦只有依照他的意思去做。

——砰。

房門關上，房內就剩下我和西格德二人獨處。起初我們都沉默不語，室內只聽見冷氣機的聲音；默默過了半分鐘，西格德劈頭就問：

「游先生，你是這次事件的第一發現者，對吧？」

我點頭表示沒錯。

西格德續道：「雖說當時莎拉和戴娜同樣在場，但莎拉是後來才趕來幫忙破門，至於戴娜則在途中暈倒。所以游先生你的證供尤其重要。」

「我明白。」

「很好。」西格德用公務員的語調發問：「首先你跟戴娜為何一起去到405號房探訪死者？」

於是我把戴娜收到博士手機短訊的事，一五一十地告訴西格德。

西格德抄著筆記說：「換言之你們是收到求救訊息才趕回酒店。然後過了大約五至十分鐘，你們在酒店櫃檯跟莎拉求助時又收到死者的另一則信息。」

我回答：「對，所以當時博士還沒有死，又或者第二則信息是兇手借用博士手機發出……」

「我沒有詢問你的意見。」西格德打斷了我的話，並問：「在收到第二則信息之後你和戴娜立即趕到死者的房間，對嗎？用了多少時間？」

「嗯，我們二人乘電梯上去，就一分鐘左右吧。」

「換言之兇手是在這短短一分鐘的時間完成了密室殺人並從密室逃脫？」西格德質問我：「你肯定房門是從裡面反鎖？又或者密室根本從一開始就不存在？」

「我肯定房門是反鎖的啊！不只我一個人，戴娜同樣有嘗試開鎖確認，莎拉也親眼看著我用鎚子砸爛門鎖。」

「這樣也不等於酒店房是一個密室，假如兇手仍然躲在裡面的話。」西格德拍打著口供紙說：「一分鐘前你們才收到尼爾斯先生的求救短訊，而寄出短訊的手機依然被反鎖在房間內；用常理推斷的話，當時兇手應該同樣躲在房內才對。可是你們卻沒有去確認，而是選擇離開現場，實在太愚蠢了。」

西格德說得對，假如我們破門之際兇手仍然躲在床底的話，這樣我們就錯過了逮捕兇手的機會。我不懂反駁，於是西格德又繼續質問：

「你和莎拉離開現場之後，又與司馬小姐一同返回現場確認吧？聽說這一次你看到尼爾斯先生的遺體出現了奇怪的變化？」

我戰戰兢兢地回答：「啊……第一次看博士的頸雖然被割開一道傷口，流了很多血，但那時候他的遺體還算完整無缺。到隔了十多分鐘回去再確認的時候，屍體的頭卻不翼而飛，消失了！」

「所以你的主張是在途中有人帶走了死者的頭顱嗎？為何要這樣做？」

「不知道，我只是把看到的事實說出來罷了。」我感覺西格德正在質疑我的證供，便說：「假如不相信我，待戴娜醒後你們也可以問問她。」

「警方辦事不用你教。」西格德又拿出一張現場的照片，「轉個話題吧，你對照片的內容有印象嗎？」

我接過照片看，照片裡面是尼爾斯博士倒躺在地毯上的遺體，而且沒有頭顱。但這都不是重點，重點看來是他的右手食指在床邊地毯用自己的血寫了幾個字。

西格德又把另一張照片遞到我面前，說：「這張比較清楚。」

我看了一眼，奇怪道：「ＳＯＳ？」

「又或者是505，血跡有點髒所以無法確定。」

「如果是505的話又是什麼意思？博士的房號是405呢。」我搶話說：「難道博士是想提醒其他人，殺害他的兇手從505號房逃走嗎？」

「哼，你真的認為是這樣？」西格德冷道：「一般人在死前用血字留言，通常都是寫兇手的名字吧。就算死者是數學博士也不可能如此理性，在臨死之前寫出兇手犯案的詭計。」

我喃喃道：「要是SOS也無法解釋嘛。人都要死了，誰還會在地上寫救命。」

可是博士臨終前寄給戴娜的遺言卻碰巧是SOS，兩者又有沒有關係？如果司馬伶在的話她一定又抬一抬眼鏡，然後高談闊論自己的看法吧。

只是最近她心神恍惚，剛才見到博

案發現場平面圖

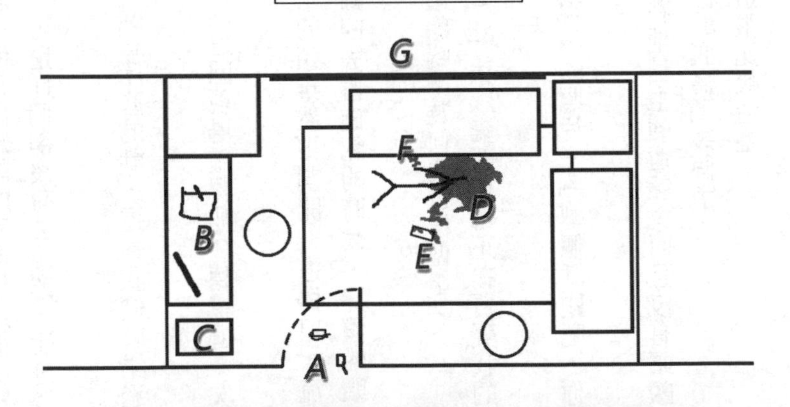

(A) 爛掉的門栓鎖和鎚子 (B) 寫到一半的數學筆記 (C) 個人行李 (D) 沒有頭顱的遺體 (E) 染血的手機 (F) 床下的血字遺言 (G) 密封式的玻璃窗

士沒有頭的遺體整個人都非常落魄，完全不像是最初認識的司馬伶。也許這幾天的殺人與鬧鬼事件弄得她寢食難安，精神壓力已經超過了能夠承受的極限……真替她擔心。

「之前我也警告過你，」西格德目光銳利，厲目對我說：「千萬不能讓司馬小姐捲入麻煩的事情，為什麼你就是聽不進去？除非你就是那個兇手所以才無法避免，這樣的話我肯定不會放過你。」

結果這就是他最後要給我的告誡。接著他拿起電話通知房外的警察，一位警察替我打開302號房的房門，並示意我可以離去。

5

正午過後，酒店內所有人都錄完口供，而最後一個從302號房釋放出來的就是司馬伶。看見司馬伶面容憔悴，沒精打采，我便走近她問：「還在頭痛嗎？身體好點了沒？」

「謝謝關心，但我的頭痛主要來自對真相的苦惱，現在沒有方法化解。」

「妳還是決定了今晚離開嗎？如果妳打算繼續留在島上調查我也可以陪妳喔，直到妳化解心結為止。」

不過司馬伶罕見地認輸，回答說：「我也想調查啊，但現在根本無從入手。如果可以借酒店錄影帶看一下說不定會有新發現，但西格德那頑固的男人又不願意分享警方的證據。」

「嘛，本來就要有心理準備在沒有警方協助之下獨自尋找真相。」我又問：「警察他們有給妳看博士臨終之前的遺言嗎？」

「就那個血書？比起ＳＯＳ我認為應該是５０５吧……沒有什麼理據，只是數學家的想法而已。」

我附和道：「如果是５０５我唯一的想法就是房間號碼，例如犯人利用５０５號房逃脫之類的。」

「這不可能。」司馬伶的回答跟西格德一樣，「製造密室應該是殺人之後的事，假使博士留下的是密室的線索，這就代表他有預知能力？還是死後看見犯人逃脫才寫下血書？無論前者或後者都不可能，不合常理。」

「那５０５妳認為又是什麼意思？」

司馬伶反問：「如果你知道自己命不久矣，你最想留下什麼訊息給別人知道？」

「果然還是兇手的名字？」

司馬伶點點頭，「我想也是。」

「兇手是機械人嗎？用編號當名字。又或者那是身分證的號碼、生日日期之類？」

「證件號碼不太可能吧，這要博士事前知道才能寫出來……除非是親人說不定有機會知道，但只有５０５也太過奇怪。」

司馬伶一籌莫展。雖說不久前她也說過放棄查案，好好享受最後一天的旅行，可是我看得出她心底裡其實非常不甘心；而且博士也算是司馬伶認識和尊敬的人，更加不願意就此罷休吧。

我便對她說：「妳今晚什麼時間要離開？反正都當了妳數天的助手，也不差這半天吧。最後盡過力至少不會有遺憾。」

司馬伶低頭說：「其實我也想繼續留下來……」但欲言又止，並轉換了話題：「嗯，最後半天就努力看看吧。不過案發現場被封鎖，所有證物包括戴娜小姐的手機又被警察保管，不知道還有什麼方法可以找到線索？」

我看見她恢復笑容才比較安心。我笑說：「相信有些事情只有我才能夠做到的，別忘記我天生就容易跟案件扯上關係嘛，哈哈。可能出去岸邊走一圈就剛好發現博士失蹤的遺體呢。」

我記起博士屍體的頭顱從現場消失，就跟二十年前一樣。可是時間還早，頭顱應該還留在島上面，這個只要努力找的話也許會比警察搶先一步找到。

「其實游生……你不覺得我麻煩嗎？」

「沒有這回事，反而我是不習慣見到妳放棄的樣子呢。」

「是嗎，果然是我的好助──」說到一半，背後有人呼叫司馬伶：

「司馬小姐，」西格德拿著手機走過來說：「電話對面是妳的父親，看來他很擔心妳呢。」

「欸？你把所有事情都告訴給我爸爸知道了？」司馬伶面色蒼白地問。

「嗯，畢竟父母有責任照顧未成年的小孩。」西格德把電話遞給司馬伶，司馬伶對我點頭表示失陪，然後就拿起電話走到牆角低聲傾談。

西格德警告我說：「你也別做無謂的小動作了，遊客的話就做好遊客的角色，乖乖地看完日食就離開吧。我說過此事不是小孩能夠應付的。」

不知為何，西格德始終不太喜歡我。不過他越是小看我們，我就越想證明給他看司馬伶其實比起他想像中厲害；我最討厭就是那些自以為是的大人，只不過出世比較早而已，有什麼了不起的。

越想越生氣，我便反駁道：「警長先生你不是也有參與二十年前自殺案的搜查嗎？結果還不是沒有找到真相？草草結案這就是你們所謂的應對方法嗎？」

「我們警察辦不到的事情你們更加不可能做到，別讓我警告你第二次。」

「好啦好啦，看來觸怒了警察大人，我還是回房睡覺好了。」我又故意問他：「三樓的酒店房應該不用警察批准才可以回去吧？」

「請自便。」西格德同樣一臉不耐煩地回應，說罷則離開。

「真是了不起的官威。」我在一旁吐晦氣，這時候剛好碰見阿曼達返回酒店大廳，我便記起之前收下的鑰匙。我跟阿曼達說：「不好意思，今早莎拉小姐把博士房間的鑰匙交給我，現在我想還給酒店。」

但阿曼達似乎有點匆忙，只是指著酒店櫃檯回答：「麻煩你把鑰匙放回櫃子裡就好，謝謝。」

接著阿曼達又回去忙了。無奈的我只好走到無人的接待處，因為之前看過莎拉在櫃裡翻找鑰匙，我知道酒店的鑰匙掛在裡面，便打開櫃門，把鑰匙歸還到寫著405的鉤子上。同時我亦看見505鉤子掛著鑰匙。對了，無論如何我都要親眼確認自己的推理，我要做一些能夠幫助司馬伶的事情。

我四處望了一望，趁其他人沒有留意，便偷偷地拿走505號房的鑰匙放進褲袋裡。之後回想起來，也許這是一個非常糟糕的決定。

6

我一個人走進電梯，按下五樓；電梯門關上，往上，再打開。我看見五樓的走廊空無一人，非常寧靜，警察也不曾來過；於是我走往左手邊第二間房間，並用偷取得來的505號房鑰匙打開門鎖。

我靜悄悄地推門入內，在踏上房間地毯後，乍看這間房整整齊齊的，不論床單棉被都是疊好放好，大概很久沒有人住了吧。話雖如此，當我仔細察看房內細節時卻感到怪異，例如地毯有摺痕且沒有對齊、床上的枕頭放得有點偏、同時茶几的灰塵也挺多的。這是最近有人來過的痕跡，還是很久沒有人來打掃的樣子？我不太想得通。

循例我又檢查一下房間的每一角落，包括浴室和床底，也沒有發現什麼機關。也許我說505號房與死者現場405號房有秘道相連接的假設是不成立了。

正如司馬伶所說，505的死前遺言應該與505號房無關才對。

咦？當我趴下檢查床底時，我嗅到一陣特別的氣味……好像是清潔劑的氣味。果然五樓平日應該有人打掃，床鋪不整齊只是打掃的人比較粗心？

不過一個人也是想不出答案，於是我站了起來，拍一下身上灰塵和毛屑，最後再次環看一下四周。我想司馬伶亦應該聊完電話了吧？現在回去大廳也是合時。

接著我順手關門離開，又再走進電梯內，按下酒店大廳的按鈕。電梯往下降，我從褲袋拿出鑰匙準備歸還，卻記起剛才離開505號房的時候沒有鎖門。我對於這種舊式的酒店門鎖還是有點不習慣。

「真麻煩，唯有折返回去吧。」

待電梯抵達地面，我又按下五樓並關上電梯門。這種玩電梯的感覺自從我長大之後很久也沒有體驗過了，我只是覺得很浪費時間。

——叮。

電梯門打開，我又再次回到了五樓的走廊。

「今天真是做什麼事都不順利。」

我一邊抱怨，一邊走到505號房的門前——砰！砰！

猛然從房內傳來玻璃碎裂的聲音，緊接還有另一聲巨響。難道房內有人？我立刻推開房門，首先是一陣血腥氣味衝進我的鼻子，接著就是熟悉的畫面呈現眼前——

一具男性的屍體倒在床邊地上，位置和死狀跟尼爾斯博士相近；死者的體型亦跟博士相似，因為死者正是博士的兒子本傑明！

為什麼我會知道本傑明已經死亡，原因是他額頭有一個類似槍傷的血孔。我看見牆上同樣有類似彈孔的凹痕，可以假設他是被人用手槍擊斃嗎？

想不到自從早上開始一直不見蹤影的本傑明，我們居然會用這種形式再次見面。可是剛才房內不是很正常嗎？怎麼轉頭回來又會突然出現本傑明的屍體？這不可思議的體驗確實似曾相識，正如下一層405號房也有頭顱無緣無故消失。

再想到博士所留下505的血字，莫非殺人預告才是博士真正的遺言？酒店房間真的有魔術機關裝置？

這時候我又看見睡床上散落玻璃碎片，同時房間的玻璃窗穿了一個大洞。我回想起在進房前聽見兩下巨響：一是玻璃窗碎裂的聲音，另一個是硬物擲地的聲音。該不會是屍體從天而降打破窗戶掉進來的吧？這也太過荒誕。

我走近本傑明的屍體，雙手合十，心裡默禱。最初是露沙，接下來是尼爾斯，第三個是本傑明……三位死者之間關係密切，是同一兇手所為嗎？可是這次殺人案比起之前兩宗簡單得多，沒有密室詭計，殺害手法也顯而易見；這種莫名的分別又代表了什麼意思？

可能因為跟司馬伶相處太久，我居然站在案發現場思考案件，更俯身打算檢查現場。然而，我忘記了自己的身體特質，這是我犯下的最大錯誤。

——哇啊啊啊！

突然阿曼達出現在我的身後，她一見到我就放聲尖叫：「殺人了，殺人了！」並驚惶地逃跑，跌跌碰碰的。

案發現場平面圖

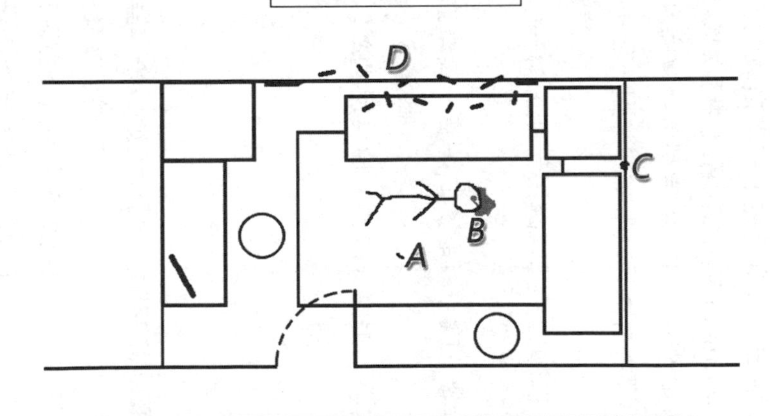

(A) 彈殼 (B) 頭部中槍的屍體 (C) 牆上彈孔
(D) 爛掉的玻璃窗

對，我就說過早晚我會路經殺人現場而被當成殺人犯。大概阿曼達看到躺在地上的本傑明頭部中槍，而我又蹲在本傑明的屍體前，所以認定我和本傑明的死有關吧。雖然她的出現太過巧合，但我出現在這房間更加可疑，這就是我嫌疑犯體質的宿命。

所以當阿曼達回來時我已經作好心理準備。她帶來的幾個警察左右捉住我肩膀，把我鎖上手扣，並押走離開酒店房間，沒有給我抗辯的機會。

7

我被懷疑跟本傑明的死有關，這本應是我早就料到的惡運；只是令我意外的是，我被押往的目的地並不是什麼警察局，而是米基內斯島上唯一的教堂。

該座白色教堂擁有三角尖形的屋頂，屋頂長滿野草，與大自然融為一體；教堂一端是優雅的純白鐘樓，鐘樓尖頂則裝飾著古典的風向計。

簡單來說，這座教堂非常美麗，可以稱得上是米基內斯的旅遊景點；只是島上接連有人被殺，現在教堂已被警察徵用作為調查行動的臨時據點。

「進去吧！」我身後的警察粗魯地把我推進教堂內，顯然他並不喜歡我站在門前欣賞風景。

我以一種意想不到的形式踏入教堂，我看見教堂裡左右兩側有一排一排的綠色長椅；原本是平日供當地人坐在這裡禱告，現在則變成十多名警員圍在一起討論案情的地方。

我又抬頭望向前方，在正面的演講臺上有耶穌基督被釘十字架的壁畫，與講臺左邊的十字架掛飾互相呼應。

話說回來教堂只有右邊的牆有窗，其餘三面牆大多都只有蠟燭燈臺用作照明。也許教堂意外地適合囚禁嫌疑犯？

「別停下來！」後面那囉唆的警察又催促道：「現在不是帶你參觀教堂，繼續走！」

戴上手銬的我只能唯命是從，向著演講臺走，一直走到盡頭。然後我在十字架掛飾旁邊看到告解室的門，看來他們是想把我關進那裡，等候聽我的告解。

於是我嘆氣一聲便走入告解室，一如所料坐在裡面的又是西格德警官。

「又見面了呢，游先生。」西格德嘲諷說：「只是想不到以這種形式見面。」

我第一時間為自己辯護：「我跟本傑明的死沒有關係，只是碰巧在現場發現他的屍體而已。」

「碰巧嗎？」西格德揚手說：「你先坐下。」

我依從他的指示坐在木椅上，續道：「而且你們也不可能有證據指控我是殺人兇手，我根本沒有做過。為什麼你們能把我鎖起來？」

「的確沒有證據。本傑明是被手槍擊斃，現場也有找到手槍的子彈殼，就是沒有關鍵的手槍。」西格德盤問道：「所以你把兇器藏到哪裡了？是打破玻璃窗丟到窗外面？」

「我不知道什麼槍，我連開槍也不懂。」

西格德拍桌喝道：「露沙的死，尼爾斯的死，本傑明的死，這三件兇案你也剛好都是第一發現者，你認為只用一句『巧合』就能夠蒙混過關嗎？」

「這……除了運氣不好之外我也無法解釋。」

西格德又質問：「就當是巧合，那這次你無緣無故走到５０５號房又是巧合嗎？別跟我說是在酒店裡迷路了。」

我只好坦白回答：「到505號房只是因為博士死前的血書寫下505三個數字，我才心血來潮想看一看而已。」

「仍在玩偵探的遊戲？你還嫌為我們添的麻煩不夠多嗎？」西格德挑釁道：「之前我說過不明白為何你積極尋找線索，又跟麥克斯套話；但如果你是真正兇手的話以上一切就說得通了。你查案的目的就是要掌握警方的調查進度，並且打算擾亂警方的調查，我說得沒錯？」

「錯啊！當然有錯。我說了多少遍我不是兇手。」

「但我們在你身上搜到505號房的鑰匙，那是唯一一把從櫃檯被拿走的。換言之你是唯一一個能夠走進505號房並殺死本傑明的人。」

我連忙否認：「這、這不對啊！我的確是用鑰匙開門並走入505號房檢查，但當時房內根本沒有本傑明的屍體！然後我忘了關門就離開，屍體是在我離開之後才出現，所以誰都有可能是殺死本傑明的兇手！」

「有人能夠作證？」西格德見我沉默不語，便怒斥：「少跟我裝模作樣了！無論怎樣解釋你也是最可疑的人，別裝無辜。由一開始你插手調查的時候就不可能是無辜。」

我不明白，不明白為何西格德一口咬定我就是殺人兇手。而且他也不願意解釋，只是生氣地走出了告解室。於是告解室就只剩下我一人，而且室內唯一的窗戶都被鐵板圍起，名副其實是一個囚室……又或者是一個密室，那麼接下來會遇害的就是我本人嗎？

我開始感到害怕，全身冒汗雙腳不由自主地發抖；但我不能停下來，因為一旦停下我的腦袋就會胡思亂想。老實說一個人身在異鄉，要是真的被告謀殺究竟有誰能夠幫助我？

我就連想用手機上網求救都做不到，因為所有隨身物都被警察充公了。這一刻我根本什麼都做不了，也許只能夠祈望司馬伶的聰明才智能夠拯救我。

雖然司馬伶一直擔心是她給我麻煩，但換個想法的話，可能是我一直為她添煩也說不定。我在她身邊就只有扯後腿的分兒吧，說不定現在她已經準備離開米基內斯，反正她也說過毫不在乎跟我告別。

我不期然把手插進褲袋，卻在袋裡摸到一張疊成一團的照片，對了，是幾日前餐廳老闆娘給我的詛咒照片。

照片是凌晨時分酒店的外牆，五樓燈光有無頭人的剪影，然後三樓則只有司馬伶的房間有亮燈。

「五樓燈光的房間剛好是505號房呢……莫非這是天意？」

如果早點聽老闆娘說的話，盡快離開米基內斯就好了。

我百感交集地望著照片，忽然心中冒出一股莫名的感覺——

「505號房？不可能！」我馬上站起來大叫，悔恨當初我居然沒有察覺到異樣！還有這相片中的燈光，這不就可以說明之前在灌木林看到的鬼影嗎？

當晚我看到窗外有藍色小光人，同一時間同一地方司馬伶看到的卻是紅色無頭鬼；這不是什麼幽靈，只不過是物理現象。

想起來司馬伶被這小把戲嚇倒也很滑稽，正是如此膽小她才不敢看這張「詛咒照片」吧。明明只要認真看一遍就能解開謎題，甚至這更是某人說謊的證據。

——砰！

告解室的門突然打開，年輕警員麥克斯罵道：「幹嘛一個人這樣吵？」

「那個……麥克斯先生！」我差點忘記他的名字，「我手上有一幅照片要交給司馬小姐的。這照片可是她旅行的回憶，卻居然忘記把它帶走。請問你能夠把照片轉交給她嗎？」

「這什麼爛照片？為什麼要我幫你這犯人做事？」

可惡，已經把我當成犯人了嗎？我只好忍氣吞聲說：「司馬小姐收到照片一定會很高興的，你就當是給她一個人情嘛。」

「是這樣嗎？」麥克斯稍思片刻，回話道：「只是幫司馬小姐的話還好。」

「謝謝你。記得跟她說照片有兩個『珍貴的回憶』，她聽到之後一定會很感激你！」我還緊張地告訴他：「司馬小姐今晚就要離開米基內斯，絕對要在她離開之前送給她啊！」

拜託了，這是我能夠起死回生的機會，麥克斯你一定要把照片安全交到司馬伶手上！

8

送走照片後我只能與四面白色牆壁對望，還有一個被鐵板封口的窗，大概是後來蓋上用來防止我逃走的。除此之外，在天花板的角落還安裝了攝影機，讓告解室外的警察能夠隨時監察我的一舉一動。

然後經過了不知多少時間，在鐵板的縫隙已經沒有透光，外面都已經天黑。難道今晚要在告解室過夜？我只能夠一邊咬著警察分配給我的麵包，一邊搖頭嘆息。

都已經這麼久了，司馬伶不會沒有發現照片裡的矛盾吧？除非麥克斯那傢伙只是敷衍我，根本沒有把照片送到她手上；又或者他沒有傳話，所以司馬伶沒有在意照片的秘密。當然最不想看到的是司馬伶已經放棄我並離開了米基內斯，這是最差的結局。

但無論是哪一個原因，結果我都只能繼續被羈留在這空白的告解室，靜候發落。真糟糕的體驗，別人去旅遊玩得開開心心，我去旅遊卻經歷生死，更被拘留。

究竟我走錯了哪一步？跟隨司馬伶東奔西跑一開始就是錯？不是這樣，這不是她的錯，也許我內心同樣有一份多管閒事的正義感，因此我才會在晚上看見女生喝醉酒，上前關心而被當作色狼；又在後巷見到傷痕累累的小狗，上前把牠抱起而被當成變態罪犯。

這樣我的嫌疑犯體質並不是偶然，而是必然；到頭來我跟司馬伶可能都是同一類人，只不過她比較聰明而已。既然她是一個聰明人，我應該要相信她；現在唯一能夠做的就是安心休息，等待司馬伶把我救出來。

就這樣大概又過了幾個小時，躺在椅上的我半睡半醒，忽然聽見告解室的大門打開，門後就出現西格德與另一位警員。其中那位警員把一個密封袋放到我面前，並說：

「裡面是你的隨身物品，你點算一下財物，沒問題就可以先離開。」

「我可以走了嗎？」我又問：「你們願意相信人不是我殺的？」

「不，」西格德回答：「只是暫時放你走，你的嫌疑還沒有完全解除。」

——放心吧，游生。

司馬伶從門後逆光中出現，她交叉手臂抱於胸前說：「我跟警察他們做了一個交易來換取你明日一天的自由，現在你可以回酒店睡軟呼呼的床呢。」

「慢著……妳說只是明日一天？」

西格德插話道：「對，你們只有一天的時間。無論如何後日司馬小姐也要離開米基內斯。」

看來司馬伶是把離開的計畫推遲了一點，但這樣就好嗎？

司馬伶卻胸有成竹地笑說：「一天時間就足夠我找到兇手了，畢竟我已經看見整個案件百分之八十的輪廓。」

「那麼祝你們好運。」西格德說罷就走出告解室，並吩咐其他警察送我們離開教堂。

確實她整個人的感覺都變了。看她嘴角那奸詐的笑容，那才是我認識的司馬伶。

再一次呼吸新鮮空氣，縱然轉眼教堂外已經夜幕低垂，但我十分珍惜這一刻的自由。

「其實也不算很倒楣啦，」司馬伶指著鐘樓說：「這座教堂有超過百年的歷史，能夠近距離接近這景點也算是特別的體驗嘛。」

「這趟旅行的體驗已經夠特別了，我不需要額外的刺激。」我續道：「怎麼樣？我給妳的照片很有用吧？所以警察也逼於無奈要放我走。」

「不能否認游生你的照片為案件提供了新的線索，但兇手至今依然在逃。警察願意放你走，只不過因為在你被拘留時出現了第四個的受害者罷了。」

「欸？是誰？」

不會是戴娜吧？難道兇手要把赫茨森一家趕盡殺絕？

「你先別慌吧，」司馬伶不好意思地推開我說：「雖說是第四位受害者，但她沒有死啊，而且也不是你喜歡的戴娜小姐。」

「所以是誰啦？」

「莎拉喔。她剛剛在晚上獨個兒到燈塔散心時，被神秘人從燈塔的瞭望臺推了下來。除了跌斷腳和幾根骨頭外，還有輕微的腦震盪和短暫昏迷，情況不太安心；幸好沒有生命危險，暫時移送到沃格島留醫觀察。」

「是這樣啊……那燈塔也有幾層樓的高度，從上面掉下來沒有生命危險已經是奇蹟了。」

雖然不想這樣說，但警方的確因為莎拉在晚上遇襲而不得不承認在島上有其他兇手。我這樣獲釋反而是感謝莎拉。

「其實法羅群島的警察也不是笨蛋，西格德也不是沒有想過你是無辜。」司馬伶冷靜地告訴我：「只不過這幾天法羅群島難得成為全球天文愛好者的焦點，卻偏偏發生了連環殺人案。原本政府想趁機會宣傳旅遊也變得徒勞無功了。一波旅客未走，另一波記者就要衝進來的感覺。」

司馬伶認為，警方特別是西格德應該承受很大壓力，因此才急忙把我逮捕，以分散大眾的注意。

「我可不想因為這件事而登上國際新聞的頭版呢……」

「所以我們明天才要認真地再調查一遍啊！」司馬伶自信滿滿地說：「而且在你被囚禁的時候我也幫你辦了很多事，包括從照片得到的線索。那些都是非常有用的情報，現在我們先回酒店，我再把所有事情原原本本地告訴你吧。」

我們回到酒店房時已經是凌晨一點鐘。司馬伶抱膝坐在床上跟我說：「就由你被警察帶走的一刻說起吧。」

司馬伶說，當她知道我因為本傑明的死而被帶走，司馬伶就立即走遍酒店的每一層蒐集情報。那個時候正好警察都替酒店所有人錄畢口供，酒店內十分齊人，但他們全都沒有明顯的嫌疑，除了我之外。

「當時阿曼達在404號房照顧貧血的戴娜，莎拉與丹尼一同在櫃檯值班，而我就因為個人理由到302號房跟西格德理論。」司馬伶說：「換言之，當時只有你一個人在單獨行動，所以西格德懷疑你也是理所當然的啊，笨蛋。」

「可是阿曼達也不是一直跟戴娜待在一起啊，正是她走上五樓才發現我和本傑明的屍體。」

「嗯，這的確令人好奇，但都是有原因的。案發一刻，阿曼達和戴娜都在房間裡聽見樓上有響亮的聲音，於是阿曼達才趕到五樓。」司馬伶補充：「也許那是殺死本傑明的槍聲也說不定，反正本傑明就這樣中槍身亡，驗屍報告也是這樣說。」

「阿曼達因為聽見可疑聲音立即跑上來，然後見到我，於是以為我殺死本傑明嗎？但我真的沒有做過啊，妳會相信我吧？」

「嗯，我相信你不是兇手，所以才跟西格德交換條件放你出來。」

我聽得非常感動，說：「這裡就只有伶妳相信我呢，我很高興。」

「不！我也不是相信你，我只是相信我自己罷了。」司馬伶連忙否認，並說：「而且一連串的案件我認為是同一人所為。但是露沙小姐被殺時我肯定你有捉住我的手，這樣你就不可能是兇手吧。僅此而已。」

但聽到這裡不禁叫我懷疑，這真的是同一人所為嗎？露沙、尼爾斯和本傑明三人被殺算是有共通點，但莎拉同樣遇襲也太奇怪了。除非莎拉與他們三人有不可告人的關係。

「不過嘛……至少伶妳肯相信我，我已經很感激。」我又問：「還有妳說跟警察做了個交易，是怎樣的一個交易？」

「起初我只是想試探一下警察的口風，剛好從麥克斯口中得悉警方在翻看閉路電視錄影帶時遇上困難，所以我就提出協助來換取觀看錄影帶的機會。」

我好奇地問：「那是什麼困難，妳又怎樣幫助他們？」

「是影像太模糊了，偏偏那個畫面是調查的關鍵，所以西格德就算不服氣也需要我來幫忙呢。」司馬伶舉起手指得意洋洋地說：「這裡就是『數學』登場的時候了。簡單來說就是利用『分形幾何學』分析圖像資料，甚至提高清晰度。我就說不論任何時候，幾何學都是人類的好幫手！」

「分形幾何學……我姑且不深究那是什麼，總之是很厲害的東西就對吧？」

「嗯，」司馬伶點頭說：「不過就是『多重分形維度』，反正說了你也不懂，你只要知道我在電腦前花了一個小時才把警察他們想要的畫面分析出來。這可是不簡單的喔。」

「然後又怎樣了？」

「然後西格德那傢伙居然想利用完我就踢走我，幸好我在錄影帶裡面發現到一件事，叫他們都目瞪口呆！那就是關於兇手行兇的真正時間——」司馬伶忽然伸出雙手，「說得有點口渴，能麻煩你倒杯水給我嗎？」

9

喝一口水之後，司馬伶就把酒店大廳錄影帶的內容從頭說起。

今早的六點半，丹尼先生是第一個從正門來到海鷗酒店的人。接著十分鐘之後，阿曼達也回來酒店上班。二人都是提早到酒店準備早餐，好讓住客可以有充裕的時間在早餐過後觀看日食。

之後是早上七點零六分，大廳的閉路電視錄到本傑明離開酒店的一刻，並跟剛好來到櫃檯當值的莎拉點頭打招呼。最近本傑明都很早出門處理未婚妻的後事，所以沒有特別可疑。

七點二十九分，第二位離開酒店的是戴娜小姐。看她揹著畫架，應該是要畫日食的寫生沒錯。

八點二十二分，這次鏡頭的主角是我和司馬伶。的確我們就在那個時間一同離開酒店，前往欣賞日食。

八點四十一分，阿曼達與丹尼一同離開酒店。原本打算同行的莎拉最後還是留守酒店，一直坐在接待櫃檯的位子，沒有離開過閉路電視的範圍。

司馬伶補充說：「接著的一個小時酒店大廳都沒有異樣，閉路電視畫面只是一直映著莎拉坐在接待櫃檯。」

到九點四十一分，日全食開始；錄影帶的影像變得模糊，這時候莎拉離開了酒店櫃檯，鏡頭看不到她的蹤影。接著過了半分鐘，一位戴冷帽口罩並穿厚衣的神秘人從酒店正門進入，因為莎拉沒有值班，該名神秘人得以快速地闖入酒店，行為非常鬼祟。

司馬伶說：「只是由於當時日全食，酒店大廳突然變暗，閉路電視沒有很清楚地拍到那神秘人的模樣。於是我便請纓利用『分形幾何學』替警察他們重塑並分析影像。」

分析結果得出，那神秘人無論身高和外形都跟本傑明很相似，有理由相信在九點四十一分闖入酒店的神秘人就是本傑明。

我問：「所以博士是被自己的兒子殺害？」

「會這麼想亦十分合理，而且戴娜首次收到博士的求助短訊同樣是日全食的一刻。」

「可是既然博士當時知道自己有危險，為什麼不離開房間求救，而是選擇寄短訊？」

司馬伶皺眉說：「這個還不清楚。但後來我們知道，當時博士留在酒店是有他的原因呢，之後再補充。」

司馬伶繼續說錄影帶的內容，接下來是九點四十七分，日全食結束，莎拉回到酒店櫃檯值班。之後畫面無甚可疑，直至早上十點我和戴娜趕回酒店，並收到了博士第二個求助的短訊。

接下來在酒店大廳所發生的事我自己也在場，所以無須再解釋。

我把第一個感想告訴給司馬伶：「這樣最有可疑的還是本傑明吧？畢竟當時酒店內就應該只有博士、本傑明和莎拉三人。但博士寄第二則短訊時莎拉跟我們在一起，這樣她便有不在場證明。」

再加上是密室殺人，兇手未必及時從兇案現場逃脫，這樣殺害博士的人只可能是本傑明。

「這樣想不對喔。」司馬伶說：「博士寄出第二則短訊的時間並不等於你們收到短訊的時間，換言之中間出現了所謂的『時間差』。」

我好奇地問：「手機短訊正常只需幾秒鐘，慢的就一分鐘左右……時間差也不會有什麼影響吧？」

司馬伶則露出得意的笑容，「這種想法才是問題呢，警察都犯了相同的錯，卻被我一語道破。」她續說：「重點是酒店大廳的電視機，平常都一直開著的吧？可是你跟戴娜趕回酒店時你記得大廳的液晶電視是怎麼樣？」

「沒有畫面呢，最初我還以為酒店沒有人。」

「對，翻看錄影帶也是這樣，剛好有拍到電視機的黑畫面。」司馬伶又說：「不過這很奇怪嘛，後來當我趕回酒店時我被鎖在門外看電視呢，換句話說當時電視又恢復了畫面，可是又有誰會在那種時間開關電視？」

我問：「所以是日全食的時候電視出現了故障？是什麼電磁波干擾了機械嗎？」

「笨蛋，如果機械受干擾，閉路電視也不能倖免啦。可是整個早上的畫面都沒有故障啊。」司馬伶不耐煩地說：「所以電視沒畫面，問題不在於機械，而是信號。」

「電視信號嗎？」我不明白，「電視信號有問題跟博士的死有什麼關係？」

司馬伶卻不滿意我的答案，反問道：「你忘記了酒店的電視和博士的電話有什麼共通點。」

司馬伶沒有說出答案，像要考驗我一樣。也許她認為如果連這個題目也答不上的話我就沒有資格當她的助手？於是我閉上雙眼，很努力地回想她給予我的提示。

電視沒有畫面的問題來自信號，電視的信號是什麼？對了，海鸚酒店的電視是衛星頻道，就跟一般酒店無異，所以電視信號是衛星信號。原來如此，這就是跟博士手機的共通點嗎？

「尼爾斯博士使用的是高隱密性的衛星電話，如果當時衛星電視的信號有故障，博士所發的電話短訊可能同樣有延遲？」

司馬伶點頭說：「八十分的答案，如果能夠解釋到延遲的原因就更完美了。不過那個我也不清楚，畢竟我是龐加萊而不是伽利略。可以想像的是日食影響了衛星訊號的某一波段，又或者是衛星進入了月球的陰影令太陽能電池異常地中斷，甚至乎是因為日食導致衛星溫度急劇下降使零件發生故障。無論如何，我相信博士第二則的短訊應該在更早之前就寄出，不然由你們收到短訊到趕上405號房這一兩分鐘要完成密室詭計就太過困難了。」

「但是要證明妳的假設，看一下博士的手機不就行？」

「嗯，只不過警方他們要花時間解鎖博士的手機，因此無法即時跟戴娜的作比對。」司馬伶大笑道：「當然到最後成功解鎖博士的手機後一看，就印證了我的推理是正確無誤。好比一百年前英國天文學家透過觀測日食而證實愛因斯坦的廣義相對論一樣，像我們科學家的說話就是要比一般人更具前瞻性！」

「好啦好啦，知道妳聰明了。」我故意把她當作小孩一樣輕拍她的頭，「就結論而言，博士的死亡時間可能更加早吧。這樣莎拉同樣有殺害博士的嫌疑。」

「第二則短訊的發訊時間正好是日全食的一刻。」司馬伶回答：「而且不只是莎拉，其他人都有可疑。畢竟閉路電視只有酒店正門的影像，但如果犯人早有準備便能夠從後門入侵酒店。至於電梯的閉路電視也是沒有收穫，犯人大概是用走樓梯避過錄影的吧。」

「全部人都有殺害博士的可能性嗎？」我搖頭嘆息道。

不過司馬伶轉了話題，「其實在解鎖尼爾斯博士的手機後，警察還在手機內找到一則奇怪的訊息——『不要忘記$\pi/3\sqrt{2}$。下一個就是你，請留在房內等我』。」

「『下一個就是你』……這是兇手寄給博士的恐嚇訊息吧！怎麼博士不早說呢？」

司馬伶冷冷回答：「因為$\pi/3\sqrt{2}$。」

「欸？那又是什麼意思？你們數學家就不好好說人話嗎？」

「游生跟西格德他們一樣笨耶，而且你應該比他們更清楚才對。不懂的話就用計算機計算一下答案。」

我照著辦用手機計算$\pi/3\sqrt{2}$，答案是0.740480489693。這是什麼鬼？

司馬伶問：「0.74喔，即是74％，還想不起來嗎？」

——『克卜勒也認為這是最有效的裝球方法，最高可以填滿74％的空間。』

——『在一百立方公尺內，六方最密堆積大約能裝入74個體積1立方公尺的圓球。』

司馬伶凝重地說：「74，那是克卜勒猜想的最高密度。」

10

再次從司馬伶口中聽見克卜勒猜想，一陣無力感突襲全身；我整個人放鬆躺在沙發椅上，感覺所有事情終於要串連在一起。

我喃喃道：「數式、克卜勒猜想、短訊、密室殺人……究竟中間又有什麼關聯？」

司馬伶回答：「實際的意思我也不清楚，但那則恐嚇短訊至少說明犯人知道克卜勒猜想，而且克卜勒猜想是犯人與博士之間的共同密語。」

「這樣的話殺害博士的兇手可能也是數學家呢。」我瞄一瞄司馬伶，她不正是衝著克卜勒猜想而來米基內斯的嗎？該不會是這小妮子做的吧？

「你這眼神算什麼意思？」司馬伶鄙視著我說：「枉我還一心保釋你出來，你這助手都不懂感恩。」

「是我不好啦，謝謝妳。」

司馬伶清喉嚨說：「嘛，因為那奇妙的數學算式，所以西格德也不得不請求我的協助。只是當時他依然懷疑助手你跟案件有關，所以拒絕了你的保釋。」

「真頑固。」

「我一時之間也不懂怎麼辦。」司馬伶說：「剛好在那時候，麥克斯就把你的照片交到我手上。」

我質問她：「妳有發現到照片的兩個矛盾吧？」

「這還用說嗎？要是我沒有發現，我也沒有資格當你的主人了。」

這丫頭不止把我當成助手，還開始視作僕人了。她繼續說：

「首先是拍照的時間，三月十八日的清晨四點四十四分。照片裡面看見我的房間有亮燈，這是因為那一天早上我們正準備跟戴娜一起看日出。」司馬伶揮舞手上照片，露出邪惡的笑容說：「可是這裡出現了一個不尋常的地方，就是助手的房間沒有亮燈。根據我的記憶，明明我在之前就打電話給你叫你開燈提神，偏偏這張照片就沒有這回事。這種跟認知矛盾的感覺到底是什麼原因？」

「靈異現象？不對，是物理現象。什麼鬼神的一點都不科學。」司馬伶笑說：「助手也太走運了，遇到餐廳的老闆娘不是用傻瓜相機或者手機拍攝，所以鏡頭才用上偏光鏡吧？偏光鏡能夠過濾諸如玻璃窗反射的偏振光，偷拍佳品，我想這個游生也很清楚吧？」

不知道她是說我喜歡攝影還是喜歡偷拍，但她說的東西我當然知道。我還知道這是露沙被殺的當晚，我和司馬伶分別在窗外看到不同畫面的原因。

司馬伶繼續解釋：「偏光鏡的特性是中學物理科的知識，簡單來說當光線穿過垂直的偏光鏡就會變成垂直的偏振光，穿過水平的偏光鏡就是水平偏振光。我們到戲院看立體電影所戴的眼鏡就是兩塊不同偏振方向的鏡片，左右眼分別看到垂直或者水平偏振光，從而達致雙眼分別接收不同影像的效果。」

不愧是眼鏡的專家，這方面司馬伶應該是權威。

我補充說：「其實相機的偏光鏡還有分圓偏光（CPL）和線偏光（LPL），妳剛才說的是最簡單的線偏光，跟立體眼鏡一樣。如果我們把立體眼鏡面對面重疊的話，垂直偏光鏡與水平偏光鏡就會完全過濾所有光線，因此變成不透光，這就是那張照片裡我的房間沒有亮光的原因。」

「換言之助手房間的窗戶被貼了偏光膠紙，我的窗戶也是，只不過偏振光的方向不一樣所以看到的結果也不相同，就好像立體眼鏡的兩個鏡片一般。」

我附和道：「所以我認為當晚我們在窗外灌木林見到的鬼影也只是立體投影而已。我們分別隔著兩個玻璃窗看，我看到藍光，妳看到紅光，就好比戴上立體眼鏡左右眼睛看到不同的影像罷了。」

司馬伶生氣地說：「根本那不是什麼鬼魂作祟，只是某人的惡作劇！弄惡作劇的那個人太可惡了！」

「能夠在酒店房貼偏光膠紙應該就是酒店的人吧？」

司馬伶走到窗前說：「可是我檢查過玻璃窗上的偏光膠紙，邊緣積有不少灰塵，看來不是最近才貼上的。所以說是誰做我也沒有頭緒，但在灌木林播放立體投影的人肯定知道酒店窗戶這小秘密！」

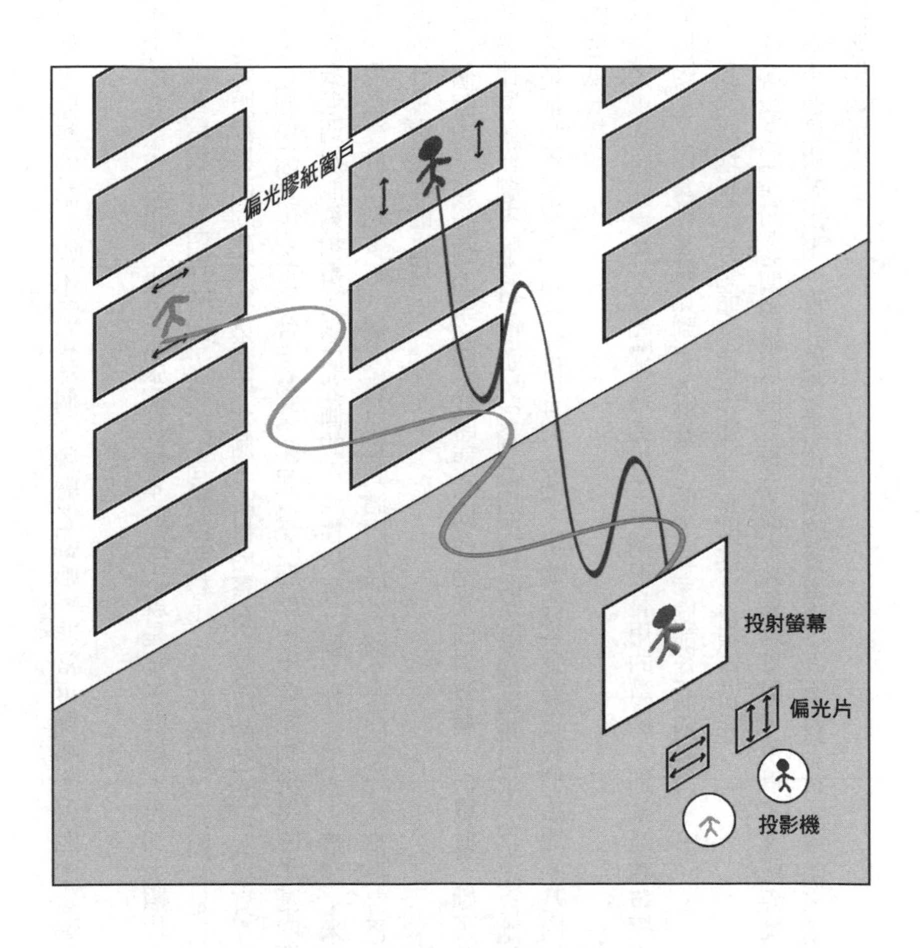
偏光膠紙窗戶
投射螢幕
偏光片
投影機

「從動機方面想的話，妳不認為那個『餐廳老闆娘』非常可疑嗎？可能她想嚇跑妳離開米基內斯呢。」

「助手你的想法也沒錯，畢竟這張照片原本的主人就是那老闆娘，再加上照片上出現的第二個矛盾——她在給我們看照片時撒了謊。」司馬伶解釋：「當時她說這張照片是在餐廳用望遠鏡拍攝的，可是照片裡面的建築物是酒店北側，跟村內餐廳在酒店南面的這個事實互相矛盾。」

「對嘛，我們房內看出去也只是看到酒店北邊的海岸，不會見到南邊的米基內斯村。」我說：「所以餐廳老闆娘能夠拍攝到酒店北側的可能性只有一個，就是她本人離開了米基內斯村繞到酒店北面。但是凌晨四點多，一個人摸黑走到酒店有何企圖？這個怎樣想都很奇怪吧？因此我猜她就是灌木林鬼影投射的真兇。」

「正是這個原因，我收到助手的照片時便立即找她當面對質喔。很遺憾，她否認了自己有在灌木林做過什麼惡作劇，唯獨日前那封寄到酒店門口的恐嚇信則親口承認是出自她的手筆。」

我記得就是那封寫錯了「司馬」拼音的信吧。信的內容就警告我們離開米基內斯，跟老闆娘在餐廳的態度一樣。

司馬伶續道：「除此之外，老闆娘還提供了一個很有用的證供，那就是她會摸黑拿著相機走近酒店的原因——因為她當時見到有人帶著無頭黑影一同前往海鸚酒店。」

「欸？」我驚訝地說：「到頭來還是和怨魂有關嗎？這怎麼可能。」

司馬伶回答說：「我想老闆娘她以前曾經在灌木林見過鬼影，所以才會疑神疑鬼吧。看她的害怕的反應不像是假裝出來，也許她也是惡作劇的受害者……不對，可能整個米基內斯島上的村民也是被惡作劇玩弄了。」

我冷靜下來，重新整理一遍剛才司馬伶所說的話。換言之當晚那位餐廳老闆娘在凌晨見到無頭鬼影走進酒店，於是她一直尾隨到來，並在酒店外面拍下被詛咒的相片。

我恍然大悟地叫喊：「即是老闆娘看見有『無頭人』走入酒店，與窗外我們所見到的『無頭人』剪影是同一東西嗎！」

司馬伶嘆氣搖頭道：「還以為你明白什麼，原來你還沒有想到無頭人的真身啊？」

「……如果妳知道就告訴我嘛？」

「不，助手保持這樣就好。要是什麼都聽我說的話，那麼你就會失去了獨立思考。我需要助手從別的觀點跟我一起查案，而不是需要另一個自己在身邊。」

「好吧……這個我再想想。」

「嘛，就結果而言，我有把無頭人的真相告訴給西格德知道，就用作交換助手自由的條件。再加上之後莎拉又在燈塔遇襲，西格德也沒有再堅持要把你關起來了。」

我問：「燈塔那件事的詳細是怎樣？」

「莎拉暫時被移送到島外接受治療，所以我也沒有機會親口問她詳情。據西格德所說，就是莎拉在晚上十點左右一個人走到燈塔上看風景，然後被神秘人從燈塔瞭望臺推了下來。」司馬伶繼續說：「第一個發現莎拉的是丹尼先生，他等到十二點鐘酒店關門還沒有見到莎拉回來，擔心她出意外便開著全地形車走到燈塔附近，並發現莎拉昏迷倒在草地上。」

「不愧是認識多年的好朋友，這就叫做心靈相通吧。」我感慨說。

「科學一點說，尼爾斯博士和本傑明相繼在酒店內被殺已經令莎拉非常頭痛；我看莎拉今日一整天都非常不舒服似的，我想丹尼先生也應該察覺得到吧。而且莎拉也說過自己很喜歡那座燈塔，所以才把燈塔介紹給我們看日出。」

「喜歡的地方卻差點變成了自己的葬身之地……」

司馬伶總結道：「以上就是今晚所有發生的事。終於把情報分享給助手了，今晚就先這樣吧。」

「欸？不繼續調查嗎？聽西格德說我們就只有明天一日的自由行動啊？不擔心沒有足夠時間找兇手？」

「就是只有一天，我們才要養精蓄銳嘛。」司馬伶拍拍扁平的胸口說：「再者一連串的案件我已經想通了一半。放心吧，我一定不會讓助手再回去牢房的。」

「既然妳這麼說，那今晚就到這裡解散吧。」

「對，明天才是好戲開始。」

第五章——司馬伶猜想

1

「很早呢，昨晚睡得不錯嗎？」

「托助手的福，很久沒有睡得這麼好了。」

第二天早上八點鐘，司馬伶從二樓餐廳取了幾個三明治上來我的房間，然後我們二人就在房內商量接下來的行程。

我在桌上倒了兩杯柳橙汁，接著問她：「名偵探小姐，今天妳打算從哪方面入手？」

「果然還是從最初的案件開始吧。」

「但露沙小姐遇害的案件，之前我們不是已經徹底調查了一遍嗎？難道出現了新的線索？」

「當然有喔，但你也誤會了我的意思。」司馬伶把手上的三明治吞掉後，便拍拍雙手，拿出手機，「對了，先找西格德他們幫忙給我找些資料。」

「警察他們什麼時候也變成妳的助手？」

「這也是交易的一部分，雖然就只有今天。」說著的同時，司馬伶用雙手在手機打訊息，雖然動作非常快，不過要交代的東西亦非常多，於是過了半分鐘司馬伶便吩咐我把柳橙汁遞過來。

我把柳橙汁遞到她嘴邊，但她只是張開口，眼睛始終盯著手機屏幕。我非常無奈地，又小心地把柳橙汁餵給她喝，好讓她繼續聚精會神地跟手機對面的西格德討價還價。

「好！完成任務。」司馬伶收起手機，戴上粉紅框眼鏡，「要重新調查露沙的案件囉。」

「妳到底跟警察他們套了什麼資料？」

「暫時還是秘密，等收到資料後再解釋吧。現在我們要做的是回去現場調查。」

「現場調查？即是當晚那一間酒吧嗎？」

「沒錯，就是酒吧。連同新的線索一併考慮。」司馬伶很快就從睡床彈下來，穿回鞋子，並催促我出發。

一個小時後，我和司馬伶來到米基內斯村，並看見麥克斯正在酒吧門前把守；某程度來說麥克斯一直都站在司馬伶的一方，所以簡單解釋來意後他就讓我們進入酒吧調查。

踏進酒吧後，我看見現場環境已經清理妥當，血跡什麼都沒有留下，難以想像還會有什麼線索殘留在現場。

這時候麥克斯就走過來跟司馬伶發牢騷：「案發已經第三天了，還沒有找到什麼有力的證據。這樣下去就算找到犯人也沒有證據判罪吧。」

「確實不妙。」司馬伶托著眼鏡框說：「只不過，這也都是這次一連串事件最奇怪的地方。」

我不明白她的意思，但司馬伶也沒有解釋下去，只是閉目沉思。

良久，她終於吭聲問：「對了，不見酒吧的主人呢？」

麥克斯回答：「日全食已經結束，島上又不安寧，遊客都離開了吧。沒有生意所以老闆也不在酒吧，好像到了村內的旅客中心歇腳。」

「好，無論如何都有一件事情要問清楚。」司馬伶很爽快地就立即回頭，離開酒吧。

「伶，所以妳來酒吧不是因為有什麼新的線索嗎？怎麼這樣快就走了。」我急步追出門口問司馬伶。

然後她回答說：「游生還不明白嗎？所謂新的線索就是之後發生的幾宗案件啊。」

「欸？這是什麼意思？」

「之前我們縱向調查，只懂一味深入探究露沙的死。但隨著後續事件不斷發生，我們應該在案發的時間線上橫向分析，把所有案件都一同處理。如此變換觀測方法的話說不定有新發現呢？就像十九世紀猶太裔數學家赫爾曼・閔考斯基透過勞侖茲變換，將擁有時間曲率的非歐幾里得空間重新定義成四維閔考斯基空間，好讓愛因斯坦在此基礎上完成廣義相對論一樣。」

司馬伶又補充說，非歐幾里得幾何，即是沒有平行線的世界。譬如地球儀上垂直的經線，看似平行，但最終也會在南北極點相交。因為地球是圓的，這個世界也是圓的，不會有永不相交的平行線；因果也是一樣，只要犯過的罪都一定留下痕跡，天網恢恢。

我不禁要說一句：「就是換個觀點而已，不用說得那麼深奧吧。」

「沒有特別深奧啊，只是你笨不明白。」

「哎呀，妳忘了是誰給妳『真正的新線索』嗎？不然妳這膽小鬼到離開米基內斯還發現不了照片的秘密。」

「哼，如果助手想擺脫助手的身分的話，你就告訴我轉換觀點後看到的新發現嘛？」司馬伶對我做鬼臉顯然在挑釁我。

然而很不幸的是，我確實不及她聰明。於是她便解釋說：「之前我們花了很多時間研究兇手殺害露沙的動機，但都沒有成功。可是假設一連串事件都是同一個人所策劃的話，換言之所有事件都有共同動機，要推理就簡單得多了。」

照司馬伶所說，假如所有事件都有關聯，露沙的死、尼爾斯的死、本傑明的死……從遺產方面看最大得益者就是戴娜，現在她甚至是遺產的唯一合法繼承人。

假如沒有意外發生，理論上遺產的較大部分應該落入本傑明手上才對；所以露沙生前也指責過戴娜不滿遺產分配，更提議這趟死亡之旅。

這是最簡單的推理，亦是我最不願意面對的，尤其司馬伶好像已經知道真兇的身分更讓我不安。但我仔細想清楚，這推理果然有些什麼地方出錯吧。因為第四個受害者莎拉，她被推下燈塔對戴娜沒有好處啊？

只是司馬伶打斷了我的思緒，並認真地告誡我：「總之你要小心戴娜就是。」

2

我和司馬伶來到旅客中心，玻璃大門依舊貼著日全食的海報，但店內比起日前就冷清得多。我推門走進裡面，眼前除了看店的女職員就只有一位大叔坐在沙發上看報紙。

「先生早安，」司馬伶直接走到那位大叔面前說：「請問你就是隔鄰酒吧的主人嗎？」

「啊……你們是幾日前的客人吧，我認得妳。」

畢竟兇案當晚，最活躍在酒吧周圍蒐集線索的人正是司馬伶，所以酒吧主人留下深刻印象也不奇怪。

司馬伶躬身說：「那一晚的事情為老闆添了麻煩，不好意思。」

「那個嘛，發生這樣的事情大家都不願意看到，我也很遺憾。」酒吧主人放下報紙苦笑說：「希望兩位沒有因為當晚的事而對米基內斯留下壞印象吧。」

「沒有這回事。這小島其實我很喜歡喔，不論風景還是鳥兒。」司馬伶說著的同時，又走近展示在貨架上的北極海鸚布偶，抱起它喃喃自語：「果然不是錯覺啊。」

我說：「妳這麼喜歡它，不如我買來送給妳吧？」

只是司馬伶不像以往傻乎乎地抱著布偶，而是若有所思，皺著眉頭把布偶放回貨架上。她沒有理會我的提議，而是繼續問酒吧主人：「對了，看老闆你同樣很喜歡米基內斯，是這裡出身的嗎？」

「是的，我小時候都在米基內斯生活。後來為配合政府的城鎮化發展便搬到托爾斯港打工，在首都存了一點錢後，又回來這小島開酒吧囉。」

「是什麼時間回來的？」

「欸？大概十年前左右吧，不太記得了。」

司馬伶微笑點頭，「原來如此，果然和我所想的一樣與事件毫無關係，不錯、不錯。」

我問：「妳又想到什麼了？」

「嘻嘻，不告訴你──」

說到一半，司馬伶突然睜大雙眼，就像看見外星人一樣。我望往她視線的方向，見到櫃檯放了一本旅遊書，其封面竟剛好是眾人圍圈跳北歐鏈舞。

「老闆！」司馬伶雙手亂抓長髮大叫：「話說酒吧的木地板穿了個小孔，你知道嗎？」

酒吧主人回答：「哦，那個好像是最近才被弄穿的，也許是搬桌椅的時候不小心撞破的吧？」

司馬伶又急步走到櫃檯拿起旅遊書，並把它展示到我面前問：「助手，你看這個書封面有覺得什麼怪異嗎？」

「與其說怪異……應該說封面的鏈舞跟我們跳的有點不一樣吧，尤其是牽手的方法。」我解釋說：「當晚我們是互相繞手圍圈，可是書封圍圈的人都是手牽手，用左手掌心搭在右手掌心上。不過這又有什麼分別？」

司馬伶緊張地質問旅客中心的職員：「哪個才是傳統的鏈舞？」

「哦，書封的比較常見，但繞手圍圈也沒有錯吧。鏈舞最重要是大家手牽手連在一起，高高興興地圍圈跳舞慶祝——」

「不對！對於兇手的詭計來說，牽手的方法才是最重要的！」司馬伶抱頭蹲在地上，全身顫抖，就像把渾身的氣力都集中在腦袋之中，然後開始自言自語：「兩種牽手的方法究竟有什麼分別？結構的分別？幾何學、位相幾何……沒錯！在拓樸上有根本的分別，是S2和S1×S1的分別！」

突然司馬伶整個人彈了起來，一邊大喊「Eureka！Eureka！」，一邊跑出旅客中心外，像瘋子一樣。我只好為她的失禮跟在場的人道歉，順便買點伴手禮當作賠罪，然後再追出去捉回司馬伶。

「伶！別到處跑啊！」

我現在才知道動若脫兔的意思，在草原上亂跑的、野生的司馬伶，要捉住她非常困難，真是麻煩的孩子。結果我們一直在村裡追逐，跑了五分鐘左右司馬伶才停了下來。

她轉身捉住我的肩，興奮地說：「助手啊，我解開了酒吧的另類密室殺人的謎團了！我真是天才！」

大概是太過興奮，說著的時候她又不斷捶我的胸口，外人看見以為是我要對她做什麼了。

「我知道妳了不起啦，妳先冷靜下來吧。」

「啊……抱歉，失態了。」司馬伶忽然又變得矜持，靜若處子。

「所以妳又知道什麼……唉，反正妳現在也不打算告訴我吧？」

「對，助手一直保持自己的觀點陪在我身邊就好。」

「那好啦。」我嘆氣問：「即是露沙的案件妳已經知道真相，那接下來要調查哪件事？順著時序的話應該就是博士的密室殺人，但既然我們來到米基內斯村，不如先往燈塔看看吧？莎拉在燈塔被人推下來也讓我很在意。」

司馬伶想了一會，便回答說：「就聽你的，下一站是燈塔。」

3

因為解決了一個疑團，司馬伶心花怒放，一邊哼歌一邊在草原上跳著走路。從米基內斯村到燈塔途中需要經過一座橋，木橋雖然周圍有欄杆，但寬度只是足夠二人並行，於是我便提醒她不要得意忘形亂跳亂跑。

真是的，到底我是她的保母還是助手？

過橋之後，司馬伶一見到白色燈塔便跑了上去。我嘆了口氣，再深呼吸一下，無奈地也追隨她的腳步跑進燈塔內。

「噠噠噠」的跑步聲在旋轉樓梯間迴響著，我跑到最頂的盡頭，卻發現司馬伶站在瞭望臺的門前動也不動。

原來是一位意外的人物比我們早一步登上燈塔瞭望臺，那個人就是丹尼。當時丹尼正倚在燈塔外牆抽菸，然後一見到司馬伶出現就嚇了一跳。

司馬伶便首先點頭跟丹尼打招呼：「這麼巧呢，居然在這裡碰到丹尼先生。丹尼先生來燈塔做什麼？」

丹尼呆愣一會，始放下菸蒂說：「啊……就散心而已。這裡的景色不錯吧，妳看赫茨森的千金也在對面碼頭寫生。」

我們望向丹尼遙指的方向，在對岸的碼頭確實見到有少女架起了畫架寫生，十居其九也是戴娜吧。

丹尼又問：「反而我沒有想過兩位會來燈塔參觀呢。」

司馬伶則回答：「我們是來調查昨夜莎拉小姐被推下燈塔的事件。聽說丹尼先生是第一個發現莎拉遇襲的人呢？你知道莎拉是在燈塔的哪個方位被推下來？」

「我也沒有親眼目睹被推的一刻，只是我在燈塔西邊的草地發現傷痕累累的莎拉……我猜莎拉當時就在西邊的瞭望臺被推下吧？」丹尼沒有自信地這樣說。

於是司馬伶也走到瞭望臺的西側，雙手抓住欄柵，並把頭伸到瞭望臺外往下俯瞰。

「伶，小心一點啊。」我叮嚀道：「這裡很高，掉下去很危險喔。」

司馬伶只是自言自語：「二、三十公尺的高度，掉下去假如著地的姿勢不好，很可能會當場斃命呢。」

丹尼卻隨即反駁說：「莎拉她這麼好的人，自然有天主保佑，所以才會大難不死。」

「對呢，如果是助手跳下去的話應該是必死無疑。」詛咒完我之後司馬伶又轉為關心的語調慰問道：「丹尼先生有探望過莎拉小姐嗎？她現在還好吧？」

「嗯……莎拉已經醒了過來，沒有什麼生命危險，就是行動不方便而已。休養一段日子應該就沒事吧。」

「聽到這樣我就安心了。」寒暄之後，司馬伶開始問丹尼有關案件的事：「據說昨夜因為莎拉過了十二點也沒有回酒店，於是你便駕著全地形車到處尋找莎拉的行蹤？」

丹尼立即有所警戒，「話是沒錯，但問這個做什麼？你們又不是警察。」

「我們也想幫忙找出襲擊莎拉小姐的兇手啊，難道丹尼先生不想知道誰要對莎拉不利嗎？」

「這個……我當然想知道。」

「嗯，因為丹尼先生很喜歡莎拉小姐，對吧？」司馬伶不懷好意地笑說，讓丹尼有點不知所措。

丹尼只好尷尬回應：「……莎拉對其他人都很友善，是一位難得的女士。」

「當你知道莎拉被其他人襲擊，你應該會非常痛恨那兇手吧？」

「沒錯，無法原諒任何傷害莎拉的人。」

司馬伶點點頭，又問：「所以昨晚你發現莎拉倒在地上的時候，你沒有看見現場有其他可疑的人物嗎？」

「很遺憾，沒有看到。」丹尼又補充說：「而且當我發現莎拉時，看見她身體十分虛弱，就只是想盡快把她送到村裡的醫護所而已。所以就算在場有兇手，我看漏了也不意外。」

「換言之或許正是丹尼先生的出現，使兇手錯過了補上最後一刀的機會呢。這樣的話你便是莎拉小姐的救命恩人了。」

其實我也有懷疑過，假如兇手要殺死莎拉的話，怎麼推下燈塔後沒有去確認她的傷勢？要是看見莎拉沒有死的話，隨手拾起一塊大石敲她的腦袋就好，反正當時莎拉全身骨折根本沒有反抗的能力。

所以就是丹尼中途撞破兇手的殺人計畫嗎？抑或有其他原因？

丹尼冷靜地回應：「不敢當。我只希望事件盡快結束，好讓我們過回正常的生活就好……」

「最後一個問題，」司馬伶問丹尼：「當你發現莎拉小姐的時候，莎拉是否已經失去知覺？」

「是的……幸好只是短暫的昏迷，醫院解釋是從高處掉下所造成的腦震盪。」

「我明白了，謝謝你的合作。」

縱使整個問話過程，司馬伶看起來都是面不改色；但我看得出她的眼神非常滿足，大概又有什麼發現吧。正因如此她才會沒有繼續追問，連燈塔的瞭望臺也沒有怎樣調查，就拉了我走回地面。

我們二人走出燈塔後，我便問司馬伶：「燈塔的調查就這樣好了嗎？」

「不，我還想多看一會。」司馬伶邊說邊走，並走到燈塔西邊的草地，即是昨晚丹尼發現莎拉的地方。

司馬伶俯身低頭在草地上踱步，反覆走了數十次，害得在旁邊看著的我都差點兒睡著了。究竟她在找什麼？

「找到了！」司馬伶在草堆中拾起一塊黑色的碎片，說：「好像是燒焦了的碎紙呢。」

「可能是這樣吧，這就是妳要找的東西？」

「可以算是。」

但司馬伶隨手就把那枚碎紙丟回草地上。我不禁要吐槽說：「那不是非常重要的證據嗎？」

「都燒焦了，那東西已經不能算是證據吧，應該放棄的就放棄。」然後頭也不回，司馬伶就離開了燈塔的現場。

4

「結果也不知道是誰把莎拉推下燈塔呢。」我嘆氣道。

「都是意料之內，否則警察不會毫無頭緒。」

司馬伶言下之意像是醉翁之意不在酒，總之燈塔的調查就這樣結束，酒吧的也一樣。於是我問：「偵探小姐，接下來應該輪到在酒店的兩宗殺人案吧？」

「最後兩個的兇案現場，４０５和５０５號房，」司馬伶思考一會才回答：「甜點留待最後才享用吧，在此之前我想見一下你喜歡的戴娜小姐。」

此刻司馬伶完全在享受查案，雖然外人看來好像不莊重，但正是這種狀態司馬伶才能百分百地投入當中。因此我便與她一起回到米基內斯村的碼頭，並看見戴娜依然獨個兒站在岸邊繪畫。我猜戴娜正在挑戰之前失敗了的燈塔寫生吧。

然而司馬伶直截了當地，一見到戴娜便走過去打招呼——雖然戴娜只管聚精會神在眼前畫布，沒有回應司馬伶的問候。

我告訴司馬伶：「當戴娜畫畫的時候，身邊發生什麼事情她也不會管呢，這個上次看日出的時候妳也知道吧。」

「說來也是，戴娜小姐的性格確實古怪。」

「妳有資格說別人？」我續問：「不過妳來找戴娜有什麼事情嗎？」

我又記起司馬伶叫我要小心戴娜，那是她懷疑戴娜的意思？

「沒什麼，其實只是好奇她為何一個人在碼頭寫生而已。」雖說好奇，但司馬伶的表情卻似乎在擔心戴娜。

不過戴娜沒有理會司馬伶，司馬伶也是束手無策，只好站在戴娜後面看她拿起畫刀刮畫。我同感好奇上前一看，看見畫布上面是白天燈塔的風景，在湛藍的海面上飛起一群海鳥，海浪隨著微風與岸邊草木一同搖曳，是一個令人心曠神怡的畫面。

看樣子戴娜的作畫也差不多最後階段，司馬伶便提議多等一會，並邊說邊翻看戴娜帶來的東西打發時間。其中一件最令人在意的是油畫夾，油畫夾原本是用來面對面固定兩幅已裝框的畫布，一方面保護剛完成的畫作，另一方面亦容易讓畫家攜帶。

不過現在油畫夾只是夾著一塊畫布，另一塊則在戴娜眼前的畫架上。於是司馬伶細心研究油畫夾上的畫布，原來是一幅已經完成的燈塔寫生；地點與角度都跟戴娜正在畫的一模一樣，唯獨是已完成的畫作背景是晚上的燈塔。

「咦？」我說：「前晚我也有陪戴娜一起到碼頭作畫啊，當時她說周圍太吵所以動不到手。我不知道原來她之後還有繼續在晚上寫生呢。」

司馬伶回答：「不是前晚畫的話，那就是昨晚吧。即是博士和本傑明遇害的一天，也是莎拉在燈塔被推下的一晚……真是巧合。」

「但這可以視作戴娜的不在場證據嘛？」我自問自答，「當我沒說過吧，畢竟油畫只是創作，無法作為她昨晚留在碼頭寫生的證據。」

不過司馬伶聽見我的說話感到驚訝，「游生你這幾天不是經常陪伴戴娜嗎？她的性格你應該比我清楚才對啊。」

始終不明白司馬伶的意思，但當我繼續追問時她只是叫我安靜讓戴娜把油畫畫好。如是者我們在草地坐下，等待了十多分鐘，終於看見戴娜冷冰冰地放下調色板和畫筆。

「戴娜小姐妳好。」司馬伶再一次打招呼。

戴娜如夢初醒般，「是你們……原來剛才感覺到身邊有人不是錯覺。」

「妳真的非常投入作畫呢，但我很明白這種心情。因為當我在思考數學時也會這樣，覺得整個世界只有我和數字。」

「嗯。」戴娜用沒有表情的笑容回應，除了動作生硬，看起來亦非常憔悴。

「話說這個時候妳來碼頭寫生，不怕有危險嗎？」司馬伶關心地問。

「就算危險，留在酒店也沒有安全的保證。」

想到戴娜父親和兄長的死，她的話沒有反駁的餘地。

「對不起，假如我能夠堅強一點，也許就能夠阻止事情的惡化。」司馬伶下定決心說：「所以我答應妳不會再讓悲劇重演，就當是為了戴娜小姐。」

「我無所謂。」戴娜望向海邊說：「四人來，一人回家，也不見得是個好結局。」

「抱歉……」司馬伶低頭說著，顯然開解別人不是她的強項。

但見司馬伶對油畫夾上的作品充滿好奇，這裡只好由我代為開口：「戴娜，妳昨晚也是一個人來到碼頭寫生嗎？」

戴娜點頭承認。

「這次很成功呢，是很漂亮的油畫。」

「謝謝。」

旁邊的司馬伶調整心情後，又再次開口搭話：「我個人來說比較喜歡晚上那幅燈塔畫呢，畫面很豐富很特別。」司馬伶走近該畫說：「夜空有短尾巴的星軌，襯托燈塔照亮大海，海面反射五光十色；與此同時又有一束紅光在橋上掠過，那就是妳昨晚在碼頭看到的風景？」

「沒錯。」

「在黑夜中依然察見各種光彩，我相信妳一定可以走出黑夜。」

戴娜疑惑地問：「為何這樣說？」

「沒有特別意思喔。但至少妳那幅油畫印證了我的猜想，因此惡夢很快就要結束了。」司馬伶又說：「妳記得昨晚是什麼時間到碼頭寫生的？」

戴娜搖頭表示不記得。

「不要緊，在妳畫中有一個等邊三角形的星軌停在海面上，這樣就足夠了。」

我說：「夜空的等邊三角形，冬季大三角。」

司馬伶滿意地回應：「就是獵人與大狗小狗的三顆星。游生，今晚你的工作已經決定好了。」

「妳不是想叫我今晚看看那三顆星的星軌跟油畫對比吧？妳不能用妳最擅長的數學來計算冬季大三角的出現時間嗎？」

「是可以計算，但難得你喜歡攝影，就把這工作交給你辦嘛。」司馬伶神氣地吩咐道：「首先拍下戴娜小姐的油畫，然後今晚同樣在碼頭拍攝不同時間的燈塔。如此一來就可以重現戴娜小姐昨晚在碼頭寫生時所見到的景色呢。」

「但這樣做有什麼意思？」

司馬伶搖搖手指說：「你沒有發現戴娜小姐的油畫跟丹尼先生的證供有明顯矛盾嗎？」

「欸？」司馬伶這麼重視戴娜作畫的時間，所以大概是跟丹尼關於時間的證供有出入吧。這樣說的話我大概也清楚司馬伶的用意。

「明白了，我照做就是，偵探小姐。」

「非常好。」司馬伶點頭說：「那麼我們是時候返回酒店了，我想西格德他們應該準備好我想要的資料。」

5

「司馬小姐，你們回來得正好。」

我和司馬伶返回酒店後在大廳遇見西格德，於是西格德便把一個ＵＳＢ隨身碟交給司馬伶說：

「這是妳想要的資料，請小心保管。」

司馬伶接過隨身碟後問：「全部資料都能找到嗎？」

「別小看警察的執行力。反而你們只剩下一天的時間，請好好加油吧。」

西格德把事情交代後離開了酒店大廳。這時候我看見今天在櫃檯值班的是阿曼達，我倆四目交投，阿曼達則顯得有點不好意思。

她主動對我說：「昨天很抱歉呢，因為看見客人你站在本傑明的旁邊，而且滿地鮮血……」

「不要緊，這種事情我早習慣了，我是說真的。」反正我就是這種命運。

然而司馬伶就趁機會跟阿曼達討價還價：「如果覺得不好意思的話，可以借你們的電腦一用嗎？最好還有印表機，我想把隨身碟的資料列印出來方便閱讀。」

阿曼達回答：「沒有問題，員工室的印表機和電腦就隨便你們用吧，跟我來。」然後阿曼達便打開了櫃檯和員工室的門讓我們入內。

員工室麻雀雖小、五臟俱全，畢竟這也是莎拉日常起居的其中一處。阿曼達帶我們走到角落的電腦前說：

「因為這臺電腦平日用來管理住客資料，我先登入客人的用戶給你們用呢。」

「麻煩妳了。」司馬伶點頭道謝後便坐在電腦前，把隨身碟插入電腦，並開始瀏覽和列印隨身碟內的資料。

除了西格德給自己的資料，司馬伶還在電腦連上學術論文的網站，並跟手上的資料作比對。然後不知為何，司馬伶更把其中一些網上的數學論文列印出來。

就這樣她在電腦桌前苦鬥了一個小時，印出過百頁的紙，讓員工室充斥著油印的氣味。

「完成了。」司馬伶從電腦椅站起來，對我說：「助手，去你的房間研究一下吧。」

「是的、是的。」換作是其他妙齡少女要上我的房間，我一定會滿心歡喜。可是聽見司馬伶的吩咐，我只能無奈地抱著一疊厚厚的紙跟她走。

關上305的房門，我把資料攤到床頭几上，好讓司馬伶在床上閱讀。我知道抱膝坐在床上閱讀是她的習慣，她隨手翻開幾頁紙，便告訴我說：

「這裡載有所有和這次事件有關的人的個人資料，包括姓名、年齡、學歷、職業、工作地址、居住地址等等。要保守秘密喔，不能被其他人知道西格德擅自把市民的隱私交到我們手上。」

我點頭同意，並問：「這些資料能夠幫助妳找到兇手嗎？」

「算是吧。」司馬伶又拿出其中一枚紙，滿意地說：「其實我最希望看到的就是她的資料，朱斯菲娜小姐。」

「朱斯菲娜？好像在哪裡聽過……啊，是二十年前自殺的死者？」

「嗯。如我所料，果然朱斯菲娜小姐是一位理科教師，尤其專長數學。這樣我的假設應該完成一半以上。」

看見司馬伶繼續翻看手上資料，我又好奇地問：「裡面還有其他關於那宗自殺案的資料？」

「對，例如這個。」司馬伶把其中一張紙交給我，裡面看來是一封信，可是寫的文字我看不明白。接著司馬伶又把另一張紙遞給我，「這是英文譯本，西格德他的工作很周詳。」

我把英文譯本拿上手看，信的內容是這樣：

原諒我，這是我唯一能夠離開絕望的方法。既然大家都把我當成白痴，我也不再留戀他們。原諒我用這種方式離開。

朱斯菲娜

「這是死者的遺書？」我問。

「正確，原本的信是在自殺現場的書房裡找到的。資料還附有二十年前的筆跡報告，肯定該信是死者親筆所寫。」

「我看這封信確實透露了她想尋死的意志……可是內容支離破碎，沒有上文下理，令人摸不著頭腦。」

「當然了，你不明白是有原因的。而且我大概猜到那原因，嘿嘿。」司馬伶用勝利的笑容望著我說。

「妳知道，但不會告訴我，就是這樣吧？」

「游生越來越了解我的性格，讓我很欣慰。」

「嘛……反正妳認為二十年前的事件跟今天的有關係就是了。」

司馬伶回應說：「很可惜西格德沒有找到當年第一發現者的身分呢。好像是說因為年紀小又沒有嫌疑，所以也沒有保存紀錄。」

我問：「可是除了二十年前的，還有沒有其他比較貼近現在的資料？」

「有喔，例如這個。」司馬伶把另一堆資料交到我面前。我接到手上，發現紙上記載的全部都是跟植物有關。

司馬伶解釋：「現在助手在窗外看到酒店北邊的灌木林吧？那是一種叫做『帚石楠』的植物，是北歐以及法羅群島常見的多年生灌木；既是蘇格蘭的標誌，又是挪威的兩種國花之一。花期是夏天，所以現在看起來只有枝葉，並不突出。」

「嗯？什麼時候我轉了上生物科的課？伶妳這些資料居然又跟案件有關係啊？」

「我在意的是灌木林的樹齡。既然是多年生的植物，一定有方法能夠測量它的樹齡，所以除了西格德提供的基本資料，剛才我在員工室也上網找了一些資料回來。」司馬伶續說：「檢測帚石楠的樹齡有兩種方法，一種生物學的，一種數學的，你要先聽哪種？」

「就生物學的吧……」

「生物學的話，帚石楠的樹幹其實也有年輪。換言之我們只把其中一棵樹砍下來，然後看它的年輪就會知道它的年齡。除此之外，我們還可以看看帚石楠枝葉的茂密程度，藉以估量樹齡；可惜這只是有經驗的人才能夠辦到做到，而我當然沒有這方面的經驗。」

「我也沒有。」在這裡我盡一個助手的責任，問她下一個問題：「那數學的方法如何？」

司馬伶心滿意足地回答：「對於數學家而言，『茂密』這兩個字太過空泛。可是我們能夠透過觀察枝幹確切的數目來計算出樹木的年齡。」司馬伶在床上爬近窗邊說：「百聞不如一見，我們是時候做點運動了。」

6

初時我還以為司馬伶只是開玩笑，豈料她立刻跳下床，穿回鞋子便開門跑下樓梯。

我連忙拾起房間鎖匙從後面追上去，當追到樓下大廳時，見到司馬伶從後門溜走，而且越跑越快，一直衝往酒店北邊的灌木林，亦即是剛才說過的帚石楠林。

雖然灌木林和酒店之間距離不遠，但山坡起伏頗大，我跑了一分鐘到達目的地時已經心跳氣喘。相反司馬伶面不改色，只是站在帚石楠前細心觀察。

我看眼前的帚石楠枝葉稱不上茂密，如果用猜的話大概也不是種了很久吧？可是如果被司馬伶聽見的話一定會說：我們數學不會瞎猜，而是要用數學的方法計算出來。

——1，1，2，3，5，8，13，21……

此刻司馬伶唸唸有詞，我問她在說什麼咒語，她便回答：「這是斐波那契數列（Fibonacci sequence），亦叫黃金分割數列。你聽得出剛才那些數字之間的關係嗎？」

我仔細地回想，不難發現從第三個數字開始，每個數字都是之前兩個數字的相加。

「答得很好。」司馬伶說：「這些數字我們叫做斐波那契數。斐波那契數在大自然之中無處不在，是神創造萬物的密碼。」

司馬伶又說，好比玫瑰花的花瓣有十三瓣、鳳梨表面劍狀葉子有八個螺旋、蘋果芯分成五塊等等，以上數字全部都是斐波那契數。有興趣的話可以自行找資料，就連黃金分割，以至螺旋星系的形狀都跟斐波那契數有關。

「所以用花瓣數目占卜都是無知的迷信，明明大部分花瓣的數目都是斐波那契數。」司馬伶如是說。

「為什麼會這樣？」我問。

司馬伶便回答，斐波那契數與大自然的關係可以利用以下的思考實驗理解：

假設有一對兔子，分別是雄性和雌性。牠們只需一個月時間就會生一對兔子，同樣是雄性和雌性；而且兔子有無限壽命，可以一直生育直至永遠。於是起初只有一對的兔子，一個月後便會多生一對。再過一個月待小兔子長大，牠們又會繼續生兔子，合共就是三對兔子。

如此類推：由一對開始，變兩對、三對、五對、八對、十三對……這就是斐波那契數列。

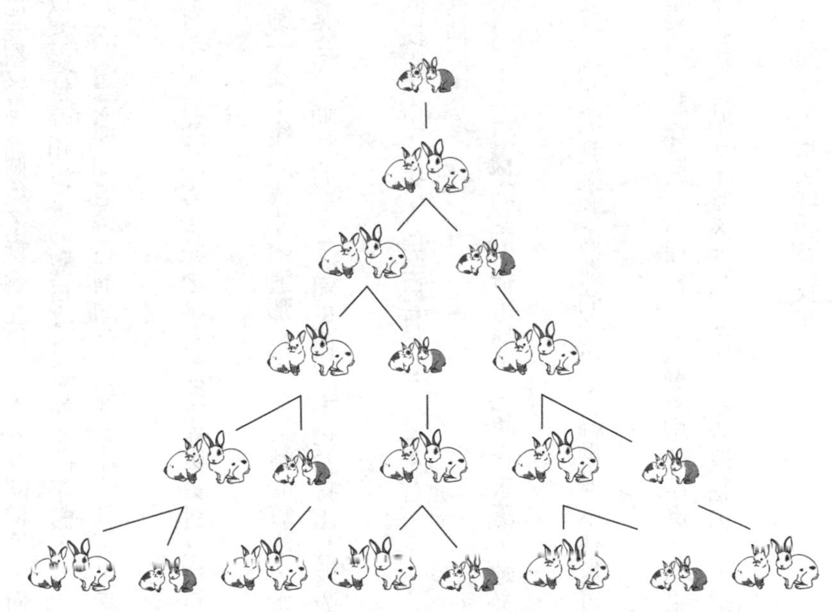

因此我們只要數一下目前兔子的數目，就能夠反推這個兔子實驗進行了多久。同樣地，樹木生長的情況亦與兔子的例子差不多，我們可以透過枝幹和樹葉的數目來計算樹木的年齡。

司馬伶又補充：「當然除了數數目之外，我們還需要知道帚石楠的生長速度才能計算，幸好我在網上找到相關的紀錄。」

我聽司馬伶說了很多，有明白的地方，也有不明白的地方。總之她有方法靠數數目來估算樹齡就對。

於是司馬伶垂下右手屈指計算，彷如風水師一樣；後來我才知道那是十二進制的算法，她說自己心算用十二進制比起十進制來得快。接著突然「啪」的一聲，司馬伶用手指拍打出聲響表示計算完成。

她心滿意足地點頭說：「果然這片灌木林的樹齡不出十年，甚至只有五至六年左右。」

「喔。」我只能同意她的話，不懂得給予其他反應。

至於司馬伶，她抬頭回望酒店，又再自言自語：「這樣的話就行得通！」語音未落，她又一口氣衝進灌木林筆直地跑。

我在背後看，實在不能理解她的行為。要是她想跑到米基內斯的北岸，繞過灌木林也可以，何必要穿越叢林勾得衣服破損？

當然我沒有選擇的餘地，只好小心地和司馬伶一起穿過帚石楠林，並繼續跑往岸邊。結果又花了大約一分鐘，眼前海天一色，一望無際；我們正站在米基內斯的北岸，聽著浪花拍岸，還有海鳥鳴叫的聲音。

司馬伶無言地走到眼前溼滑的石灘，獨自看著海邊風景。這時候我便說：

「伶小心一點啊，大石表面很溼滑，很容易跌倒。」

「對呢，有水分所以摩擦係數降低。」但司馬伶沒有理會，反而走向那個提醒遊人「小心墜崖」的警告牌，探頭看四周。

奇怪了，其實這個石灘我們又不是第一次來，初日觀賞北極海鸚的正是此地；我還記得在溼潤的青草地上棲息了大量海鳥，反觀現在跑來兩個傻子，海鸚群都被嚇得飛到海上盤旋，司馬伶只能呆呆地站在岸邊盯著牠們。

「Eureka！Eureka！Eureka！」

司馬伶忽然在石灘上邊跳邊叫，看得我大嚇一跳，連忙上前把她抱回草地上。不過司馬伶在我懷內繼續雀躍地大叫，又對我喊道：「我想通了！我想到答案！」

「好啦好啦。妳先冷靜吧。妳這次又想通哪件事件？」

「全部喔！」

這實在是意料之外，究竟在這個石灘司馬伶能夠領悟什麼？不過司馬伶很快又補充說：「不對，還剩下最後一個謎題留在博士房裡，我們趕快回酒店吧！」司馬伶說完之後立即把我推開，又一支箭似地沿路飆回酒店。

這小妮子實在過度活躍，她父母照顧她應該非常辛苦。我無奈地又拔腿跑在司馬伶後面，這次跑了五分鐘才回到酒店，而且感覺回程所花的氣力還比較多，於是來到大廳時我已經喘個不停說不出話。

7

「助手你是不是有點運動不足呢？」

「是妳『太過活潑』了吧？」來到酒店的電梯大廳，我喘著氣問司馬伶：「妳說博士房間藏著最後的謎團，那本傑明的案件就不用調查了嗎？妳不用到505號房看看？」

「本傑明被殺一案跟其他差太遠了，幾乎沒有任何詭計布置；那不是偵探要調查的案件，交給警察就好，我才不想待在那個充滿漂白水氣味的房間。」

「漂白水？」我不以為然，走進電梯後按下四樓，並繼續問：「那不理會本傑明的案件，但博士在密室被殺，妳有想到調查的方向嗎？」

司馬伶回答：「我想看一下博士的隨身行李，尤其是他的數學筆記。」

「妳肯定博士會帶數學筆記來旅行嗎？」

「當然了！雖然研究數學給人一種印象就是把自己關在房內埋頭計算，但其實數學家解決難題最需要的就是靈感。靈感可以是毫無預兆地出現，所以你看數學家在火車上或者飛機上都會拿出紙筆計算。」司馬伶推一推眼鏡框說：「像博士生前正在挑戰解決『黎曼猜想』這百年難題，我相信他一定會隨身帶筆記。」

數學家真是一種忙碌的生物，但司馬伶自己也帶了一堆論文來旅行，大概她的話沒有錯。

司馬伶又補充說：「其實博士的密室謎題我大概也看到眉目，只是還有一點我是怎樣都想不通的。」

「博士的死亡訊息？」

「對呢，助手越來越像樣了。」司馬伶微笑說：「博士的遺體旁邊留下505的血書，然後本傑明就在505號房死了。但我不認為博士能夠預知未來，一定有其他原因才讓博士寫下505這三個數目字。」

「可是妳有沒有想過，血字是兇手寫下用來擾亂警方調查的？」

「這不可能，我知道是不可能。」

一如既往司馬伶沒有解釋。待電梯門打開後我們便來到四樓的走廊，並看見麥克斯把守在博士的房間外。於是司馬伶說明來意，要求檢查尼爾斯博士的行李。

「數學筆記嗎？」麥克斯有點猶疑地說：「我記得參考證物裡面的確有一些跟數學有關的，包括案發床頭的數學筆記，行李內也有寫滿數字符號的筆記簿和論文……我想酒店裡面大概就只有司馬小姐看得明白，所以給妳看應該也沒有大問題。」

說畢，麥克斯便打電話給同袍請求協助，而司馬伶則吩咐如果找到那些筆記論文就送往自己房間，她會在304號房等待。

「咦？」我問：「妳不是要進房調查嗎？」

「我只想研究博士的數學筆記罷了。既然不在房內，405號房對我也沒有用處。」

「接下來只是等待嗎？」我嘆氣問司馬伶：「那我有什麼事情能夠幫上忙？」

「我肚子有點餓，麻煩你替我準備午餐，今天我可能要在酒店房內閉關研究。」

「好、好。沒有問題。」

這幾天已經習慣了當跑腿。於是我一個人回到米基內斯村的便利店，買了幾盒薄餅、幾瓶果汁，又回到司馬伶的酒店房替她沖泡。

一進房，只見司馬伶坐在睡床上目不轉睛地盯著一堆論文和筆記簿，似乎她已經把博士的研究資料拿到手。

三分鐘後，我把泡好的杯麵放到茶几，香氣四溢，她才驚覺道：「咦？怎麼杯麵會自己煮熟自己了？」

「妳在耍白痴嗎？我早就回來了啊。」

「原來助手也來了，我都沒有留意。」司馬伶放下筆記簿，然後跳下床拿起杯麵。她說：「看在助手替我煮麵吃的分上，我就告訴你一個小提示吧。」

「關於博士密室被殺的提示？」

司馬伶點頭說：「其實很久以前我已經察覺到，每次我跳下床踏在地毯上的回音也有微小的分別。你知道為什麼嗎？」

「因為妳吃太多變胖——慢著！那杯麵才剛泡好熱騰騰的！別亂來啊！」我看司馬伶想攻擊我，唯有正經地回答：「回音不同，表示地毯下面有暗格之類？換言之兇手是躲在密室的暗格又或者從秘道逃走？」

「是暗格沒錯，但不可能是秘道吧，你看房間的天花板又沒有開洞。」司馬伶邊吃杯麵邊解釋：「雖說是暗格，但空間應該不足以藏起一個人……打比喻的話大概只能放一隻海鸚布偶在裡面。」

這就是司馬伶給我的提示，但我想不通犯人如何利用地板的暗格來做出密室的布局。於是我說：「先不用理會我吧，妳自己的調查進展如何？博士的筆記對妳研究案情有幫助嗎？」

司馬伶舉起杯麵的杯喝湯，並回答說：「尼爾斯博士的筆記主要都是記錄他關於證明『黎曼猜想』的工作，那是一個不錯的方法，十分踏實，而且見解亦很獨到。」

「哦？我記得妳說過黎曼猜想是數學史上最困難的難題，但聽起來比起查案，妳研究這個好像只為個人興趣？」

司馬伶臉紅地說：「真失禮呢！我當然在查案啊！你忘記博士最後的謎題是５０５的血書嗎？畢竟博士是一個數學家，每個數字對於數學家來說都是有特別意義，因此我才想翻看他的筆記啊！」

「數字的意義嗎？」我隨意說：「４０４的話我知道是『找不到網頁』，但５０５是什麼我也不記得了。」

「那是ＨＴＴＰ的錯誤碼。可是尼爾斯博士又不是電腦工程師，不像會用這種暗語。」

所以司馬伶認為５０５是一種數學的密碼。於是我提議說：「不如妳解釋一下博士的數學筆記吧？也許我作為局外人能夠給到什麼意見。」

「嘛，我是可以說說。」司馬伶一副不相信我能夠聽懂的樣子，勉強回答。

如是者，我們午餐的話題就是黎曼猜想。簡單來說，就是一個叫黎曼的數學家給出一個函數（黎曼ζ函數），並說這個函數有無限多個答案會讓該函數的數值等於0，而且所有不顯而見的答案都必定會分布在同一數線上。

如果是簡單的函數我還明白，例如$x+1=0$，$x=-1$就是答案。不過那個黎曼ζ函數是很特別的函數，有無限多個答案，而且所有答案在數學座標上可以連成同一直線。

司馬伶說：「過去一百年有很多著名的數學家都嘗試證明黎曼猜想，卻全部都沒有成功。

於是尼爾斯博士轉換了思考，先把問題改變然後再去證明。」

根據司馬伶所說，要在二維的歐幾里得數平面上證明黎曼猜想相當困難，因此博士嘗試先在高維度的自訂空間證明黎曼猜想的正確性，接著再將自訂的空間用數式轉換成為現實的二維數平面之上。這就是空間轉換的證明方法。

過程我是完全聽不明白，所以我只問結果：「換言之博士成功證明了黎曼猜想？」

「如果成功證明的話，可能真的會被殺人滅口呢。」司馬伶說：「由於黎曼猜想的非平凡零解與質數分布有關，當數學家能夠解決黎曼猜想的時候，也許一併連質數定理都證明出來。那時候就會世界大亂了。」

因為質數其中一個最主要的應用就是電腦加密，如果質數的規則被破解，這同時亦意味著所有電腦的加密都可能會被破解。

不過司馬伶失望地說：「可惜尼爾斯博士的研究實在沒有進展啊……筆記上的證明手法雖然非常專業，但相比起證明克卜勒猜想的那份論文終究缺乏了一點靈氣。」

「畢竟是數學史上最困難的猜想，證明失敗也不能怪他。」

「話說回來，是空間轉換嗎？」司馬伶對著筆記喃喃自語：「這也算是命運吧。」

接著司馬伶便放下筷子，又跳回床上繼續研究。

8

血字的謎題非常困難，司馬伶在床上一看就幾個小時；一疊又一疊的數學筆記鋪滿睡床，另一邊書桌則放著空的薄餅盒，那是我們剛才的晚餐。總之我一個人百無聊賴地陪司馬伶讀書，真不知道她有何資格戲稱戴娜作公主。

酒店房內沒有任何消遣的玩意，開電視又怕吵到她，讀博士手稿又怕阻礙司馬伶的研究。我無所事事地打開書桌抽屜，看見裡面放著一本聖經便拿上手看；反正窗外天色已暗，或者會是鬼神出沒的時間，我唯一能夠做的可能只是唸經來保護司馬伶。

不過說了這麼多都只是我自己在做獨角戲，床上的司馬伶根本連瞄也沒有瞄過我。我想也許戴娜是有點學者症候群，但司馬伶的自閉功夫還更加厲害。

我再次望向窗外，夜幕低垂，晚空開始浮起繁星。尤其是我來法羅群島的這幾天晚上都沒有月亮，所以星星特別搶眼。

要是給司馬伶聽到的話定會說一堆科學理論，說日食就是太陽跟月亮連成一直線，理所當然夜晚就是新月。

「啊……」

我突然想起司馬伶在白天交代過一件事，好像跟星星有關？對了，就是要為晚上的星空拍照，用來跟戴娜的油畫比較。

冬季大三角嗎？這時間要到外面吃風真不好受，尤其米基內斯一直都颳大風。不過都已經初春，冬季的星星亦應該早早下山，理應不用在外面待太久才對。

於是我回房帶備相機和腳架，然後動身前往米基內斯的碼頭。反正都是用來跟油畫作比較，不如就索性去戴娜作畫的地點拍照吧。

十多分鐘的腳程，當我來到碼頭時，卻看見身材高大的黑影默默站在岸邊。

「西格德警官。」我主動打招呼說：「這麼晚了，一個人出來散步嗎？」

「嗯，差不多吧。」西格德瞄一瞄我，問道：「你還在擔當司馬小姐的跑腿玩偵探遊戲嗎？」

「不是玩遊戲。」我反駁道：「伶她可是非常認真的，她一定會在明天給你們一個答案。你就先聽聽她的意見，到時候覺得不對再否定也不遲啊。」

「你十分維護司馬小姐呢。」

「我只是不想她的努力被大人簡單地抹殺而已……」

西格德沉默一會，再說：「雖然我不認同你們，但有一點你也說得沒錯。」

「嗯？」

這是我第一次聽見西格德贊同我。接著我看見西格德回望海鸚酒店，慨嘆說：「二十年前警方確實沒有好好處理那一宗悲劇，假如明天司馬小姐能夠解決的話，對於米基內斯來說未嘗不是一件好事。」

我看得出西格德對於二十年前的事始終耿耿於懷。於是我架好相機架，並告訴西格德：「放心吧，我相信伶一定不會讓你失望。」經過這幾天和司馬伶的相處，我對她充滿信心，因此才會聽她的吩咐準備拍攝。

西格德聽見後，好像解開了心結般，冷笑道：「好，我會期待你們明天的演出。」然後就一個人離開了碼頭。

碼頭再次剩下我一個人。我拿出手機，翻開相冊，並按照戴娜的油畫調整腳架的方向。當一切準備就緒，我就用預先設定的排程讓相機自動拍攝星空。

現在是晚上九點鐘，冬季大三角確實出現在西方海上，位置與油畫的差不多，所以戴娜昨晚也大概這個時間開始作畫吧。

這裡是稍微的天文知識，星星跟太陽等大部分天體都一樣是東升西落。所以往相反方向走的天體就叫逆行，例如什麼金星逆行水星逆行，好像對占星有研究的人都認為天體逆行的日子都代表混亂不安。

不過太陽系外的星星不會看到它們逆行，換言之再過一會兒冬季大三角那三顆星就會從西邊海平線上消失。再看戴娜的油畫，畫中冬季大三角的星軌在接觸海平線之前就結束，換言之她作畫的時間一定比冬季大三角消失的時間還要早。

「這就是伶最想知道的東西呢。」我一個人在海邊自言自語。

明天司馬伶就要離開米基內斯，現在就是最後一晚，無論怎樣我都要堅持下去。

結果，晚上的十一點鐘，我看見冬季大三角的天狼星率先在海平線消失，司馬伶委託我要做的任務也大功告成——戴娜的作畫時間肯定在晚上十一點前！

我帶著這個消息馬上跑回酒店，縱然攝影器材都很笨重，但我希望能夠第一時間把這個結果告訴給司馬伶知道，想第一時間看她高興的樣子。

因此我回到酒店大廳也沒空等待電梯，直接跑上三樓，用她交給我的鎖匙把304號房的大門打開——映入眼簾的卻是司馬伶「大」字型躺在床上呼呼大睡的樣子。

我實在拿這小妮子沒轍，我以為她想知道戴娜的作畫時間才叫我出去看星星的？到頭來她居然連讓我告訴她的機會也不給就抱頭大睡。

我走近她的睡床，看見她睡姿毫無儀態，臉上還流露出詭異的笑容，不禁讓我搖頭嘆息。她不止邊睡邊笑，還做著開口夢，一直喊「Eureka……Eureka……」，彷如被鬼魂附身一般。

到底她明白什麼了？我環看房內四周，博士的資料就隨便地被司馬伶踢到床下，非常凌亂，然後桌上的薄餅盒旁邊還放著一本打開了的《聖經》。我看《聖經》也沒有505頁，司馬伶是怎樣解開真相的？莫非是聖女貞德般聽到大天使的聲音嗎？

無論如何，我已經叫不醒眼前這隻數學冤魂。今晚只能回到自己房睡覺，然後祈禱明天會有一個美好的結局。

終章——伽利略的憂鬱

1

——鈴鈴鈴。

翌日早上七點半，隔壁的司馬伶打電話叫我起床，交代了幾件事情，並告訴我在一個小時後到酒店大廳集合。

聽她的語氣似乎是胸有成竹，大概已經解明了所有的謎團，於是集合眾人解釋真相吧。她的行為明顯受到偵探小說影響。要是知道真相告訴警察把犯人繩之以法不就好了嗎？何必要執著表演給我們看。

不過這幾天我也習慣了聽從司馬伶的吩咐，所以到最後也是準時來到酒店大廳；其他人大概也收到同樣的指示陸續到來，一群人坐在大廳沙發等候，卻沒有見到關鍵的主角。

我心想：「即使集合所有人，酒店就只剩下五個人，真冷清。」

五個人除了我之外就是戴娜、阿曼達、還有警察二人組的西格德和麥克斯。莎拉因為受傷行動不方便，沒有來也很正常，但是在場也看不見丹尼，他不也算是酒店的一員嗎？

這時候司馬伶姍姍來遲從電梯步出大廳。只見她一早已經裝備了圓框眼鏡，身穿棕色大衣，脖子圍著一條長長的黑色圍巾；看來已經準備好要當面揭穿真兇，大叫「兇手就是你！」之類的。

司馬伶瞧看現場眾人，說：「咦？莎拉小姐和丹尼先生還沒有出現呢。」只是剛好說畢，丹尼就推著坐輪椅的莎拉來到酒店門口。這是自從莎拉被推下燈塔後第一次見面，她的樣子憔悴了不少，雙腿亦打上了石膏。

司馬伶見狀立即上前幫忙推輪椅，可想而知把莎拉叫過來也是她的主意。如是者最終酒店大廳齊集八人，西格德亦開口問司馬伶把大家召集的用意。

司馬伶雙手插著長衣的口袋，意氣風發地回答：「叫大家來當然是要把一連串兇案的真相說明給大家知道，這是偵探的藝術。」

大概警方依然對幾個兇案沒有頭緒，所以西格德也樂意傾聽司馬伶的見解。只是他不忘提醒司馬伶：「妳的家人已經準備了直升機把妳接走，換言之今天早上就是妳的最後機會。就算妳最後找不到兇手也不能再留在島上添麻煩。」

「不要緊，給我一個小時就好。」

「那麼司馬小姐，妳可以開始了。」

當西格德想坐回沙發時，司馬伶卻阻止他說：「在解釋之前我想大家幫我一個忙呢。麻煩大家先到櫃檯後面的酒店員工室好嗎？」她又對我打眼色，我知道接下來要做什麼。

待所有人都移步到員工室後，我把房門關上，又拉下窗簾，讓室內只有燈光照明。在場的人不知道司馬伶想做什麼，於是司馬伶便開始解說：

「首先要說的是三月十八日晚上，亦即是四天前露沙小姐在酒吧被殺的案件。現在我要為大家示範兇手犯案的手法。」

司馬伶隨即把一張電腦椅放到員工室的中間，並指示其他人跟她一起手繞手地圍圈。

除了輪椅上的莎拉和我之外，其餘六人按照司馬伶的意思圍在電腦椅的外面。員工室的人鏈依順時針方向是司馬伶、阿曼達、丹尼、西格德、麥克斯、戴娜。

司馬伶繼續說：「當晚我們在酒吧就是這樣繞手圍著露沙小姐，然後一陣混亂，露沙小姐就在人鏈的圈內被殺。現場的所有人都證言他們沒有離開人鏈，就算真的有人離開，身邊的人應該會知道才對——」

啪！

我依從司馬伶的劇本把員工室的燈關上，房內突然漆黑一片，眾人亦開始喧嚷。這時候司馬伶大叫：「沒錯，就是這樣！大家要勾緊身旁兩位的手臂，就如當晚在酒吧一般。」

其他人一時反應不及，有點不知所措，只好聽從司馬伶的話。不過員工室的隔光其實不太好，黑色的窗簾也有縫隙透光，眾人的眼睛應該很快就適應黑暗環境，我只好把燈光再次亮起。

「怎麼樣？大家有捉緊你們身邊的人嗎？」恢復光明，大家只見到司馬伶不知不覺間已經離開人鏈，悠閒地坐在鏈舞中央的電腦椅上說著。

「欸？」阿曼達第一個驚嘆道：「司馬小姐怎麼會在那裡？明明剛才還跟我繞著手的啊？」

阿曼達望向右邊，驚覺跟自己繞手的居然換成戴娜了。換言之在關燈的一瞬間，司馬伶像忍者的替身術般把戴娜換到自己的位置，於是司馬伶就可以離開人鏈坐到中央。

可是究竟怎樣辦到？魔術嗎？

「對，就是魔術。」司馬伶望向我說：「游生你不是也看過同樣的把戲嗎？只不過是你第一天來法羅群島的事情而已，這麼快就忘記了？」

第一天的事情、法羅群島、魔術……

「手鏈！」我大聲叫，彷彿把心中莫名的鬱悶大力吐出來。沒錯，居然是這麼簡單的把戲，可是我卻沒有察覺！

但在場的其他人不知道我在說什麼，尤其是阿曼達，她不明白為何在黑暗中一直捉緊的人會由司馬伶換成為戴娜，於是不斷追問我為什麼。

我瞄看司馬伶，她只是對我微笑點頭，而我只好嘗試把我第一天在機場旁邊的咖啡館所遇到的事情如實相告，特別是當日司馬伶解釋如何偷偷拆掉事主腕上手鏈的部分。

我記得司馬伶說過那是拓樸學的魔術：先把迴紋針夾在鈔票邊緣，然後拉扯鈔票的兩端，就能夠將原本兩個分開的迴紋針扣在一起。那時候司馬伶用頭髮代替鈔票、鑰匙圈代替迴紋針，依然能夠把手鏈中間斷開的鑰匙圈在空中重新連結，反之亦然。

阿曼達問：「難道你的意思是，當日在咖啡館的『手鏈』，跟四日前在酒吧的『人鏈』一樣，都用上了相同的魔術？」

「答對了。」司馬伶鼓掌說：「當晚我們在酒吧裡面手繞手，就跟用鑰匙圈互相緊扣的手鏈一樣，至少從拓樸學的角度來看是一樣。然而咖啡館的手鏈都有方法拆開，盲信案發當晚的人鏈是牢不可破也太過不智。」

司馬伶再走到阿曼達和戴娜中間，示意再繞一次手，這回要把兇手的把戲親自示範一次給大家看。

二人同意，於是分別勾著司馬伶的左右手臂。司馬伶便開始解釋一切：

「這是一開始繞手的狀態，其實空間相當寬裕，所以當突然停電時我偷偷地把雙手縮開對方也不會立即察覺到。畢竟大家第一時間只會被停電吸引注意，自然沒有留意有人在同一時間離開了鏈舞——

「話雖如此，只要旁邊的人定過神來，難保他們會發現自己的手臂繞空，所以離開鏈舞的人一定要找一個替身來代替自己跟旁人繞手。

「這時候就是魔術的登場了。在一開始跳鏈舞時，兇手就偷偷地把脖子上的圍巾套在旁邊二人的手臂內；接著當兇手離開鏈舞，只要把圍巾的一端固定，再拉扯圍巾的另一端，就能夠把旁邊原本分開的二人扣在一起，如同手鏈的鑰匙圈一樣。

「所以剛才關燈後我叫大家繞緊旁邊的人的時候，實際上我已經離開了人鏈，並用圍巾把阿曼達和戴娜重新扣在一起；聲東擊西是魔術師的慣用伎倆喔。」司馬伶把圍在頸上的圍巾脫下說：

「換言之剛才漆黑中阿曼達妳一直是跟戴娜繞手，正如當晚所有人都說身旁的人沒有放手，卻搞錯了一直跟自己繞手的究竟是誰。」

我懷疑地問：「在漆黑中可以把圍巾繞成那樣子嗎？」

「當然是事先把圍巾繞成那樣子，到關燈時再套上啊。」司馬伶回答。

「可是伶妳早就知道那個魔術，熟識得連用頭髮都能夠表演，這樣才有辦法完成那神奇的把戲吧？要是換作其他普通人，例如我聽完妳的講解都沒有信心可以辦到啊？」

「我想也是。本來魔術師就是一門專業，就算你知道手法也未必做得到，就算做得到結果

也有高低。」司馬伶又露出了招牌的奸笑，「所以在解釋這一點之前，不得不提島上發生的另一件案子。」

2

「另一個案件？」我問：「是博士和本傑明被殺？還是莎拉被推下燈塔？」

「都不對，是另一宗不起眼的案件，甚至連警察都懶得處理的案件。」司馬伶用挑釁的語氣瞄向西格德說：「是村內服裝店的失竊案。」

「哦？就是那個櫥窗的人體模型被偷走的案件。結果那些人體模型不知所終，是跟露沙的案件有關係？」

「游生你又在說什麼呢？關於人體模型你應該比這裡的警察更清楚啊。事實上我們更親眼見過被偷的人體模型呢。」司馬伶笑說：「人體模型在渡輪服務停駛期間失蹤，然後停駛當晚有人目睹鬼怪事，你都忘記了嗎？明明那是你的功勞。」

說是我的功勞，那就是關於餐廳老闆娘給我的照片吧。她說因為見到沒有頭的人在深夜走到酒店，所以才尾隨到酒店偷拍，並拍下那一張沒有頭的照片。

「啊！」

「沒錯，餐廳老闆娘看到的，以及我們伴隨公主看日出時在酒店五樓看到的，正正就是被偷走的人體模型。」司馬伶說：「服裝店的人體模型很多都沒有頭的吧？又不是賣眼鏡。就算有頭那模型的樣子都是非常平凡，讓客人容易代入；不過那間服裝店的人體模型肯定是沒有頭的那種。」

「可是為什麼有人要把人體模型偷到酒店去？」

「就是要練習啊。正如游生你之前所說，兇手即使知道殺人的魔術，實際上能夠成功的機會也不大。好比專業的魔術師也要練習相同的魔術數百次，最後才能夠在觀眾前表演而不露出馬腳，所以兇手最需要的就是練習。」司馬伶續道：「但兇手是單獨犯案，無法找其他人練習，就只能跟人體模型練習了。」

「妳肯定兇手是單獨犯案嗎？」

「至少只有一個現行犯。假如有兩個人的話也無需動用那種戲法把旁人扣在一起，找共犯做替身就好。」司馬伶說回正題，「總之兇手就碰巧看見服裝店的主人離開了米基內斯，於是便趁深夜把店內的人體模型偷走。」

我附和道：「結果就被多管閒事的餐廳老闆娘看到，還在五樓拍下照片作證呢。可是為什麼是五樓？」

「兇手知道五樓一直空置，員工平日也很少會去打掃，是酒店裡面最方便把人體模型收起來的地方吧。」

「但五樓平日有鎖門啊？所以兇手有酒店的鑰匙？」

「當然了，不只有房間的鑰匙，更加有酒店後門的，所以才可以在凌晨把人體模型搬回酒店。」司馬伶問：「其實說到這裡，你應該要猜到誰是殺害露沙的兇手啊。」

我回答：「當日在咖啡館聽到妳在解釋拓樸魔術的人，除了我們，還有西格德、麥克斯……以及莎拉。」

司馬伶再加一句：「而當中擁有酒店鑰匙的人就只有莎拉，所以兇手就是莎拉小姐。把人鏈想成為手鏈，真是犯罪的天才呢，抑或是從來沒有把人命當作一回事？」

在場所有人的焦點都望向坐在輪椅上的莎拉，但司馬伶沒有就這樣放過她，更繼續解釋莎拉如何犯案：

「大家可以看看我助手畫的案發現場平面圖，當時莎拉的右邊是阿曼達，左邊就是我的助手游先生。接著突然停電，現場一片漆黑，於是莎拉就把一早繞成『S』形的圍巾分別套在游生和阿曼達的手上，如同剛才我跟大家示範的一樣。」

「可是這裡還有一個問題。因為要完成魔術是需要在圍巾的兩端拉扯，但一個人難以完成，必須要用方法把圈巾在人鏈外面固定才行。當時人鏈附近沒有什麼東西可以輔助，而且鏈舞要圍圈移步，就算是莎拉都不能預先估計停電時身處的位置，所以她只能靠自己帶去的工具，那就是鐵釘。」

「酒吧的木地板本來就較為殘舊，而且剛好門口位置留下一個釘孔，正正就在阿曼達和莎拉之間。」司馬伶舉起食指說：「既然有了方法固定圍巾的一端，莎拉便能摸黑走到人鏈圈內，拉扯圍巾，把助手和阿曼達連在一起。換言之助手和阿曼達一直以為莎拉沒有放手，但其實一直繞手的都不是莎拉；他們跟旁邊的人一同移步，彌補了莎拉離開人鏈的空隙。音樂停下依然移步跳舞，這就是杜爾胡斯家的小艾瑪所看到的畫面。」

我回想起當晚的狀況，嘆道：「怪不得在停電的一刻我感到突然有人抓緊我的手臂。那時候我還以為是莎拉害怕才捉住我，但其實那是我被圍巾拉扯時的感覺吧。」

「就像我之前所說，正常人百分之八十的感受都來自眼睛，因此一旦失去視覺，連同其他

①
向後退同時縮手

阿曼達
游思齊

②
用釘子在圈外固定圍巾一端
阿曼達
游思齊

③
轉身把圍巾拿下並背向走到圈中
阿曼達
游思齊

④
面對面把圍巾套在二人手中
阿曼達
游思齊

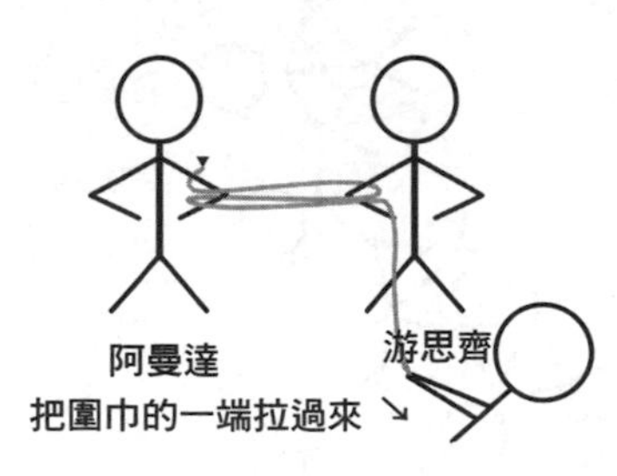
⑤
阿曼達
游思齊
把圍巾的一端拉過來

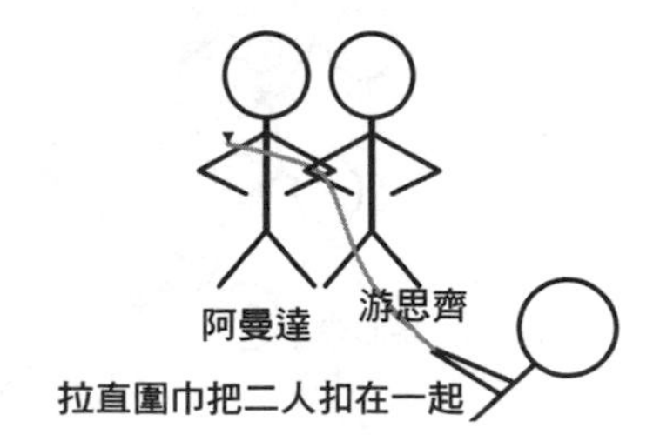
⑥
阿曼達
游思齊
拉直圍巾把二人扣在一起

的感官亦都會變得奇怪。再加上那時候莎拉大叫所有人站在原地手牽手，所以你和阿曼達被拉扯的時候才會以為那是莎拉在抓緊自己。」

「而且當晚我們都穿了長袖厚衣，就更容易產生誤會。」

司馬伶又補充說：「反正待莎拉把露沙殺死後，她便強行撞倒你和阿曼達，同時趁亂與你們重新繞手。當時她說在漆黑中被神秘人撞倒也只是謊言吧？酒吧大門從沒打開，根本不可能有什麼神秘人。」

「我說的都是千真萬確！」這時候，一直沉默的莎拉終於開口反駁：「假如我是說謊，剛才司馬小姐所說的亦同樣是片面之詞。事實上妳不可能有實質證據說明我是殺死露沙的兇手，妳這樣隨意猜想很容易會傷害無辜的人。」

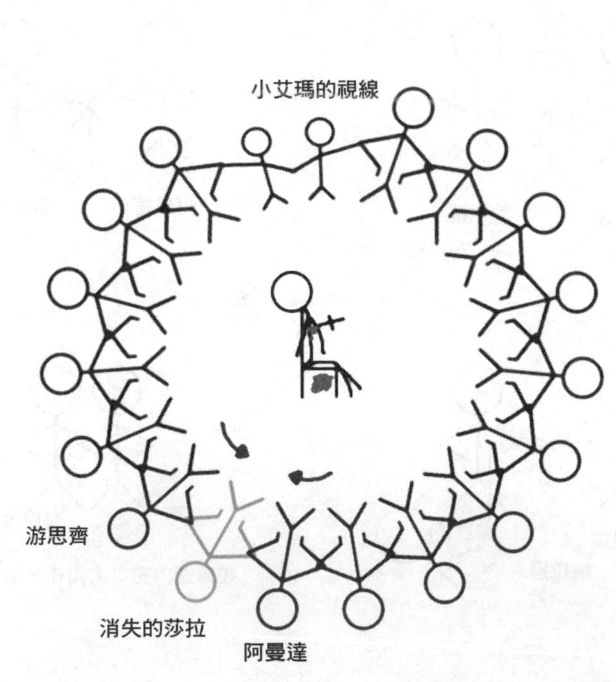

「對呢，我確實沒有任何證據。」

還以為司馬伶會在最高潮的部分拿出證據，可是她微笑否認後就再沒有其他行動。單憑推理警察實在不能就此結案吧。

莎拉續問：「而且我為了什麼原因要殺死露沙小姐？雖然我跟她之間確實有點爭執，但我們做酒店的很多時候都會遇到蠻不講理的客人，我當然不會就這樣把客人殺死。」

「這個也沒錯。」司馬伶說：「妳的確跟露沙沒有什麼深仇大恨，因為妳真正想殺的人是尼爾斯．赫茨森博士。」

員工室內一片嘩然，所以司馬伶不止說莎拉把露沙殺死，她更是兩日後殺害博士的兇手？

司馬伶對莎拉說：「妳的真正目標是尼爾斯博士，而且一早計畫好在日食當日殺死他。可是那個計畫妳不能單獨完成，妳需要同樣想殺害博士的人幫忙。至於『那個人』，原本之前曾經答應過妳會一同殺死博士，可是到日食前幾天開始準備的時候，『那個人』的信念開始動搖了，畢竟要把殺人計畫付諸實行任誰都會有抗拒。」

「而當妳知道『那個人』有反悔的意圖，妳便急著在日食之前再策畫另一場殺人。可憐的露沙確實跟妳無怨無仇，但錯在她的腹中胎兒；也許妳真正想殺的不只是尼爾斯博士，而是赫茨森整個家族的血脈，所以露沙對妳來說是死不足惜。」

「更不幸地，『那個人』對於露沙的死同樣沒有意見。於是當『那個人』聽見妳要殺死露沙時不但沒有反對，甚至是贊成。結果妳在酒吧殺死露沙，『那個人』雖然沒有參與其中，但已經是不折不扣的共犯；露沙的死順理成章變成了妳和『那個人』之間的秘密。」

「這情況好比國際關係的『相互保證毀滅原則』，妳和『那個人』各自掌握對方犯罪的痛腳，便難以單方面背叛對方。你們二人的關係在博弈論中就叫做拿殊平衡（Nash Equilibrium），之後你們就在這個基礎上面繼續合作，一同殺死尼爾斯博士。」

「慢著。」我打斷司馬伶的話，問道：「妳說的『那個人』到底是誰？」

「一個因為遺產分配不公而憎恨博士的人。」司馬伶回答說：「假如博士按照原本意思立下遺囑，『那個人』便會失去『赫茨森科技』的控制權，所以不得不在遺囑確立前，即在這趟旅行之中殺死他。」

我不期然望向戴娜，只見她神色哀傷地凝望地板沒有反應，到現在我也不相信她會是冷血無情的殺人兇手。

「笨蛋游生，你在誤會什麼？我是說本傑明啊。」

「咦？怎會是本傑明？」我記得本傑明應該是遺產得益的一方啊？

「當然是本傑明。只有他才有憎恨尼爾斯博士的理由。而且他能夠跟莎拉合作，這就說明二人本來就認識、關係匪淺。露沙以為自己把本傑明迷得神魂顛倒，誰不知本傑明風流成性，更加不會讓露沙腹中的孩子綁住自己，最後弄得可悲的下場。」

這時候莎拉質問司馬伶：「為何妳會認為本傑明憎恨他的父親？二人一直都沒有什麼不和的傳聞，所有東西都只是妳個人推測吧？至於遺產分配我們聽回來也不是妳所說的那樣，妳有什麼資格肯定戴娜才是遺囑的最大得益者？」

司馬伶反問莎拉：「真的是這樣嗎？妳如果覺得我亂說的話不妨再說一遍博士遺產的分配規則給我聽聽啊？好讓我來指教妳數學上的問題。」

3

面對司馬伶的挑釁，莎拉並沒有立即回應，而是靜觀其變避免落入司馬伶的圈套。有鑑及此，我便代為回答，拿出偵探筆記宣讀遺產分配的規則：

「博士把他名下兩間公司共二百萬的股份分作兩份，本傑明和戴娜各得一百萬股份。不過這一百萬股份不能一次獲得，而是分成兩次轉移；第一次分配是博士死後立即生效，而第二次分配是死後一年才生效。」

分配的規則不僅如此，我繼續說：「在兩次的股份分配當中，本傑明同樣獲得較大比例的『赫茨森科技』股份。既然二人兩間公司合共所得都只有一百萬股，當然獲得較多『赫茨森科技』股份的本傑明就是最大得益者啊。」

但司馬伶左右搖食指說：「你前半部說得沒錯，但結論卻錯了。」

「為什麼？難道『赫茨森出版』的股份比起『赫茨森科技』更加值錢嗎？」

「不是這樣。只不過依照博士原訂的規則，你無法推論出本傑明分得較多『赫茨森科技』股份的結論。事實上我相信博士傾向將『赫茨森科技』交給戴娜小姐管理才對。」

換言之司馬伶的意思是，雖然本傑明分得較大比例，但是實際所得還要比戴娜的少？司馬伶看見我一頭霧水，便解釋說：

「給你一個實在的例子好了。假設在兩次的分配裡，本傑明所獲得的赫茨森科技的股份分別是百分之四十和百分之八十，比起戴娜百分之二十五和百分之七十五都要多。但這樣就代表最終本傑明所得的比例同樣比較多嗎？

「假如兩次分配都是同樣股數的話，游生你這樣想是沒有錯的。可是如果戴娜第一次只分得二十萬股，第二次是八十萬股，那情況就會逆轉了。

「雖然戴娜兩次所得的赫茨森科技的股份比例較少，但到最後她獲得的比例反而比本傑明高。這就是統計學上的辛普森悖論（Simpson's Paradox）。不過仔細想的話這其實不能叫做悖論，本來『比例的比較』在數學上就不具『傳遞性』，在分組得勢的結果可能反而是失勢的一方；正如剪刀、石頭、布，你不能用『石頭贏剪刀』和『剪刀贏布』來推論出『石頭贏布』的結果，這是武斷而且錯誤的。」

我聽完一大堆數字後大概明白她的意思，但我仍然有一個問題。

「既然依照博士開出的規則，視乎實際數字本傑明和戴娜同樣可能分得較多的遺產，為何伶妳會認為戴娜才是真正的受益人？」

「尼爾斯博士不可能不知道辛普森悖論，他為二人訂出如此規則顯然只是試探二人對於數字的敏感度，畢竟赫茨森科技是一間應用數學理論管理市場的投資公司。」司馬伶搖頭說：「可是本傑明居然沒有察覺這認知陷阱，更四處跟別人說自己才是分得較多遺產的一方，讓露沙信以為真。單憑這一點，本傑明就沒有資格繼承以數學理論創立的『赫茨森科技』了。相反戴娜縱使修讀藝術，但她的油畫中透露了理性的美，包括能夠用科學理論解釋光影變化，以及黃金比例的構圖等等。正是這個原因，我想尼爾斯博士同樣認為戴娜比起本傑明更加適合領導『赫茨森科技』吧。」

我嘆道：「換言之博士的遺產分配暗地裡其實是一個數學題，用作考驗二人對數字的觸覺。還真是數學家的想法。」

	赫茨森科技	赫茨森出版
	第一次分配	
本傑明	40%	60%
戴娜	25%	75%
	第二次分配	
本傑明	80%	20%
戴娜	75%	15%
	兩次分配合共所得	
本傑明	??%	??%
戴娜	??%	??%

	赫茨森科技	赫茨森出版	兩間公司合共所得
	第一次分配		
本傑明	20 萬股（40%）	30 萬股（60%）	50 萬股
戴娜	5 萬股（25%）	15 萬股（75%）	20 萬股
	第二次分配		
本傑明	40 萬股（80%）	10 萬股（20%）	50 萬股
戴娜	60 萬股（75%）	20 萬股（25%）	80 萬股
	兩次分配合共所得		
本傑明	60 萬股（60%）	40 萬股（40%）	100 萬股
戴娜	65 萬股（65%）	35 萬股（35%）	100 萬股

「再者，戴娜小姐患有學者症候群，肯定有異於常人的天賦。唯一令博士擔心的只是她不懂得與人相處，所以當博士聽到戴娜與我們一起出遊寫生，他心裡非常高興呢。」司馬伶又說：「相反本傑明沒有什麼過人之處，平日只喜歡花錢玩女人，他一定也有把遺產的事情告訴給莎拉知道吧。」

「根據妳的推理以及露沙的證供……假如莎拉真的是本傑明的情婦，本傑明會在莎拉面前吹噓自己的身家也不意外……」

司馬伶嘆氣說：「男人就是這樣笨才會被人利用。我想莎拉初次聽見遺囑一事，就已經看穿當中的辛普森悖論吧。於是她利用遺產分配問題挑撥離間，誘使本傑明答應一同殺害博士，繼而偽造遺囑。」

「等等……為什麼莎拉能夠看穿博士的辛普森悖論？」

「莎拉也是一個很聰明的人啊，最重要是她一直有接觸數學，這個我之後再解釋。」司馬伶轉了話題，「關於這趟旅行，雖說來法羅群島旅遊是戴娜的提議，到米基內斯是尼爾斯博士的主意，但我猜要來海鸚酒店住宿的應該就是本傑明提出。當然背後一切都是莎拉一手策劃就是了，打從第一天赫茨森一家來到米基內斯的時候，莎拉滿腦子就只有殺害他們的計畫。」

故事的主人莎拉依舊沒有回應，只是專注聆聽著司馬伶的主張。於是我問司馬伶：

「但為何莎拉小姐要殺死博士一家呢？」

「這個同樣稍後再談，現在我先把一連串殺人的詭計解釋一遍。」司馬伶說：「總之莎拉最想殺死的是尼爾斯博士，這個博士自己也很清楚。所以他才會嗅到有死亡的氣味，並決意立下遺囑。很可惜博士最後依然無法避免接下來的密室被殺。」

「欸？酒吧的兇案已經解釋完了？結果還是沒有證據能夠指證莎拉是犯人嘛？」

「對呢。其實在米基內斯這個偏僻小島，要殺人並消滅證據的方法多得是，所以很不幸地兇手沒有在酒吧留下什麼有力的證供。但反過來看，第二宗兇殺案的事發地點就變成了兇手的最大敗筆。」司馬伶笑說：「密室殺人什麼的根本只存在推理小說裡面，正常的話把受害者帶到偏遠無人的角落殺掉更容易毀屍滅跡。可是兇手不但沒有這樣做，還故意寄短訊叫博士留在房內，然後製造一個酒店的密室殺人。這做法根本多此一舉，除非酒店對於兇手來說有特別的意義。」

莎拉打從一開始，就把海鷗酒店弄成尼爾斯博士的葬身之地——司馬伶如此冷酷地宣告。

4

「露沙可以隨意死在無關痛癢的酒吧內，但博士不行。」

聽見司馬伶這樣說，員工室內氣氛非常沉重；所有人都凝神靜聽，原來這幾天自己身處的酒店竟然是一個「處刑場」。

為打破沉默，我便盡助手的責任主動問司馬伶：「那麼博士房間的密室殺人是如何辦到？」

「其實很簡單，假如我在場的話應該更快識破，果然單靠助手就是不行啊。」接著司馬伶又搖頭嘆息，「彷彿是命運弄人，莎拉殺害博士的手法跟博士嘗試證明『黎曼猜想』的方法同出一轍——即是空間的置換。」

「空間的置換……空間是指博士的房間？」

司馬伶點頭續道：「因為博士無法在歐幾里得空間證明黎曼猜想，所以嘗試先在自定義的空間找出證明方法，然後利用數式置換兩個不同空間。莎拉殺害博士的方法大同小異，因為理論上她不可能在405號房實行密室殺人，所以就把405號房跟505號房互相交換；博士死在405號房，但游生和戴娜目睹的屍體卻出現在505號房。」

「欸？我不可能看錯或者走錯到五樓啊？」我猜說：「難道是莎拉特意把五樓裝飾為四樓來誤導我們？雖然這樣聽起來也不是不可能，畢竟酒店每一層樓都差不多，但我們的確是自己走上四樓這一點應該不會錯……」

「你也察覺到問題所在吧？因為你們是搭電梯到五樓，而不是用走的。」

「所以就是在電梯上做手腳嗎？」

「沒有那麼麻煩。」司馬伶問：「你記不記得我們初來酒店時，接待櫃檯的阿曼達和莎拉均能夠遙控電梯開門？據我所知某些電梯有外置的控制箱，能夠遠距離操作，我想海鸚酒店的就是這種。」

司馬伶望著阿曼達，而阿曼達也不好意思地點頭承認。於是司馬伶繼續解釋：「只要待助手按下四樓後，莎拉便能在接待櫃檯取消四樓的指示並以五樓代替。因為電梯內沒有樓層提示，你跟戴娜無法察覺到異樣，於是糊里糊塗地就上了五樓。」

我恍然大悟：「所以莎拉沒有第一時間跟我們走，就是要留在外面控制電梯嗎？」

「不只這樣。莎拉為了提防有其他人回來酒店發現五樓的秘密，還特意鎖上大門不讓外人入內，結果就把我擋在酒店外面。」司馬伶又說：「後來莎拉懂得到五樓跟你們會合，某程度上也說明了她就是兇手呢。至於要把五樓偽裝成為四樓，甚至把505號房偽裝成405號房也難不倒莎拉，因為她有酒店的全部鑰匙，而且日食時酒店內就只有她和尼爾斯博士二人，絕對有充足的時間作準備。」

「妳說只有二人不太正確嘛？我記得閉路電視還有拍到神秘男子趁日食一刻走進酒店……那個人就是妳所主張的共犯本傑明嗎？」

「對。只是從博士寄出第一封求救短訊的時間來看，也許日食發生的時候博士已經被莎拉殺死。本傑明終究沒有勇氣殺死自己父親，他回來只是幫莎拉完成密室的布置而已。」

接下來都是司馬伶的講解時間。

「所謂密室殺人根本不可能存在，一切的密室殺人都只不過是騙人的把戲而已；正如博士的命案也是一樣，密室根本不曾存在過。

「我由最初說起。首先是莎拉寄匿名短訊給博士，要求他在日食的時候留在房內見面。博士聽了莎拉的話照做，但在房內等待時隱約感受到生命危險，於是就寄出第一封求救的短訊。

「可惜，博士終究難逃被殺的命運。莎拉在405號房殺死博士後，同樣拿起博士的手機給戴娜寄出第二封求救短訊。不過這次短訊因為衛星信號出現干擾而延誤，結果不只戴娜趕回酒店，就連游生也一同趕來，這是莎拉始料未及的。

「當然莎拉並不知道求救短訊會有遲延，所以等本傑明回到酒店後便繼續他們的計畫——就是把405號房跟505號房對調的密室設計。

「要完成密室布置需要兩個條件。第一個是要有活人隱藏在505號房並反鎖起來，裝成密室。這個角色由本傑明擔任，畢竟他的身形跟自己的父親有幾分相似，只要換上博士的衣服大概可以騙到其他人……如果不看面孔的話。

「但本傑明怎樣化妝都不可能變成博士的樣子，所以第二個條件就是博士的人頭。換言之在莎拉殺死博士後，她當場就在405號房把尼爾斯博士的人頭割了下來。工具應該早有準備吧，所以不會花很多時間。而本傑明之後只要捧著父親的頭顱和血到505號房就好，反正每間酒店房的地板下面都有暗格用來收藏電源線和插頭等設備。

「而本傑明正是利用暗格等工具把自己的頭藏到暗格內，就像刀鋸美人的布置那樣。」

我看見司馬伶舉起手上的圖，便慨歎道：「原來博士的頭是用來讓本傑明裝成自己父親的屍體。既然本傑明就在房間裡面，他自己把505號房反鎖起來也能夠解釋密室的矛盾。」

「505號房的密室完成後，接下來莎拉就只需等待戴娜回來，擔當自己不在場的證人。」司馬伶續說：「莎拉為何要用博士手機寄短訊給戴娜？主要因為她知道戴娜天生貧血。終究『刀鋸美人』的把戲有一定風險，但戴娜的話只要她見到浴血的屍體就會暈倒，便無法仔細觀察。」司馬伶又失望地說：「只可惜連助手到場都沒有

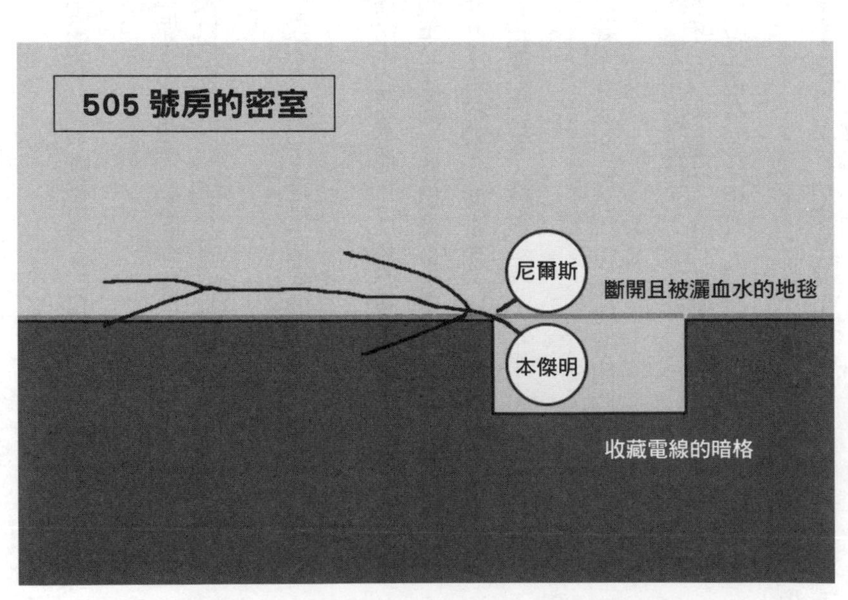

識破空間置換的魔術，反而更變成密室殺人的強力見證者，實在是助手失格，浪費了你天生的嫌疑犯體質。」

「抱歉。因為當時見到戴娜暈倒，我一心只是想保護她就……」

「嘛，反正戴娜暈倒後，你和莎拉都離開了現場，於是本傑明就趁這空檔把５０５號房和４０５號房的東西對調還原，包括那道被你用鐵鎚砸爛的房門。」司馬伶又補充道：「另外博士伏屍在地毯上也是布局的一部分，好讓本傑明把５０５號房的地毯連同血跡一併帶走，讓該房間好像什麼都沒有發生一樣。畢竟酒店房間的地毯不是鋪滿地板那種，要一個人帶走應該沒有問題。」

我問：「但把木門拆下對調又怎樣？聽起來好像要花很多功夫。」

「至少門框沒有損壞，畢竟你們破門而入也太過兒戲。」司馬伶解釋：「正常來說真的要破門而入必定需要很大氣力，但不要忘記原本莎拉只是叫戴娜上來作見證，想必所謂密室的門栓鎖事前也必定做了手腳，因此才被你簡單敲幾下就打開門了。」

至於房門，終究酒店內每道門都一樣，門框位置相同也應是能夠事前準備的。再加上是計畫殺人，工具方面更無需擔心。如是者隨著司馬伶的解釋，一切看似真相大白。這時候莎拉終於忍不住回應：

「司馬小姐的推理似乎說得通，除了一點是不合乎邏輯的，就是博士的死亡遺言。」莎拉指責說：「博士臨死之前用血寫下『５０５』的訊息，但司馬小姐主張他是在４０５號房被殺死，然後兇手才開始布置５０５號房的密室。換言之５０５號房的布置是在博士『死後』才發生，那麼博士怎可能在『死前』寫下密室布置的提示？我想司馬小姐只不過是因為看到博士的遺言所以才憑空創作出所謂空間置換的布局吧？」

我嘗試回答：「也許博士生前聽到有關計畫，所以臨死之前能夠寫下提示？」

莎拉卻反駁道：「假如連殺人布置都知道得這麼詳盡，博士沒可能會一個人待在房內等死的。」

「又或者血字不是博士留下，而是妳或者本傑明寫下來擾亂調查的？」

「假如我是兇手要擾亂調查，我可以寫上其他人的名字，但一定不會把殺人的布置寫下來。」同樣道理，我也有想過505的血字是用來誘導我到505號房，替本傑明的死做代罪羔羊。不過這風險相當大，假如被我提早撞破的話更會暴露了兇手的身分。另一方面，若果兇手真的要冤枉我，也不會在我被囚禁的時候再弄出一宗燈塔的傷人案。

莎拉忽然低聲說：「不過尼爾斯先生的死我確實也要負上責任……我認為案發現場根本沒有什麼空間對調，405號房之所以是一間密室是因為我們破門而入時，殺人兇手還躲在房內。只不過我們沒有詳細調查，以致錯過當場逮捕兇手的機會。」

我聽完莎拉這樣說，發覺她的解釋也沒有任何矛盾的地方。畢竟司馬伶的主張同樣只是假設，沒有實質證據支持；再加上505血字的矛盾更令人難以說服。

這時候司馬伶也是面有難色，搖頭喃喃道：「莎拉小姐說得不錯，假如我無法合理地解釋505血字的意思，我的推理就是不合邏輯……」

儘管如此，我是唯一一個能夠從司馬伶臉上看到那奸險笑容的人。所以我無奈地苦笑，繼續等待司馬伶的表演。

5

「看來大家好像誤會了什麼。」司馬伶果然露出狐狸尾巴，並笑說：「博士寫下的血字，並不是『五零五』，而是『五百零五』，這是一個數目，不是數字的符號，更不是房間號碼。」

接下來司馬伶開始解釋：「通常的血字遺書應該寫下兇手名字才合理。只不過直接寫出姓名，假如給兇手發現就會被抹去吧？所以要用某種暗示或者將留言加密處理，這是偵探小說的常識。

「於是我就推想，既然尼爾斯博士是一位出色的數學家，他的死前留言應該跟數學有關才對，甚至乎是一條數學題也不奇怪。畢竟博士連分配遺產也是數學題，我相信他有如此的傾向。」

說到中途，司馬伶突然望向我微笑道：「其實我能夠破解博士最後的數學題也是助手的功勞呢。昨晚你在房內拿出一部《聖經》，喚起我三日前在博士房裡交流數學時的情景；當時我們也有提及《聖經》的話題，尤其我說過《啟示錄》裡面隱藏了一條數學題。」

「現在回想起來，博士的死前留言應該是寫給我看的吧……尼爾斯博士是一個虔誠的信徒，而且很早就開始信教了，這個從他兩位子女的名字就大概猜到。」司馬伶說：「博士的子女本傑明和戴娜，其實跟《創世紀》裡面，雅各（Jacob）的子女便雅憫（Benjamin）和底拿（Dinah）同名。我猜博士對《聖經》的名字有一定的研究，所以他應該同樣清楚《啟示錄》裡面的數學題。」

他又叫眾人、無論大小貧富、自主的為奴的、都在右手上、或是在額上、受一個印記。除了那受印記、有了獸名、或有獸名數目的、都不得作買賣。在這裡有智慧。凡有聰明的、可以算計獸的數目．因為這是人的數目、他的數目是六百六十六。

——《啟示錄．第十三章十六至十八節》

司馬伶繼續解釋：「留意《聖經》原文，666讀作『六百六十六』，是一個『可以計算的數目，也是一個『代表人』的數目，《聖經》稱之為獸名數目。

「計算獸名數目的原理非常簡單，只需要考慮《聖經》成書的背景就可以。我們知道最初的《聖經》用希伯來文寫成，而當時希伯來人有用字母代表數字的習慣，就如同我們現在見到的羅馬數字一樣。

「如此一來，每個人的名字如果用希伯來字母寫出來的話，同一時間我們亦能夠計算出那個名字的數值。現時關於獸名數目其中一個最有力的說法就是，666代表了當時羅馬帝國的暴君『尼祿．凱薩』。因為尼祿．凱薩用希伯來字母寫出來的話就是『NRWN QSR（נרון קסר）』，同時『N（50）+R（200）+W（6）+N（50）+Q（100）+S（60）+R（200）=666』。」

司馬伶又拿出一疊數學筆記說：「有鑑於此，我昨晚就把所有住在酒店的人名用希伯來字母寫一遍，並計算每個名字所代表的數值。」

我一邊聽，一邊慨歎司馬伶除了懂得多國語言之外，還對希伯來語有研究呢。可是司馬伶很快就否認了，並道：

「我只是與一眾《聖經》人物的名字作比對而已，因為很巧合地我們酒店還住了一位跟《聖經》人物同名的人，那是雅各的祖母，亞伯拉罕（Abraham）的妻子撒拉（Sarah）。撒拉用希伯來字母寫出來的話是『SRH（שׂרה）』，同時『S（300）+R（200）+H（5）=505』。（尼祿・凱薩的「S」跟撒拉的「S」其實是兩個不同的希伯來字母「ס」和「שׂ」，額外標注的羅馬字母只是方便理解。）

「博士會知道莎拉的名字正是因為每個酒店職員胸前的名牌吧，畢竟Sara、Saara等等相同發音的名字，假如用希伯來字母寫出來的數值可能有所偏差。」接著司馬伶閉目默禱一會，並總結道：「博士在臨終前還是拚了最後一口氣計算出代表兇手的數字，並留下訊息，對於偉大數學家這稱呼確實當之無愧。可惜我理解得太遲了，辜負了博士的期望。」

一聽見司馬伶把５０５說成自己的名字，莎拉便立刻反駁道：「這個只是妳自己對博士遺言的個人解讀。我數學不及妳，但妳只要有心的話肯定有一萬種方法把５０５解釋作任何意思吧？說到底都是妳的個人臆測，根本沒有方法證明真偽。」

「嘛，妳說的也有道理，我的確沒有方法證明博士臨終前的想法，極其量也只算在解釋其中一個可能性罷了。但這種假設能夠合理地解釋一切事情，在哲學上我們稱之為『最佳說明推理』（Inference to the best explanation）。」司馬伶得意洋洋地說：「而我這個最佳說明推理不單止能夠說明博士遺言的意思，更能夠推演出本傑明後續的死的原因。」

莎拉質問司馬伶：「妳的意思是本傑明因為５０５這三個字而被殺？」

「沒錯，但把殺人的罪名推給助手實在太可惡了，我不能原諒妳。」

此刻司馬伶與莎拉互相對峙，劍拔弩張。看起來莎拉亦終於開始認真地要為自己辯護。

6

「本傑明的死跟之前兩個案件不一樣。」司馬伶說：「第一個受害人露沙小姐，她在眾目睽睽下被兇手布下的詭計殺害而不留證據；第二個受害人尼爾斯博士，他的死也是兇手精心布置的密室殺人。偏偏本傑明只是在房內被開槍擊斃，沒有任何密室，也沒有任何布局，這實在不像是同一兇手的作風……除非本傑明的死不在原本兇手的計畫當中。」

莎拉冷冷道：「司馬小姐，妳望著我也沒有用。我不是兇手，不知道兇手的想法。」

「那我代妳回答吧。當妳在現場發現尼爾斯的血字遺言『505』，第一時間肯定會聯想到505號房，以及密室殺人的布置。可是博士根本不可能知道房間對調之事，如此一來唯一能夠寫下血字的人就只有本傑明。」

司馬伶繼續說：「於是妳認為本傑明到最後關頭為了自保而選擇背叛，在調包405和505號房的時候順便留下密室提示用來威脅自己，因此妳就約他到505號房攤牌。」

「說到底你們二人只不過是利害一致而互助利用。我想本傑明看到地毯上的血字時，同樣會認為是妳寫來要脅自己的吧；簡直就是拿殊平衡崩潰的一瞬間，妳和本傑明就因為博士的血字而變得互相猜忌，於是在505號房見面時終於起了爭執。」

「然而在爭執期間，妳驚覺這是一個絕好的機會，於是就把心一橫便開槍殺死本傑明——」

「什麼叫絕好的機會？」莎拉立即反駁道：「最近本傑明為了未婚妻的身後事經常早出晚歸，單獨在外的時間多得是！假如我是兇手為什麼要特意選擇在自己的酒店殺人？」

「不是在酒店內殺死本傑明，而是在505號房，這個才是重點。」司馬伶回想起前天發生的事情，「在本傑明遇害當日我曾經返回現場，發覺505號房隱約有一陣漂白水的氣味；這實在奇怪，明明五樓一直沒有人住。我問過阿曼達最近也沒有打掃五樓，那為何會有漂白水的氣味？答案很簡單，因為博士的血字警察難免會到505號房搜證，所以兇手不得不用漂白水徹底清潔房間。也許是推理小說的知識，但妳肯定知道漂白水能夠擾亂血跡鑑證。

「可是無論如何努力清洗，妳還是不能放心；萬一被警察知道505號房有博士的血跡，那麼整個密室殺人的布局就會作廢。因此妳和本傑明在505號房起爭執的時候，妳靈機一動就想出隱藏博士血跡的最佳方法——就是在房內製造另一具屍體，用本傑明的血來掩飾博士的血作保險。

「這真是殘酷的方法，但不要緊，反正本傑明早晚都會被妳背叛。回想起來，整個殺害博士的布局其實有兩個目的：一是要替自己製造不在場證明，二是當發生什麼意外都可以把責任推到本傑明身上。

「因為妳憎恨赫茨森一家，而本傑明更是妳的污點。為了報仇居然要接近一個討厭的人，對妳來說是一件非常痛苦的事情吧。所以殺死本傑明的一刻妳大概是充滿快感。」

「妳胡說！」莎拉罵道：「我沒有殺害赫茨森一家的必要，而且赫茨森前來度假也不是我能夠控制得到，怎能布局殺害他們！」

司馬伶卻非常肯定地回答：「妳為了殺害博士借故親近本傑明，便能夠慫恿本傑明提議博士在海鸚酒店住宿，好讓妳能夠布局殺害博士！」

「沒證據的別含血噴人！」

緊接莎拉的話，一直沉默的戴娜居然開口幫莎拉說：「其實來海鷗酒店住宿是父親的主意，這個我可以做證。」

「看吧？」莎拉冷嘲道：「相反妳跟游先生才是偷情嘛？整天出雙入對。我看妳只是為了幫小情人開脫罪名所以才誣陷我殺人之罪。」

司馬伶面色一沉，連忙搖頭說：「也許在本傑明游說之前剛好博士決定入住海鷗酒店而已，這不能掩飾妳之後殺死本傑明的事！」司馬伶續說：「依助手的證言，案發當日他曾經獨自在505號房調查一遍，然後隔了幾分鐘重臨505號房則突然發現本傑明伏屍在房內。換言之短短幾分鐘兇手把本傑明帶到酒店房殺死並逃之夭夭，雖然難以令人信服，但事實就是這樣。」

接著司馬伶解釋，在殺死尼爾斯博士後本傑明主要負責清理證據，包括將博士的人頭棄置到酒店外面。完事後，本傑明理應需要跟莎拉交換情報，不過酒店大廳和電梯都有閉路電視，因此本傑明只能從後門進入酒店，並跟隨莎拉上樓梯到505號房商討。

聽起來，在我第一次搭電梯離開五樓時便剛好與梯間的莎拉以及本傑明錯過了。然後在505號房所發生的事情正如司馬伶之前所說一樣，莎拉把505的血字告訴本傑明，二人發生爭執，莎拉最後將本傑明擊斃。整個過程不用幾分鐘，也就是我在電梯內折返回五樓的時間。

「只不過游生的嫌疑犯體質實在太過奇妙了，只要有人被殺，就有他的身影。正是這樣巧合，莎拉在殺人後聽見走廊外傳來電梯開門的聲音，她知道無處可逃，狗急跳牆，只好選擇打破玻璃窗爬到外面。這也都能夠解釋為何玻璃窗會被打爛，而且現場找不到兇器同樣因為是兇手把兇器一同帶走。」

莎拉聽著司馬伶的指控，再次駁道：「我並沒有這麼好身手能夠從窗外逃脫。」

「我想也是，不然妳也不會失手並跌斷了雙腿和幾根骨頭。」

換言之莎拉的斷骨不是在燈塔被人推跌？只見司馬伶她們的語氣越來越具挑釁性，二人都想把對方置諸死地。

7

「妳別亂說！」莎拉大發雷霆道：「我跌斷腳是因為晚上被人推下燈塔，白天根本沒有發生過妳所說的事。再者中午我與丹尼一起在酒店當值，他可以做證我沒有說謊。」

「這個我知道。」司馬伶說：「在本傑明死後我在酒店大廳見過你們二人，但這件事對我的假設沒有影響。」

「妳這是什麼意思？難道妳連丹尼都要誣陷說是幫兇嗎？」

「不對。恐怕丹尼先生對真相毫不知情，不是這一連串殺人的共犯。可是丹尼先生曾經見過本傑明性騷擾妳，再加上妳也知道丹尼一直暗戀自己吧？於是妳就利用丹尼先生的同情心，騙他說本傑明想在505號房強暴自己，結果情急之下一時錯手殺死了本傑明。當時丹尼先生看見妳跌斷雙腿應該更覺可憐，幫妳一同圓謊也並非不可能。」

「我才不是這種卑鄙的人！」莎拉越來越生氣，「正是因為我四肢健全，晚上才會獨自走往燈塔上面，更被神秘人推了下來。反而要是如妳所說我白天時斷了腳，那我怎樣、又為什麼要走到西邊小島？莫說之後還要爬上燈塔的瞭望臺，根本都不合常理。」

「這個我不得不佩服妳的決心。」司馬伶回答：「妳為了要掩飾自己從酒店五樓跌下來的骨折，不惜待到晚上人煙稀疏才往燈塔假裝被推下。燈塔剛好也是五層樓高呢，這樣就算要檢查傷勢也不會有任何問題。」

司馬伶繼續解釋：「至於如何登上西邊燈塔的小島？駕全地形車就好。當然斷腳會讓妳非常狼狽，但全地形車有一個好處，至少油門桿和煞車桿都在手把上，無需用腳操控。換言之只要丹尼先生幫忙把妳固定在車上，單靠雙手妳仍然能夠控制全地形車。縱使駕駛全地形車對身體的負擔非常大，要掌握平衡以及轉彎也需要全身配合，但我相信只要妳低速行駛要一個人駕馭也沒有問題。

「而且就算妳在燈塔被發現時骨折嚴重，但那個應該跟妳延誤治療以及負傷強行駕車有關。在凹凸不平的路面上駕全地形車一定非常痛楚吧？連我都彷彿聽到骨頭一根一根斷裂的聲音，相信丹尼先生也不會願意見到妳這樣。畢竟在他眼中妳只不過因為自衛而過失殺人，沒有必要連性命都不顧走到燈塔裝傷。可是妳有必要把自己弄得半死，好讓他人不會懷疑這是自導自演的鬧劇；所以妳無法把之後的計畫告訴丹尼先生，只能吩咐他在凌晨左右往燈塔找自己。畢竟就算是半小時的車程，以妳當時狀態來說可能花上一倍以上的時間。

「經歷了千辛萬苦，當妳駕車來到燈塔後已是遍體鱗傷，根本沒有需要爬上燈塔的瞭望臺假裝被推下。接著妳要做的只不過是把自己撞暈，藉以增加被襲擊的可信度罷了。不過這樣做妳便失去知覺，無法之後跟丹尼先生互相串通。於是妳唯有在事前寫好便條，留言說自己在瞭望臺散心時被人推下，好讓丹尼發現妳的時候編造口供。

「丹尼先生還真可憐，一直被矇在鼓裡，最後看見便條只能按照妳的意思去做，糊里糊塗地成為了妳的幫兇。」司馬伶胸有成竹地總結道。

「荒謬！」莎拉馬上駁斥：「丹尼是在晚上駕全地形車找我的，這是他親口跟警察說的證供，妳有什麼證據指控他說謊？難道妳找到所謂我寫給丹尼的便條嗎？」

「便條當場就被燒掉吧。丹尼先生有吸菸的習慣，打火機不是問題。」司馬伶突然望向我說：「但我還有別的證據可以證明丹尼先生說謊，助手該是你出場的時間了。」

「游先生？」不止莎拉，在場所有人的焦點都集中在我的身上。但這算是該死的心有靈犀嗎？我居然知道司馬伶的心意。

我拿出手機，把手機螢幕接駁到電視上，並展示出戴娜的油畫說：「這幅畫正是燈塔意外當晚所畫，作畫人是戴娜小姐，當時她正在米基內斯的碼頭繪畫晚上的燈塔。」

莎拉質問：「這幅畫能夠證明什麼？」

我回答說：「大家看一下天上的星軌，有三條線的盡頭是等邊三角形的三點。這時間在夜空唯一能夠看到的等邊三角形是冬季大三角，而星軌沒有沉沒在海平線之下，換言之戴娜的作畫時間是冬季大三角落幕之前，亦即是晚上的十一點前。

「大家再留意在畫中橋上掠過的紅光，那時候在橋上發光的很明顯就是全地形車的車燈。因此這幅畫正好記錄了在晚上十一點之前，剛好有一架全地形車駛到西邊的燈塔……對比起丹尼先生的證供，他說自己在晚上十二點駕車往燈塔確實出現了矛盾。全地形車真正的駕駛者應該是莎拉小姐才對。」

莎拉駁斥道：「只能說你們的想像力太過豐富了吧？這個島上又不只有一架全地形車，憑什麼一口咬定這就是丹尼的？」

司馬伶反問莎拉：「這麼晚還會有什麼人會駕車到燈塔的無人島？要是曾經有遊客來過，妳沒理由不知道又不告訴警察才對，而那個遊客亦無需要隱瞞警方。」

「可能那正是兇手駕車來到燈塔想殺死我的畫面呢。要是那神秘人故意不作聲響，即使我看漏了也不意外啊？」

司馬伶搖頭否認，「這不可能。妳沒看見戴娜小姐的油畫只有一顆紅光在橋上掠過嗎？正如天上星軌一樣，戴娜的油畫準確地記錄了她作畫時所發生的一切；然而橋上只有一束光，就是說明她只看過單程的車燈駛往小島，並沒有回來。所以不可能是兇手所為，因為兇手把妳推下燈塔後理所當然要駕車離開。」

「那點光算是什麼證據？再者全地形車的車燈不是紅色，畫上的紅點根本不知所謂。」

「車燈是白色吧？戴娜喜歡印象派的畫作，而印象派正好是著重以科學知識重組出更真實的光線與色彩，當然不會犯下如此錯誤。畫中車燈之所以是紅光，在物理學上這是叫做『紅移』的現象，簡單來說如果光線正在遠離觀測者的話就會變得偏紅色。」司馬伶說：「雖然紅移現象不可能那麼明顯，但繪畫的目的並非要把所有東西完整還原，這樣用相機拍攝就好。因此戴娜在畫中特別誇張了紅移現象，使得整幅油畫更富層次。」

印象派，真是令人懷念。我記得司馬伶曾經問過我如何從畫中分辨日出和日落，結果戴娜在自己的油畫用上帶有科幻色彩的手法表達出光線移動的方向。這時候我望向戴娜，看來她沒有意圖否定司馬伶對其油畫的理解。

於是司馬伶便對莎拉說：「換言之整個燈塔意外都是妳的自導自演！」

莎拉嘲諷回應：「就因為一幅油畫而認定我在說謊嗎？妳也承認油畫不會把東西原原本本地記錄下來，根本不能成為證據。再者妳所說的一切皆是個人的所謂『推理』，和憑空創作沒有分別啊。」

司馬伶卻不在乎對方的反論，「呵，我確實沒有物證，但不代表我沒有人證。」司馬伶望向丹尼，又說：「丹尼先生，你是唯一能夠指證莎拉說謊的人。坦白說就連我本人也無法確定自己的推理，不過你是當事人，你必定知道我和莎拉哪一個說的才是真話吧？」

莎拉插話道：「丹尼別聽她亂說！你我認識了這麼多年，難道我的心意你還不清楚嗎？」

「丹尼先生！莎拉先是利用本傑明對她的迷戀而殺害尼爾斯博士，現在則利用你對她的愛慕來掩飾自己醜陋的罪行。你根本沒有必要再替莎拉圓謊！」

「妳這小妮子閉嘴！我明白丹尼對我是真心，我更沒有欺騙他的意思，妳這外人又知道什麼？」

「——夠了。」丹尼大聲喝止了二人的對罵，然後低聲對司馬伶說：「記得我們第一次見面時候，我對妳說過什麼嗎？」

司馬伶睜大雙眼，似乎知道丹尼的暗示。

『真是小孩的想法，當妳長大後就會明白世界上有很多事情不知道真相還比較好。』

丹尼告訴西格德警官：「司馬小姐說的話我是摸不著頭腦。當日中午我沒有見到莎拉受傷，莎拉亦沒有說過自己殺死了本傑明。晚上我駕車到燈塔發現莎拉倒在燈塔下也是事實，我不懂得為何戴娜的油畫會是那樣，但我可以發誓自己沒有半句虛言。」

說畢，莎拉一副勝利的表情看著司馬伶，並對在場的人說：「大家也聽見了吧？我是無辜的。我不知道為何司馬小姐硬要把所有罪名推到我身上，明明沒有證據，卻編出一堆無稽之談來誣衊我。」

只見司馬伶緊握拳頭，咬著嘴唇發抖；砰一聲她怒氣沖沖地就推門走出了員工室，我想阻止也來不及。

「伶……」

8

正當我以為司馬伶就此作罷的時候，她卻眼泛淚光地跑回員工室內，而且手中抓著一隻布偶。我認得那就是一直放在酒店櫃檯的吉祥物，同時也是司馬伶最喜歡的北極海鸚布偶。

可是司馬伶突然發了瘋似的，環望四周找到目標後便衝向工作桌拾起一把剪刀——刀光一閃，她手起刀落就猛地把剪刀插進布偶的頭！

「伶妳冷靜一點啊！」我立即跑上前想抱著她，但她竟搶先一步在我和眾人面前把布偶撕碎——接著所有人都嚇呆了，布偶裡面居然藏著一個人頭骨！

我驚道：「這……這是博士的？不對，已經變成頭骨……應該很有歷史……」

「這是朱斯菲娜的頭骨。」司馬伶冷酷無情地宣告：「這就是在此地自殺的，並消失了二十年的，朱斯菲娜的頭骨。」

阿曼達聽見後掩面跪下，「這是姐姐的？怎會在布偶內……姐姐這二十年來就在裡面嗎……」

「這個布偶妳也認得出是酒店的吧。」司馬伶望向同樣花容失色的莎拉說：「別怪我，這是妳的選擇。但從二十年前妳割下朱斯菲娜的頭顱開始，妳就應該知道肯定會有被揭發的今天。沒錯，酒店一連串的殺人計畫確實很完美，我沒有足夠的理據證明妳是兇手；但在妳酒店找到朱斯菲娜的頭骨這個妳沒有方法逃避責任吧？」

西格德和麥克斯警官一聽到是二十年前的頭骨都不敢相信，同問究竟發生什麼事。

司馬伶回答說：「是否朱斯菲娜的頭骨，你們回去科學鑑別就好。」同時又對莎拉說：「不過既然我知道藏在布偶內的秘密，妳也無需奢望能夠掩飾下去了。不論是今天的真相，抑或是二十年前的真相，我都知道得一清二楚。」

莎拉聽見後整個人都脫了力，只是呆呆地垂在輪椅上，看似放棄了掙扎的念頭。

「司馬小姐，」西格德問：「麻煩妳把所有知道的事情都解釋給我們知道好嗎？」

司馬伶點頭說：「嗯。這件事情，所有人都有知道的權利；不止阿曼達，也不止米基內斯的村民，而是整個世界。」

——這是一個關於數學的悲劇。

司馬伶很後悔，其實她應該更早察覺到一切事情都跟克卜勒猜想有關。二十年前朱斯非娜在米基內斯自殺，在她自殺的一年多前克卜勒猜想被尼爾斯博士證明，然後二十多年後尼爾斯博士在臨死之前收到克卜勒猜想的短訊……

時間回到九〇年代初，尼爾斯還沒有成名的那段日子。當時他在丹麥的大學擔任助教，而教授的科目當然是數學。在他的學生裡面有一位天資聰穎的，可是不愛城市生活，所以那位學生在畢業後便回家鄉擔任中學教師。

儘管如此，在偏遠小島教書沒有減退她對數學的熱誠。她最喜歡鑽研的是拓樸學，尤其是繩結理論，更不時把這個範疇的論文公開上傳到學術平臺上。

即使尼爾斯的專長不是拓樸學，但他在網上看到那位學生的論文也一定會認同她的天賦。於是兩人在離開校園後依然繼續書信來往，變成了數學上的知己良朋。

說到尼爾斯最擅長的領域莫過於是數學與金融經濟的結合。可惜這方面的研究，尤其是涉及金融投資的，需要大量資金才能夠有成果。礙於當時尼爾斯缺乏名氣，根本沒有人願意投資在這位所謂的大學助教身上，這讓懷才不遇的尼爾斯非常沮喪。

這世界的資源分配原本就是如此不公平，有能力的人沒有資金是無法成功。也許尼爾斯非常羨慕他的那位學生能夠搬到孤島上依然繼續研究數學的這份熱誠吧，甚至她的熱誠對於尼爾斯來說是太過耀眼，讓他不敢直視；羨慕的感情亦開始變質，漸漸變成妒忌。

直至有一天，他收到那位學生的信中透露自己完成了一個偉大的研究，這亦驅使尼爾斯犯上一個令他內疚一生的罪孽。他就跟那位學生說，希望在她發表論文之前能夠親自過目給予意見。畢竟尼爾斯是那位學生的恩師，能夠得到恩師的讚賞是她一生裡面最高興的一刻，也許是這個原因她很爽快就答應了尼爾斯的請求。

結果可以猜得到，尼爾斯把他的學生的研究成果據為己有，並發表了一篇震驚數學界的偉大論文，那就是克卜勒猜想的證明。

而那位學生，因為身處偏遠的法羅群島，要等到一段日子之後才發現自己的研究成果被盜用。被最仰慕的人所背叛，那是她一生最痛心的一刻。

司馬伶把昨天在員工室列印出來的數學論文排在桌上，低聲說：「那位才華洋溢的學生，她的名字就叫做朱斯菲娜。也許她之所以心痛，除了因為她仰慕尼爾斯博士之外，心底裡原本也有點喜歡他吧。被恩師、被喜歡的人所背叛的雙重打擊，不是普通人能夠承受得起。」

更甚者，尼爾斯為了阻止朱斯菲娜揭穿自己的罪行，在成名後利用各種方法在數學界打壓朱斯菲娜，散播謠言說她因為妒忌而誣衊自己，把朱斯菲娜塑造成為一個研究數學失敗的瘋子。結果無論朱斯菲娜如何說明自己才是真正證明克卜勒猜想的人，在其他人眼中她只不過是一個失心瘋的怨婦；即使逃到米基內斯，數學界也已經再沒有朱斯菲娜能夠立足的地方。

朱斯菲娜自暴自棄，到最後只能走上自殺一途；用自己最擅長的繩結來吊死自己，是最諷刺的死法。

9

「師生戀呢……同樣也是命運弄人。」司馬伶拿出二十年前朱斯菲娜遺書的副本嘆道：「這封信其他人看不明白是很正常。信中只有請求原諒，卻沒有請求的對象——即是信中沒有上款，因為信的上半部被人帶走了。

「要藏起一個人頭非常困難，但要把半封信收起來就簡單得多。當然，這只有一個人能夠辦到，那就是二十年前，第一個到現場發現朱斯菲娜自殺的人。

「那位發現者，諷刺地大概也是朱斯菲娜的學生吧。畢竟朱斯菲娜早出晚歸，大部分時間都搭渡輪到沃格島教書，接觸得最多就是她的學生。

「該學生與朱斯菲娜的關係非比尋常，這可以從信中內容以及第一發現者會單獨拜訪朱斯菲娜而猜到。密室什麼的也肯定是說謊吧，那個人本來就有朱斯菲娜家的鑰匙，因此才能夠登堂入室，並在書房發現了自己老師的遺體。

「我說得對吧，莎拉小姐？」司馬伶對莎拉如此說，亦即暗示莎拉正是二十年前朱斯菲娜自殺案的第一發現者。

「聽說妳在求學時期很受男同學歡迎，卻沒有一個看得上眼呢？事實上妳一直有交往的對象，只不過既是同性戀，又是師生戀，妳知道世俗的眼光肯定不能接受，於是只能夠與朱斯菲娜偷偷地相戀。

「當日妳見到朱斯菲娜吊死在書房內，心情會是怎樣？」司馬伶翻看資料說：「死者的屍體在二月十五日被發現，但死亡時間應該兩至三日前，而且警察說過第一發現者在死者被殺的那幾天有確切的不在場證據。」

司馬伶緊盯著莎拉說：「換言之妳在二月十四日的情人節因事沒有辦法陪伴朱斯菲娜，所以在翌日一早便趕到米基內斯與朱斯菲娜見面，卻一開門就看見自己的愛人吊死在橫梁之上。已經是死後的二至三天，屍體的外表也開始變得嚇人了吧？我想我沒有辦法可以體會到妳當時的心情。

「但我猜妳除了悲傷之外，一定也很自責；要是自己能夠早一點跟朱斯菲娜見面，也許朱斯菲娜就不用死。錯過了的情人節竟變成陰陽相隔，所以妳覺得自己一定要為對方做一點事。

「這時候妳見到在桌上放了一封信，是朱斯菲娜寫給自己的遺書。妳打開來看，發現信的前半部分全是在控訴自己才是真正證明出克卜勒猜想的人。當時妳還只不過是一個中學生，看不懂信中的算式；但妳害怕其他人看到這封信會以為朱斯菲娜想出名想瘋了，會繼續恥笑她的死。結果妳就索性把信的前半部收了起來，只是剩餘下半部當作是朱斯菲娜自殺的遺書。

「在冷靜過後，妳開始需要面對朱斯菲娜的死亡。妳一直在問上天為何同性戀要遭到其他人白眼？為何師生戀會遭到社會反對？如今不只其他人，甚至連上天都要奪去朱斯菲娜的性命。這時候妳變得憤世嫉俗，心想就算全世界都要阻止妳們兩人的愛，妳也不能夠認輸。到最後，妳下了一個決定，就是要把朱斯菲娜的頭割下來；妳要跟朱斯菲娜一起生活，直到永遠。

「真是奇怪，原來割下朱斯菲娜頭顱的人並不是因為『恨』，反而是因為『愛』。這個正是警察二十年來都找不到割頭兇手的原因。

「至於在割下朱斯菲娜的頭之後要如何從雪地密室帶走，當我看見米基內斯的地圖，還有地圖上的等高線時便想起了伽利略的斜面實驗。」

伽利略的斜面實驗指出，假如可以忽略各種阻力和摩擦力的話，一顆鋼珠從斜面A滑下，無論中途如何崎嶇，鋼

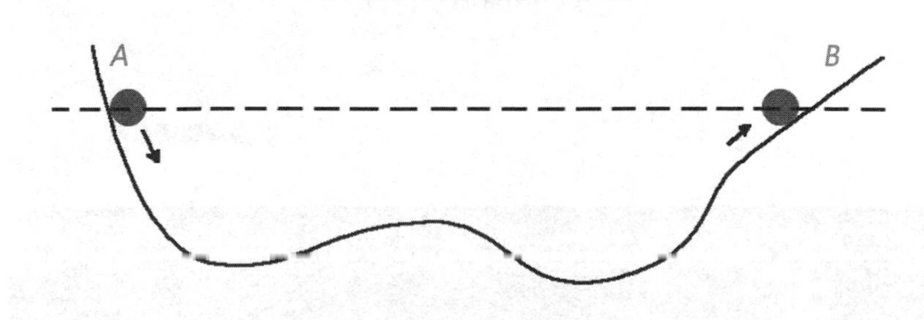

珠必然能夠在終點的斜面B攀升至起點相同的高度。

「碰巧這間酒店的位置，亦即是二十年前朱斯菲娜家的位置，正好在一座小山丘之上。」司馬伶又拿出幾枚照片說：「而且米基內斯島上民居都有一個特色，就是屋頂呈三角形，以避免積雪。」

「這樣的話伽利略的斜面平臺已經準備就緒，接下來只需要用某種方法把人頭包好，它就成為斜面實驗裡面的鋼珠了。」

司馬伶又拿出另一幅圖解釋：「兇手把人頭包好，並搬到二樓屋頂，再用梯子鋪上帆布當作斜臺，然後推下——雪地的摩擦係數較低，理論上可以一直滾到北邊的海上。」

我想雖然途中有灌木林阻擋，但二十年前灌木林應該不存在才對。這正是司馬伶執意要檢查那些帚石楠的樹齡的原因。

「當然，這樣做就算包裝好的人頭能夠滾到海上，在途中亦一定會留下雪痕，雪地密室

從二樓屋頂滾下的包裝人頭

二十年前不存在的灌木林

北極海鸚棲息地

就無法完成。為了隱藏頭顱的去向和保護自己免被懷疑，密室對於莎拉來說是絕對有必要的。

「縱使我沒有想到任何方法把人頭平安滾到大海而不留痕跡，但減輕雪痕的方法還是有的。」司馬伶高舉食指說：「方法就是自製氣球，而且越大越好。

「關於氣球的製作方法，可以把諸如浴室的塑膠紙、收藏衣物的真空袋等不透氣的材料裁剪成一片片樹葉形狀，然後用膠帶把材料逐一黏貼起來就好。只要在包上最後一塊材料前把人頭放到裡面，然後打氣封口，這樣氣球就大功告成。

「就算手工製作難免氣球漏氣，但只要捱到一至兩分鐘不會變形，就足以讓氣球滾下山往大海。而且氣球到達大海時更能夠因為漏氣而沉下，掩人耳目。

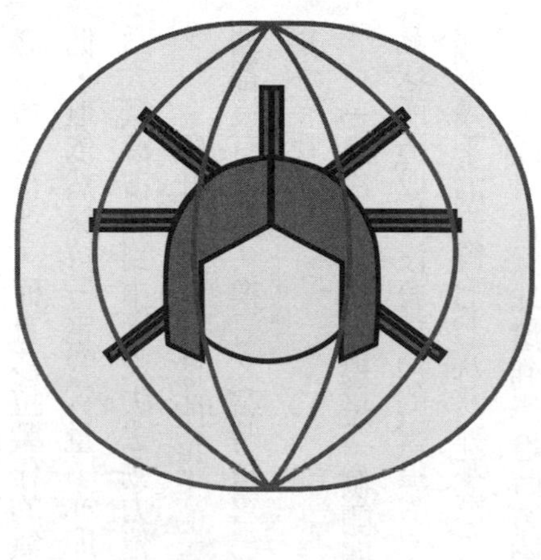

「縱然視乎材料製作氣球並不困難，但把人頭放進氣球內之餘亦需要有方法把人頭固定在氣球的正中間，這樣做就有點殘酷。我立刻想到的方法就是利用人頭上面的頭髮，把頭髮黏貼在氣球的上下左右不同方向，如此一來就能變相把人頭懸掛在氣球中央。

「當巨大氣球製作成功，因為空氣相當輕，即使氣球要包裝人頭其整體密度亦會大幅減低，如果之前有替人頭放血的話效果更明顯；另一方面氣體的分子結構較為鬆散，好比汽車的安全氣囊一樣能作為緩衝之用；再加上只要氣球夠大、接觸面夠廣，其對雪地所造成的壓力亦會相應減少。

「試想像一個巨型沙灘球滾下雪地的話它所留下的雪痕

必定會淺得多。而且莎拉製作的氣球比沙灘球更適合滾下山，原因是包裝人頭的沙灘球雖然密度低，但依然保持一定的質量，亦即是有更充分的位能轉化成向下滾的動能。相反假如是沙灘球的話大概滾下山到中途就失去動力停下來了。」

「除此之外，氣球所留下的雪痕深度亦跟天氣有關。據報案發期間米基內斯已有好一個星期都沒有下雪，換言之當時積雪已不再是新雪，雪的結晶會自然破壞和壓縮，這樣的雪地較硬較能承受壓力。

「最後是案發現場是一個開闊且迎風的小山丘，而報警當日更開始降下粉雪；大風能夠把氣球所造成的沒有稜角的雪痕吹平，而粉雪更能進一步淡化雪痕。因此待半天後警察來到，也許雪痕幾乎消失得七七八八亦不意外。

「或者當氣球滾到岸邊時會因摩擦力減速和漏氣而留下較深的雪痕，但警察顯然沒有找得那麼遠，以致他們無法發現滾到大海的人頭。」

司馬伶總結道：「諷刺地當時年紀尚小的莎拉假如懂得使用這種方法運走人頭，可能也是以前理科老師朱斯菲娜的教導呢……」

莎拉聽見後沒有反應，只是閉起雙眼坐在輪椅上，整個人好像老了很多歲一般。

但我問司馬伶：「那為什麼最後朱斯菲娜的頭會藏在北極海鸚的布偶內？」

「這個嘛……可憐的北極海鸚，正是莎拉整個復仇大計的象徵。」

10

司馬伶說：「當日莎拉雖然成功把朱斯菲娜的頭運走到北邊的海岸，但整件事情尚未結束，她還需要帶走頭顱並收起來才行。我想總不能拿一個塑膠袋去回收嘛？她要想一個方法掩人耳目。

「碰巧北邊海岸最多的就是北極海鸚。我們旅遊的第一天就見識過吧？也許莎拉也是見到那些海鸚而靈光一閃，把朱斯菲娜的頭藏到北極海鸚的布偶之中。畢竟海鸚布偶在島上已有不少歷史，一直以來也是米基內斯最受歡迎的紀念品；這樣做她和朱斯菲娜就能夠如影隨形，永遠不用分開。」

此刻我記起司馬伶第一次在旅客中心曾經說過酒店的吉祥物飽歷風霜較有可愛的「質量」，原來那不是什麼比喻。塞了頭骨當然就比較重吧，所以後來司馬伶再到旅客中心時又確認了一次布偶的重量。

我繼續問司馬伶：「即使如此，把北極海鸚說成復仇的象徵又是什麼原因？」

司馬伶回答：「對於朱斯菲娜的死，最初莎拉找不到憎惡的對象，只能把所有的錯都歸究於社會，是社會使她們二人陰陽相隔。莎拉甚至要把朱斯菲娜的頭顱割下來收到布偶裡，也是對於社會硬要分隔她們的一種報復。

「可是這樣並不足夠。後來莎拉想起之前收藏起來的東西，亦即朱斯菲娜的上半部遺書。當時她對於遺書的數式完全沒有頭緒，也許正是這個原因她便開始留意所有有關數學的東西吧。」

這時候我又記起第一天認識莎拉的一幕，當司馬伶說到自己是巴黎第六大學的畢業生，莎拉馬上就附和說巴黎第六大學的數學系特別有名。而且當第一次在直升機上提及克卜勒猜想時，莎拉的表情同樣十分驚訝；我以為她驚訝是因為司馬伶突然說起數學，但現在回想起來莎拉那個反應應該是她早就清楚克卜勒猜想的存在。

「以下的我已經沒有什麼證據，說是個人的推測也不為過。」司馬伶繼續說：「當莎拉長大畢業之後，她便開始嘗試認識一些數學界的朋友，希望有助她解開朱斯菲娜在遺書上所寫的數式。因為即使朱斯菲娜的死已經過了多年，莎拉對社會的恨從來沒有減退，反而與日俱增。莎拉畢業後的目標就是要找出害死朱斯菲娜的人，並且要親自報仇。正是這個原因，莎拉才回到朱斯菲娜在米基內斯的舊居，並在原址改建酒店。」

司馬伶又解釋，自從把朱斯菲娜的頭藏在布偶之內的一刻開始，對於莎拉來說「海鸚」就是「棺材」的別名。所以莎拉把酒店命名為「海鸚酒店」，就是想終有一天，她要那個害死朱斯菲娜的人同樣死在酒店之內；海鸚酒店由建成的第一天開始就是為仇人準備的一副「棺材」。這就能夠解釋為何兇手要執意在酒店內殺死尼爾斯。

「最後皇天不負有心人，莎拉終於解開數式的意思，並且查出二十年前的真相。她知道盜用朱斯菲娜論文的人就是尼爾斯•赫茨森，一個在國內享負盛名，有權有勢的有錢人。可是他所有得來的東西都是從朱斯菲娜身上偷來的，假如朱斯菲娜的證明沒有被尼爾斯盜用，那麼今天享樂人生的應該是自己和朱斯菲娜才對。

「因此莎拉痛恨尼爾斯博士，更痛恨赫茨森看似幸福的一家。只不過現實中要殺害這種名人並不容易，所以她便想到從尼爾斯的兒子本傑明下手。」司馬伶毫不留情地說：「只能怪本傑明這個無能的富二代貪圖女色。縱然莎拉不喜歡男人，更憎惡赫茨森家族，但為了報仇她不得不出賣自己的肉體去接近本傑明。

「如是者經過一段日子，莎拉總算得到本傑明的信任；尤其之前不斷接觸數學讓莎拉有能力看穿尼爾斯分配遺產的秘密，她便以此挑撥本傑明和家人之間的感情。

「這時候碰巧戴娜提議到法羅群島寫生，這讓尼爾斯喚起了二十年前的往事便想到米基內斯走一趟，於是莎拉就慫恿本傑明叫博士一家人入住海鸚酒店，同一時間莎拉亦開始策劃在酒店殺害尼爾斯的計畫。」

司馬伶總結道：「接下來就如我一開始所說的一樣，莎拉為要脅本傑明履行共同殺害尼爾斯的承諾，不惜連露沙的性命也要奪去。當然這除了是殺死露沙，還有把露沙腹中本傑明的骨肉一同殺害的含意——凡是所有姓赫茨森的都不能放過。」

「之後尼爾斯和本傑明的死我也不再多說了。」司馬伶望向莎拉問道：「以上是我的假設，如果有錯的話可以指正我。」

「哈哈……」莎拉坐在輪椅上苦笑說：「妳真是太聰明了……其實由第一刻看見妳開始我就已經在提防，因為妳的眼神跟朱斯菲娜一模一樣……妳們是相同類型的人。不過妳還有一件事情說得沒有全對，就是關於露沙被殺的原因。露沙其實也是因為妳而死的。」

司馬伶神情哀傷，「妳是想利用露沙的死來嚇走我嗎？正如那些偏光膠片弄出來的鬼影惡作劇一樣，一切都是想趕我離開米基內斯的把戲。所以在妳離開酒店療養期間酒店再沒有鬧鬼，我才能安心睡覺。」

「我的確想把妳嚇跑，奈何妳身邊多了一個跟班替妳分擔了精神壓力。」莎拉又問：「但妳這麼聰明，就沒有懷疑過為何我能夠準備那套投影裝置嗎？那不是幾天就能到手的。」

「對，玻璃窗上的偏光膠紙也貼了好幾年，不是為對付我而設的。」司馬伶想了一會，便恍然大悟回答：「原來妳辦酒店的目的，就是想利用酒店的旅客把米基內斯鬧鬼的消息傳開去！妳希望有朝一日尼爾斯博士聽見傳聞並心生懊悔，回來悼念朱斯菲娜——」

說到中途司馬伶卻面色一沉，「難怪妳和戴娜都說博士入住海鸚酒店並非因為本傑明的推薦，而是自己的意願！博士是聽到鬧鬼傳聞後投懷送抱，自己來送死的。如此一來妳就能夠徹底撇除自己與博士的關係……這豈不就是一個布局多年的殺人計畫嗎！妳明明恨不得要將博士殺死，卻能夠一直堅持等待……這太可怕了。尼爾斯博士已經一把年紀，難道妳就沒有想過可能他將來行動不便而不會重臨米基內斯？」

「殺不了尼爾斯就殺他的兒子、殺他的女兒、殺他的孫子。就算雅各十二個兒子發展出十二個部落十四萬人，我都要把姓赫茨森的統統殺死！」莎拉冷笑道：「只可惜妳果然太過危險。我早該料到計畫會被妳識破，當晚在灌木林就不留妳性命。」

司馬伶驚道：「我記起來了！當晚我一個人到林中探險，一方面自己疑神疑鬼，另一方面我確實在樹影之間見鬼才嚇暈的。想必那時候妳只是剛好在投放鬼影罷了。」司馬伶又搖頭說：「可惜妳當時不能夠殺我，因為隔天就是殺害博士的日子，打草驚蛇對妳沒有好處。」

「哼，難道這是天意嗎？」莎拉自嘲道。

「不過妳殺死我的話就沒有人替朱斯菲娜平反了。而且我相信尼爾斯博士也非常後悔當年逼死朱斯菲娜，因此才會重臨米基內斯悼念朱斯菲娜小姐。我記得第一晚露沙死後尼爾斯博士曾經說過是自己害死露沙，妳也是利用他的自責而寄手機短訊要求他在日食時留在房間內吧？」

「本來他就是該死，就算二十年後才後悔又能補償什麼？」莎拉罵道：「只是內疚就被原諒，這個世界才沒有這麼簡單！所以我要赫茨森的全家都不得好死！」

莎拉雙眼忽然充滿血絲，面容扭曲！她伸手到懷中竟取出一把手槍並指向戴娜！我因為早已經有不好的預感，身體不由自主地擋到戴娜面前，聽天由命——

「別動！」莎拉繼續舉槍，並喝止企圖拔槍的西格德和麥克斯：「警察敢動的話我就要這裡的人陪葬！」

現場所有人物都靜止了，包括對著槍口的我在內，都只能聽從莎拉的吩咐。莎拉又說：「雖然我憎恨赫茨森一家，但我改變主意了……」莎拉忽然把槍指向司馬伶，「現在妳是我最討厭的人——」

司馬伶看見槍口指著自己，只能目瞪口呆，一臉驚慌。

「伶！」而我一心保護戴娜，竟忘記了司馬伶的安全。

「殿下！」

因為司馬伶就站在莎拉旁邊，就連西格德也無法阻止悲劇的發生——

砰！

「啊啊啊！」我不禁大叫，卻被抱怨：

「很吵喔助手。」

我只見到司馬伶中了槍但沒有受傷？

司馬伶沒有理會我，而是對莎拉說：「妳記得第一天我在咖啡館表演的魔術，但不記得我說過的臺詞呢。」司馬伶從長衣的口袋裡拿出另一把手槍說：「最擅長偷東西的就是數學家喔。妳手上那把只是給三歲或以上兒童玩的玩具，不能放進口中。」

「妳在什麼時候……難道！」

「今早在我叫大家集合的時候早就知道妳是兇手，妳認為我還會這麼好心在門口替妳推輪椅嗎？蠢材。」司馬伶又跟西格德說：「還不快點把她制伏？雖然我知道自己換了她的手槍，但被槍指向自己還是會害怕啊。」

西格德聽見便馬上拿出手銬把莎拉撲倒在輪椅下。員工室內只剩下莎拉的悲叫聲不斷迴響，而一連串在米基內斯的殺人案就此落幕。

11

莎拉被捕後，司馬伶一個人走到酒店外遙望燈塔，背影有幾分孤獨。當我走上前想跟她說話時，反被司馬伶開口問我：

「你知道伽利略嗎？」

我回答：「嗯，就那個在比薩斜塔掉下金斧頭和銀斧頭的人。」

「笨蛋，他又不是殺人犯。而且他比較有名的應該是支持日心說而被教廷判罪的歷史吧？」

接下來是司馬伶的獨白。

「科學家有一段非常長的時間都認為地球才是世界的中心，尤其教廷同樣支持地心說，所以在十七世紀以前甚少有人願意賭上自己的前途跟教廷唱反調。伽利略．伽利萊是當時少數有名的科學家敢於公開反對地心說，並且支持哥白尼的日心說。」

可惜早年的伽利略因害怕步哥白尼的後塵被世人中傷，所以同樣不敢發表任何支持日心說的言論。然而在一五九七年，一次相遇也許就成為了伽利略內心的轉捩點；一位名不經傳的小伙子居然發表一本名為《宇宙的神秘》的著作並公開支持日心說——那個人正正就是克卜勒。

當時克卜勒二十六歲在一間修道院當數學教師，而伽利略則在帕度亞大學擔任數學教授。一次機緣巧合之下，伽利略收到友人贈書《宇宙的神秘》，造就了歷史上克卜勒和伽利略的第一次接觸。

在伽利略讀畢該著作後，他深受感動並特意回函道謝，希望可以成為克卜勒的朋友。克卜勒收到感謝函後同樣相當高興，感覺自己終於覓到知音人；於是他在回函中毫不吝惜地把證明日心說的實驗方法傾囊相授。由於克卜勒沒有相關的精密儀器，所以他希望伽利略能夠代為實驗，並回信告知他實驗的結果。

假如歷史有見證人的話，他一定會非常期待這兩位數學天才聯手證明日心說吧？可惜事與願違，伽利略不單止沒有回信，更無視了接下來克卜勒的信件長達十三年。

直到一六一〇年，二人的社會地位經已有所逆轉。這並不是在貶低伽利略，事實上同年伽利略利用自製的望遠鏡發現了木星的四顆衛星，這是天文學上的重大發現。因為假如那四顆衛星真的圍繞木星運行，那麼「所有天體必然圍繞地球運行」的地心說就無法成立了。

在發現木星的衛星後，伽利略希望把四顆衛星獻給當時的統治者麥地奇家族，好讓麥地奇家族能夠成為自己的贊助人。可是木星有衛星這個說法對於當時的人來說始終難以接受，單靠伽利略的名聲並不能說服麥地奇家族。結果，伽利略只好再次寫信給克卜勒請求協助，因為克卜勒當時已經是神聖羅馬帝國皇帝魯道夫二世御用的皇家數學家。

其實自亞里斯多德開始一直至中世紀，天文學與占星學同屬數學的範疇，所以作為皇家數學家，克卜勒主要的工作都是為皇帝提供占星學上的建議。縱使克卜勒對於占星學與神學採取懷疑的態度，但他占星的技術贏得貴族與皇帝的信任，是當時聲望極高的數學家。正是這個原因，伽利略需要克卜勒為自己的發現給予正面的肯定來增加可信性。

結果克卜勒也沒有令伽利略失望，隨即發表《與星夜信使的對話》，押上了自己的名聲來支持伽利略，使伽利略最終獲得麥地奇家族的信任。

正當以為二人的關係會因此好轉，但這一次的接觸卻反而增加了二人之間的嫌隙。

雖然克卜勒公開支持了伽利略的《星夜的信使》，可是伽利略對此沒有特別感謝克卜勒。事實上伽利略有為答謝其他支持者而贈送望遠鏡，但對於克卜勒多次希望得到望遠鏡的請求卻連番推搪。另一方面，克卜勒對於伽利略漠視自己的《新天文學》亦感到非常失望，於是二人在這一次之後就再沒有來信，關係再次轉趨冷淡。

不過同是支持日心說的少數，就算二人不想扯上關係也不可能。由於伽利略改良了望遠鏡的構造，使得更多支持日心說的天文現象陸續被發現；伽利略亦公開承認自己是哥白尼日心說的支持者，結果此舉當然就受到了教廷的猛烈抨擊。

當時有一位紅衣主教發表聲明，說除非有物理證據證明太陽不是圍繞地球轉，而是地球圍繞太陽轉，否則哥白尼的日心說將不能夠成立，支持日心說的人包括伽利略都是教會的異端。

這時候伽利略終於要面對他最不願意面對的事實，於是他著急了；但他還是有信心認為自己能夠用物理的方法證明地球無時無刻都在自轉，而不是太陽圍繞地球轉動。

伽利略的著眼點是地球的潮汐漲退。他認為地球的自轉和公轉會令海面加速和減速，從而形成潮汐。這情況就好比不斷搖晃一隻水杯蕩起波浪一樣。他甚至能夠準確計算到當地部分的潮汐狀況，只可惜整體來說他的報告並不全面。

其實早在之前克卜勒亦曾經提醒過伽利略，說假如每天只有一次潮汐漲退的話伽利略的報告的確沒有問題；可是我們見到每天有兩次潮汐漲退，這應該是因為月球的影響才對。

不過伽利略並不同意克卜勒在《新天文學》中所說的橢圓軌道，所以他同樣不接受克卜勒的意見，並解釋潮汐出現兩次可能只是受到海床地形的影響而已。結果就如我們現今的常識，地球潮汐的確是受月球引力影響，所以克卜勒的主張才是正確。伽利略到最後都無法用物理方式證明日心說是正確，於是被教廷判處為異教徒，直至數百年後才沉冤得雪。

現在我們知道，除了關於潮汐的解釋，還有克卜勒在《新天文學》中所說的橢圓軌道亦同樣正確——宇宙天體所運行的軌道並不如傳統的圓形，而是橢圓形。及後《新天文學》中的克卜勒定律變成了日心說的強力論證，但諷刺地同樣對日心說作出偉大貢獻的伽利略卻一直否定克卜勒的主張。

因為二人無法合作，結果不論伽利略還是克卜勒都無法靠一人之力證明日心說。直至十七世紀，牛頓在二人的基礎上建立了萬有引力的理論和三大運動定律，日心說才能正式取代地心說成為科學界的主流。

「對於伽利略為何一直迴避克卜勒，歷史學家一直都沒有明確的共識。無論數學定理如何一個一個被證明，但人心的謎卻永遠無法解開。」司馬伶嘆氣說：「也許對於伽利略來說，克卜勒實在太令人妒忌了吧？身處較為自由的社會，能夠毫無顧慮發表日心說的著作，而且還成為皇帝御用的數學家。也許他害怕把知識分享給克卜勒就會被他搶先一步證明日心說，因此伽利略才會採取迴避的態度也說不定。」

司馬伶回頭望向我說：「但這很可悲吧？明明只是最單純的數學卻因為無聊的私利而變質。愛情也是一樣，最單純的愛情終有一日都會因為私心而變成怨恨，甚至最後還變成殺機。」

我看見司馬伶寂寞的面容，便安慰她說：「妳同樣害怕自己將來會因為名利，讓自己喜歡數學的初衷變了質嗎？」我拍一下她的肩膀，「放心吧，我肯定妳不是這樣的人。」

「為什麼你如此肯定？」司馬伶抬頭與我四目交投，水靈的眼睛希望我能夠化解她的憂愁。

於是我回答：「妳肯定不是這種人……因為妳是丹麥王國的公主啊，大小姐！妳怎可能會為了名利做這些愚蠢的事？妳本身就有名有利了！」

司馬伶始笑道：「西格德終於沒有幫我守秘密了呢。」

同時一架直升機已經降落到她的身後，並且有保安人員上前迎接。

回想起當初在咖啡館的情景，當司馬伶交出護照給西格德檢查時，西格德先是愕然，同時司馬伶把自己的「姓名」道出。我以為司馬是她父親的姓氏，豈料那只是母親的姓，而司馬伶也只是她的化名而已。

我無奈地說：「妳還居然一直稱呼戴娜做公主呢。」

「戴娜小姐比我更像一國公主嘛。」

「我就說西格德他們不可能為了保護一個數學家而勞師動眾，原來是這樣一回事。」

「沒有告訴你很不好意思呢。不過我玩得很開心，我不會忘記與你一起查案的這幾天。」

司馬伶對我揮手，接著便回頭登上直升機——

「喂，殿下。」我追上前拿出一份禮物，「這布偶原本是我一早買來送給妳的。雖然發生了莎拉的事……但這隻北極海鸚的布偶妳應該喜歡吧？」

「嘻嘻，我很喜歡。」司馬伶把海鸚布偶抱進懷中，然後便踏上直升機再對我揮手道別：「再見了助手。但我想我們有機會再次碰面吧？只要你還是擁有那種奇怪的惡運，我也會出現在你面前並替你找出真兇的。」

「這樣的話我可能要鍛鍊一下身手，又或者考一個醫學博士才能跟妳歷險了。」

引擎聲漸遠，我一直揮手，直到直升機終於消失在米基內斯的天空。

第五屆【金車・島田莊司推理小說獎】決選入圍作品評語

（本文涉及謎底與部分詭計，請在讀完全書後再行閱讀）

日本推理小說之神／島田莊司

在日本本格推理小說文壇，近來某種流行勢力逐漸抬頭，那是因為明白企圖欺騙讀者、讓人迷失方向、讓人大為吃驚的詭計已經利空出盡，所以用之前曾經出現過，而且獲得好評，由前人所構思的詭計或機關加以模組化（部分完成品），加進自己製作的裝置中，並擴充其數量，亦即以量取勝，以此說服讀者的一種作風。

藉由數量，能對使用者產生一種蒙蔽效果，讓他們看不見自己挪用前輩功績的行為，就此發展成無罪意識，進而得到好評。由於有這樣的前例，所以人們想到利用這種借用方式，保證可以提高作品價值。而前例的作品問世後，已過了好一段時間，這項現實也容許作家採取這種行為。那些存在於昔日領域的前例中，應該極力避免借用的這份良知，如今就像隨風飄搖的燭火般，幾乎已蕩然無存。

在這一點上，筆者感到憂慮，以既有的點子，採以量取勝的作戰方式借用的例子，與自行發現前所未見的詭計、發明突出且驚人的結構，以此做為主軸所完成的新作品，當兩者擺在一起時，該如何定出名次，才算是正確的選評呢？我也曾接受過這樣的提問。

身為選評者，我想先在此明確表達我的判斷方式，我會視哪部作品發現前所未見的點子，而給予較高的名次。借用既有的例子，如果只採用一個，不算是盜用。但如果一次借用多個，要說這不是盜用，可就站不住腳了。前面所提的例子，我不得不說一句，像這種構想的連鎖反應，會陷入惡性循環中。而這種傾向是在某種風潮的末期所產生，等日後這股風潮停了，便看不到任何有發展性的遠景。

「詭計貧乏」這句話，從筆者以新人的身分踏入日本文壇的時候起，大家便常這麼說。但筆者從不這麼想，實際上，我自認也一直在各個領域上提出從未見過的點子。不過，筆者歷經將近四十年的寫作時光，對於這樣的主張，也不得不給予相當程度的認同（但老實說，筆者至今仍不認為詭計的可能性已經枯竭）。因此，對於這早在十年前就已隱隱預見的嚴重事態，基於想避免這種情況發生的一份心，我提出了「二十一世紀本格」的想法。

所謂「本格推理」文學，自從范．達因登場後，十九世紀時的科學構想，亦即指紋、血型、不在場證明構想等等，就像棒球規則一樣，逐漸成為推理時的約定事項，固定套用在小說中。因此，既然現在是處在詭計貧乏的狀態，我提議跳脫出一九二〇年代的這種遊戲法，乾脆重回一八四一年的《莫爾格街兇殺案》構想，與活用當時最新科學的愛倫坡和柯南道爾採取同樣的思考方式。

不光只有指紋、血型、聲紋，二十一世紀的科學甚至已發出ＤＮＡ、基因重組、發育生物學、人造骨骼、人造血管、腦科學等，只要將這些要素納入我們的眼界中，可當題材的對象可說是取之不盡。這在向我們暗示，有無數可能等著去發現，前景看好。

話說回來，范．達因的主張，是企圖在仍置身於黎明期混沌裡的新興領域中，呈現出完成品，這並非不容懷疑的神諭。考量到英美領域後來都走進死胡同的這項事實，筆者的主張豈不是顯得很自然並且有其必要嗎？透過這種原本的構想，亞洲的本格推理可以不必步上英美領域衰退的後塵。

然而，這項提案有種略微局限於表面的傾向，對於本格推理創作既有的定型作品，往往被誤以為是一種副領域的試行方案，而在華文世界的本格創作中，也開始出現大量採用模組群的手法。

此外，也有人誤以為二十一世紀本格單純只是科幻創作，或是將活用腦科學視為終極目標。如果是這樣，筆者覺得愈來愈值得擔憂了，恐怕在亞洲也阻止不了這種文藝領域衰退的現象。

不論是「近代自然主義」文學、「科幻」文學，還是「本格推理」，都是十九世紀的科學革命衝擊產下的嬰兒。不論哪一種文藝，若沒有科學與其新思潮的抬頭，都不可能誕生。但這三種文藝，其各自追求的目標都大不相同。

「自然主義」是達爾文進化論督促那些過去宗教強加於人的道德觀進行部分修正，引導出對人類這種動物的自然姿態描寫。「科幻」則著眼於科學引出的嶄新未來社會的樣貌和新思想、光明未來的戀愛和冒險，以及高效率殺戮的未來戰爭、徹底監控和貧困的黑暗世界，再加上出人意表的各種科學道具，全部陳列在讀者面前。

「本格推理」始終著眼於「邏輯推理」，對象主要是刑事罪犯。以走在時代尖端的科學見解做為應證的輔助線，這是基本。本格不論想靠近哪個領域，都不會揚棄邏輯推理。

【金車．島田莊司推理小說獎】這次同樣也有優秀的挑戰作品登場，但我前面所提到的不安，也有助長的趨勢。今後我也會很仔細的加以說明，同樣出現在日本的不安構造，以及二十一世紀本格所追求的目標，並期望能在不會迷航的領域中持續前進。

＊

今年的這部作品，讓選評者熱切期望能有華文轉日文的高速翻譯機登場。這部作品在故事展開的過程中，展現了許多魔術，讓在場觀看魔術的人們見識到奇幻風景；而且在演出戲劇的同時，來到後段開始解說謎團，二度讓人大感驚奇。儘管擁有這樣的特殊結構，但作者描述的故事梗概，以及魔術手法的說明文，即便請了懂中文的選評者對其所理解的內容做詳細口頭說明，還是無法完全理解魔術手法。

作品愈是傳達出像傑作般的氣息，愈會給人焦急難耐的感覺，要是今後仍持續這種傾向，恐怕會對大量使用物理性詭計的作品產生不利的影響。如果全部改換成日文，我或許就能有更進一步的理解，而難以理解的部分，也應該能從周邊發現看穿謎題的材料才對。

這部作品如同總論所描述，是依序提出多個推理模組，並用數學來加以分析、解說，成功的用宏大的格局讓整體呈現出充滿幻想的推理風景。不過這部作品令人喜歡之處，在於魔術劇本身雖然讓人覺得有點似曾相識，但這不是隨便借用之前的例子，而是全都出自作者的原創。在閱讀這部作品的過程中可以確定，這一點應該能做為一部作品得到高度評價的前提。

作品中的風景充滿畫面感，這本身也極具魅力，而且當中導入的數學理論，為作品添加一種高級感，這點也值得嘉許。

三到四種事件，是三到四種堪稱氣勢宏大且大膽的魔術替代品，兇手只要有經驗和膽識，就很有可能成功。而搬出數學來說明現象，也讓人感覺很新奇、品味不凡。

冬天受大雪支配的北歐法羅群島，其中的米基內斯島上某棟建築內，發現一具奇怪的屍體。屍體是女性，沒有頭，而建築外只有前來的發現者留下的腳印。此人死後並未降雪。因此，拿走女子頭顱的兇手，勢必會在建築周圍的雪地上留下腳印，但卻遍尋不著。

作者有數學方面的專業知識，他說數學和推理之間有很高的親和性。那麼，就數學的見解來看，要如何解釋這不可思議的命案現場呢？

把頭部帶離命案現場的方法出乎讀者意料之外，很難找到類似的舊有案例，而利用數學公式說服大家這種方法的有效性，此手法也頗具魅力。

接著又是另一個魔術手法殺人。以酒吧為舞臺，十九個人各自與身旁的兩人手勾手，圍成一個大圓，而這群人還和身邊的人用圍巾綁住彼此的手臂。第二十人就在這個圓圈當中。這時突然停電，待重新亮燈後，位於中間的第二十人已遭殺害。

然而，用圓圈圍住這名被害者的那十九人，在亮燈之後，手臂一樣與隔壁的人緊緊綁在一起，所以不可能下手殺人——這是很明確的魔術表演形態，但是對手法的解說很有說服力，讓人認同，覺得或許確實有這個可能。如果有人在一旁扯後腿，質疑「世上哪有人會用這種方法殺人」、「要是犧牲者的抵抗時間拉長怎麼辦」、「提議要安排這種特殊情況的人肯定就是兇手」，那就太不識趣了。

不過，讓人從窗外的樹叢間目擊有個像幽靈的東西飄過的方法，以及讓另一個人看見無頭幽靈四處徘徊的魔術原理，光憑大綱和插圖的解說，還是無法理解。這讓人深切覺得，如果整部作品可以全變成日文就好了。

不過，在導入數學構想外，又加上希伯來語的死前訊息、日蝕的風景、利用切下的頭顱做的大膽魔術、擔任偵探角色的數學天才少女獨具的魅力等，還有許多其他的趣味。本次的候補作品中，這部作品最能感受出創作企圖，展現足以得獎的完成度。

這部作品的珍貴之處，在於它讓人感覺在愛倫坡和柯南．道爾時代，原為對立概念的幽靈和科學，在邁入新世紀後開始共存於世。不僅如此，它甚至提到科學和數學能創造幽靈，這種構想同時也讓這部作品充滿畫面性。

這部作品讓人充滿期待，作者運用自己擅長的數學和科學等道具，創造出另一種幽靈。我想，這樣的作為可能會對推理的進化有所貢獻吧！

第 3 屆【島田莊司推理小說獎】決選入圍作品

首獎作品

我是漫畫大王

胡杰──著

如果童年可以再來一次，我只想找回我所有的漫畫，不惜一切代價！

首獎作品

逆向誘拐

文善──著

這起在真實與虛擬之間擺盪的「誘拐」案，他是唯一能解開謎底的關鍵……

見鬼的愛情

雷鈞──著

真是活見鬼了！那具焦屍的DNA，竟與「她」完全相同……

第 4 屆【金車．島田莊司推理小說獎】決選入圍作品

首獎作品

黃

雷鈞──著

那個被殘忍剜去雙眼的男孩，正逐漸讓他一步步踏入未知的陷阱……

H.A.

薛西斯──著

「H.A.」是線上遊戲的革命！然而，在正式問世之前，還得先解決三起謀殺案……

熱層之密室

提子墨──著

那些紅色血珠，從他的身體中滲出，彷彿開出一朵朵豔麗的花……

國家圖書館出版品預行編目資料

歐幾里得空間的殺人魔 / 黑貓C著. -- 初版. -- 臺北市：皇冠, 2017.09
面； 公分. -- (皇冠叢書；第4647種)(JOY；203)

ISBN 978-957-33-3332-6(平裝)

857.81 106014895

皇冠叢書第4647種
JOY 203

歐幾里得空間的殺人魔

作　　者—黑貓C
發 行 人—平雲
出版發行—皇冠文化出版有限公司
台北市敦化北路120巷50號
電話◎02-27168888
郵撥帳號◎15261516號
皇冠出版社(香港)有限公司
香港上環文咸東街50號寶恒商業中心
23樓2301-3室
電話◎2529-1778　傳真◎2527-0904
總 編 輯—龔橞甄
責任主編—許婷婷
責任編輯—陳怡蓁
美術設計—王瓊瑤
著作完成日期—2016年
初版一刷日期—2017年9月

法律顧問—王惠光律師

讀者服務傳真專線◎02-27150507
電腦編號◎406203
ISBN◎978-957-33-3332-6
Printed in Taiwan
本書定價◎新台幣300元/港幣100元